Andrea Rings

FALCON

Gefahr aus der Luft

ANDREA RINGS

FALCON

GEFAHR AUS DER LUFT

EDEL
KIDS BOOKS

Falcon
Gefahr aus der Luft
ISBN 978-3-96129-100-7

Edel:Kids Books
Ein Verlag der Edel Germany GmbH

www.edel.com
1. Auflage 2019

Projektkoordination und Lektorat: Mia König
Text: Andrea Rings
Umschlaggestaltung: Isabelle Hirtz
Layout und Satz: Uhl + Massopoust, Aalen
Herstellung: Frank Jansen
Druck und Bindung: CPI books GmbH, Leck

Printed in Germany

PROLOG

Ein schriller Schrei durchdrang die Stille. Gebannt sahen die Leute nach oben. Der Falke stürzte sich vom Dach, flog die Beute an, die der Junge an einem Seil über seinem Kopf schwang, um sie dann blitzschnell wegzuziehen. Der Vogel sauste an ihm vorbei, ganz nah über die Köpfe der Zuschauer hinweg, wendete, kehrte zurück und streifte den Strohhut eines alten Mannes. Die Glöckchen an seinen Füßen klingelten kurz, und schon nahm er wieder Höhe auf, landete auf einem Baum und schrie erneut sein durchdringendes »Eeek-eeeek-eeeeek«. Das Publikum applaudierte begeistert. Oben auf dem Baum hob und senkte der Falke aufgeregt den Kopf.

Wenige Meter darunter, auf der obersten Stufe der kleinen Tribüne, standen ein Mann und eine Frau und klatschten ebenfalls Beifall. Auf der Wiese dahinter war ein Festzelt aufgebaut.

»Unglaublich«, sagte der Mann, »jetzt weiß ich, warum Lennart unbedingt wollte, dass ich zur Feier komme.«

»Es ist ein besonderer Tag für ihn. Für uns alle.« Sie zeigte auf ihren Sohn, der wieder das Federspiel schwang. »Das erste und einzige Mal, dass er Cosmo vorführen will.«

Wieder sauste der Falke durch die Luft.

Plötzlich hatte die Frau ein merkwürdiges Sirren im Ohr. Sie drehte sich um, die Sonne blendete, und sie hob die

Hand, um ihre Augen zu schützen. Da war etwas, es stand in der Luft wie eine Libelle. Es hatte glitzernde Flügel, aber es war größer und machte ein unnatürliches Geräusch. Als sie einen Schritt darauf zuging, flog es blitzschnell davon.

Der Mann stieß die Frau an, er sprühte vor Begeisterung. »Sieh doch, Johanna! Genau wie sein Vater! Weißt du noch, damals im Studium? Robert war so versessen auf Greifvögel, er hätte fast seine Botanik-Prüfung versemmelt.« Im nächsten Moment erlosch das Feuer in seinen Augen. »Wie er uns immer von seinem Traum erzählte, eine Auffangstation für verletzte Wildvögel aufzubauen«, fügte er leise hinzu.

»Und nun feiern wir schon Zehnjähriges! Wir sollten endlich den Sekt aufmachen.« Sie presste die Lippen zusammen, es war offensichtlich, dass ihr nicht nach Sekt zumute war.

»Es tut mir sehr leid für euch. Robert war mein bester Freund. Wenn ich nur etwas tun könnte.«

Sie zuckte die Schultern. »Das kann wohl nur die Zeit heilen. Aber es tut gut, dass du gekommen bist, Sam.«

Der Junge hatte Futter auf seinen Handschuh gelegt und stieß einen Pfiff aus, um den Falken anzulocken.

Johanna verfolgte weiter das Geschehen unten, während sie redete. »Dein Artikel im *Wildlife*-Magazin war großartig. Lennart ist so stolz, weil er dabei sein durfte.«

»Die eigentlichen Stars sind doch die Kinder und ihre Vögel«, sagte Sam bescheiden. »Es war nicht mal meine Idee. Robert wollte diesen Artikel schreiben und hat die Kinder ausfindig gemacht. Ich habe nur seine Arbeit beendet.«

»Wir hatten sogar eine Anfrage vom Fernsehen, aber ich wollte das nicht. Diese Vorführung heute ist nur für die Fans und Förderer der Station.«

Jetzt trug der Junge den Falken auf dem Handschuh umher und hielt dabei die Lederbändchen an den Füßen des Vogels fest umschlossen. Er ging auf das Publikum zu, sprach mit den Kindern und lachte. Ein kleines Mädchen durfte an den Falken herantreten und sich neben ihm fotografieren lassen.

»Es ist schön, ihn fröhlich zu sehen.« Johanna hatte einen warmen Glanz in den Augen. »Er hat es nicht leicht, Robert fehlt ihm sehr. Er musste im letzten Jahr viele Aufgaben übernehmen, bis wir einen neuen Leiter für die Station gefunden hatten.«

»Hat er noch diese Migräneattacken? Weiß man mittlerweile, wie es zu dem Unfall kam?«

Sie schüttelte den Kopf. »Im Polizeibericht stand ›Unfall aus ungeklärter Ursache‹, und Lennart kann sich immer noch nicht erinnern. Es ist alles zu viel für ihn, auch die Verantwortung für den Falken. Oft denke ich, wir haben ihm keinen Gefallen getan, als wir diese enge Verbindung zuließen.«

»Wie kannst du nur so was sagen, Johanna! Das Tier ist sein Ein und Alles, es hilft ihm über den Tod seines Vaters hinweg.«

»Du hast ja recht. Ich mach mir einfach Sorgen, er ist erst dreizehn und trägt schon so viel Verantwortung.«

Das Publikum begann erneut zu klatschen, die beiden Erwachsenen auf der Treppe auch. Der Junge mit dem Falken verbeugte sich nach allen Seiten und suchte den Blick seiner Mutter. Sie warf ihm eine Kusshand zu.

»Da gibt es noch etwas, das mich beunruhigt«, sagte Sam. »Es muss nichts zu bedeuten haben, aber es ist besser, du weißt davon.«

Der Applaus verebbte. Johanna sah ihn interessiert an.

»Vorgestern hat ein Mann eines der Mädchen angesprochen, die wir in dem Artikel vorgestellt haben. Er war als Polizist verkleidet und wollte das Mädchen und ihren Vogel mitnehmen. Sie konnte davonlaufen, aber das Tier wurde schwer verletzt. Es musste sogar eingeschläfert werden.«

»Das tut mir ehrlich leid, Sam. Aber das kann auch nur ein Zufall gewesen sein.«

»Ich mach mir Sorgen.«

»Musst du nicht«, sagte sie und strich sich eine Haarsträhne aus dem Gesicht, »wir werden das alles hier bald hinter uns lassen. Nächste Woche schon, der Umzugswagen ist bestellt.«

»Ihr geht weg von hier?« Er suchte ihren Blickkontakt.

»Ja, ich kann es selbst kaum glauben. Ich habe die Stelle in Berlin angenommen, die Taurus Nolan mir angeboten hat. Energiegewinnung aus Algen. Da kann ich viel bewegen, ich konnte nicht Nein sagen.«

»Und das erzählst du mir erst jetzt? Ich kann dir gar nicht sagen, wie sehr mich das freut. Endlich sind wir wieder Kollegen, das wird großartig! Wie früher im Studium.«

Sie lächelte. »Ja, ich freue mich auch sehr.«

»Was wird denn aus Cosmo, wenn ihr nach Berlin geht?«

»Wir können ihn mitnehmen. Ist alles organisiert, sonst wäre Lennart niemals bereit gewesen, mitzukommen.«

»Verstehe. Er war nicht begeistert.«

»Nein. Ich hoffe trotzdem, der Umzug tut ihm gut.«

»Vielleicht kann er uns mal im Institut besuchen. Ich stecke da zurzeit in einem Projekt, das ihn bestimmt interessieren wird.«

Gerade bahnte sich der Junge einen Weg durch die Menge. Seine Augen leuchteten, er kam mühelos mit dem Tier auf der Faust die Stufen hinauf. Der Falke trug jetzt eine Haube.

»Selbst wenn ihr hier weggeht«, sagte Sam mit gesenkter Stimme, »seid vorsichtig. Es gibt möglicherweise gefährliche Leute, die sich für Lennart und Cosmo interessieren.«

Johanna schüttelte unwillig den Kopf. Sie war schon ganz bei ihrem Sohn, der nun auf sie zukam. »Du warst großartig! Ihr wart beide großartig!«, begrüßte sie ihn.

»Ja, nicht wahr?« Lennart strahlte. »Cosmo ist ein Komiker. Habt ihr gesehen, wie er sich jedes Mal verneigt hat, wenn die Leute applaudierten?«

»Du könntest mit ihm im Zirkus auftreten«, sagte Sam. »Oder ihn als Model für Filmaufnahmen vermieten.«

»Nie im Leben! Er ist doch ein Wildtier!«

Lennart bedankte sich dafür, dass Sam gekommen war, aber er hatte keine Zeit. Er wollte den Falken zurück in seine Voliere bringen. Die beiden Erwachsenen sahen ihm hinterher.

»Ich muss leider los«, sagte Sam und beugte sich herab,

um Johanna einen Kuss auf die Wange zu geben. »Vergiss nicht, was ich gesagt habe«, flüsterte er in ihr Ohr. »Berlin ist groß und gefährlich, passt gut auf euch auf. Und wenn etwas Merkwürdiges passiert, ruf mich an.«

Sie zog ihre Strickjacke enger um die Schultern. Für einen Moment meinte sie wieder das fremde Sirren hinter sich zu hören, doch als sie sich umdrehte, war da nur eine dicke Hummel.

1

Lennart wartet mit Cosmo am Eingang, bis er von einem Mann abgeholt wird, der sich als Harro Smolek vorstellt. Das ist also der alte Falkner, der seinem Vater vor vielen Jahren beigebracht hat, wie man mit Greifvögeln umgeht. Hier ist er als Hausmeister angestellt. Ein seltsamer Kauz, trägt eine Weste mit der Aufschrift *Security* und redet nicht viel. Er geht einfach los, durch einen Glasgang auf eine schwere Metalltür zu. Lennart sieht ihn verstohlen von der Seite an, es gibt keinen Zweifel, Smolek hat ein Glasauge. Nicht das Lennart das stören würde, aber er wüsste gern, warum der alte Falkner ein Auge verloren hat. Vielleicht hat ihm ein Vogel das Auge ausgepickt, ein Seeadler oder ein Habicht. Im Umgang mit Greifvögeln muss man viel Vertrauen haben, das ist mal Fakt. Schließlich kommen sie sehr nah ans Gesicht heran.

Als hätte er seinen Gedanken zugehört, dreht Cosmo ihm den Kopf zu, und obwohl er eine Haube trägt und nichts sieht, streift er kurz mit dem Schnabel Lennarts Kinn. Sofort hat Lennart ein warmes Gefühl in seinem Brustraum, das sich über den ganzen Körper ausdehnt. Berlin war nicht seine Idee, aber sie werden es schaffen, irgendwie. Hauptsache, sie können jeden Tag zusammen sein.

Smolek führt sie in eine alte Fabrikhalle. Dabei heißt das Gelände sehr modern *My Guard Storage*. Die Glasdächer haben Sprünge, doch die grauen Fertiggaragen darin sehen ganz neu aus. Sie wirken wie in Reihen angeordnete Strandhäuser. Eins wie das andere, sie unterscheiden sich nur durch die Nummern, die in großen roten Ziffern auf den Garagentoren stehen. Auf dem Boden liegen überall dicke Kabelstränge, vermutlich Strom- und Datenleitungen.

»Das ist das einfachste Geschäft der Welt«, erklärt der Alte, »wir leben alle im Überfluss. Die Häuser und Wohnungen sind vollgestopft, niemand will seine Sachen wegwerfen oder verschenken. Könnte man ja noch mal brauchen. Also mieten die Leute Stauraum. So teuer ist das nicht, einige lassen sogar monatlich abbuchen und tauchen nie wieder auf.« Er schüttelt den Kopf. »Die brauchen das Zeug gar nicht.«

Ein Typ mit einer Schubkarre kommt ihnen entgegen, er transportiert damit Elektronikware in Originalverpackung. Webcams, Mikrofone, elektronisches Spielzeug.

»Manche nutzen den Raum auch als Außenlager für ihr Geschäft.«

»Und wozu die Leitungen?«

»In einigen Garagen stehen Server oder Messgeräte oder was auch immer.« Er zeigt auf ein Codeschloss mit einem Tastenfeld, darunter steht ein Firmenname mit einem Logo. Die Firma heißt PEREGRIN, sie haben eine Kamera im Logo.

»Die sind hier für die Sicherheit zuständig«, sagt Smolek. »Machen Objektschutz und Überwachungstechnik. Haben selbst auch Räume angemietet und lagern hier ihr Zeug.

Was genau da drin ist, geht uns aber nichts an. Solange der Inhalt nicht explodieren kann.« Er lacht in sich hinein, als wäre das ein guter Scherz gewesen, und Lennart will nicht weiter nachfragen.

Ob hier illegale Dinge vor sich gehen? Der Typ mit der Schubkarre hat sie angestarrt, als wäre es ihm gar nicht recht, wenn sie seinen Elektronikkram sehen. Ob er mit gestohlenen Waren handelt? Lennart merkt selbst, wie seine Fantasie mit ihm durchgeht. Eigentlich gibt es doch keinen Grund für solche Vermutungen. Sicher liegt es daran, dass er sich hier in Berlin noch so fremd fühlt.

Nachdem sie das Ende der Halle erreicht haben, folgt die nächste Halle und dann noch eine. Überall die gleichen Garagen, aus einigen dringt Licht, sie hören Leute telefonieren, einmal heult eine Bohrmaschine auf.

Endlich kommt der Alte zum Stehen, er atmet schwer und mit einem deutlichen Pfeifton.

»Deine«, sagt er und deutet auf die letzte Garage in der Reihe, sie trägt die Nummer 300. »Damit du es nicht zu weit zu dem Vogel hast.«

Lennart ist überrascht. »Meine? Zahlt meine Mutter dafür?« Was soll er nur mit einer Garage anfangen?

»Papperlapapp! Ich kannte deinen Vater gut, und dein Vogel wird dafür arbeiten.« Er zieht ein kleines Metallschild aus der Hosentasche und klebt es unter das Tastenfeld. Nicht zu fassen, da steht: »Lennart Wiesner«!

»Nun schau nicht so ungläubig! Als Code hab ich deinen Geburtstag gewählt. Kannst du jederzeit ändern, wenn du willst.« Er gibt tatsächlich Lennarts Geburtsdatum ein, die Kontrollleuchte wechselt von Rot auf Grün, und das Garagentor setzt sich in Bewegung. In dem Raum geht von selbst Licht an, drinnen stehen eine Gefriertruhe und ein altes Ledersofa. »Sind Eintagsküken drin, in der Truhe. Was du sonst noch brauchst, musst du dir selbst besorgen. Strom ist hier, Wasser gibt's draußen bei der Voliere.«

Sieht so aus, als hätte der alte Smolek an alles gedacht. Nur eine Sache versteht Lennart nicht. Was meint er damit, dass Cosmo arbeiten soll? Aber er traut sich nicht, nachzufragen.

»Ist das okay für dich?«

»Ja, klar, natürlich.« Eigentlich ist nicht alles klar, aber wie soll er den alten Falkner überhaupt ansprechen?

»Nicht so schüchtern, du kannst Harro zu mir sagen. Ich hab deinen Vater gut gekannt, seine Eltern hatten damals den Schrebergarten neben meinem.« Er zieht ein Foto aus der Brusttasche und reicht es Lennart. »Behalt das, ich will eh ausmisten.«

Das Foto ist so vergilbt, als wäre es jahrelang dem Licht ausgesetzt gewesen. Es zeigt einen Jungen, nur mit Badehose und einem viel zu großen Lederhandschuh bekleidet. Er hält einen Wüstenbussard auf der Faust, streckt stolz die Brust heraus und strahlt über das ganze Gesicht.

»Mein Vater?« Lennart kann es kaum glauben.

Harro nickt. »Hat mir sehr leidgetan«, sagt er leise und lässt das Garagentor runterfahren. »Komm, ich zeig dir das Außengelände.«

Sie gehen zu einer schweren Metalltür, und wieder gibt der Alte eine Nummer ein. »Heißt ja nicht umsonst *My Guard Storage*«, erklärt er, »die sind hier sehr auf Sicherheit bedacht.«

Die Sonne blendet, als die Tür aufgeht. Vor ihnen liegt eine freie Fläche, es riecht nach Asphalt. Das Grundstück wird nach allen Seiten durch eine Mauer begrenzt, weit hinten stehen mehrere Container, rechts vor der Mauer gibt es drei Volieren. Große Drahtkäfige, sie sehen professionell aus und haben im hinteren Teil geschlossene Rückzugsräume für die Vögel. Lennart ist auf einmal erleichtert, bei dem Gang durch die Hallen hat er schon befürchtet, Cosmo müsste in einem geschlossenen Raum untergebracht werden, womöglich in einer der Garagen.

Aber diese Volieren sind perfekt, sie sind sogar noch größer als die in der Auffangstation seines Vaters. Vorne haben sie ein Edelstahlgitter mit einer Tür, alles wirkt stabil und sicher, Licht und Luft können ungehindert hinein.

Zwei Käfige sind leer, in der linken Voliere sitzt eine Schnee-Eule. Sie wirkt ein bisschen zerrupft und hat nur ein Auge geöffnet.

»Sag jetzt nichts«, brummt Harro, »das ist Berta. Die hatte ich schon, da hat Harry Potter noch am Daumen genuckelt.«

Diesmal kann Lennart über den Witz grinsen.

»Ist das alles?«, fragt er.

»Was meinst du?«

»Sie wollen Falkner sein? Mit einer alten Schnee-Eule?«

»Die anderen sind tot. Hat keinen Sinn mehr, sich neue anzuschaffen. Die Tiere würden mich überleben, und was würde dann aus ihnen?« Harro zeigt auf das Dach der Halle, aus der sie gerade gekommen sind. »Machen sich ganz schön breit, die verdammten Tauben, aber jetzt haben wir ja einen Jäger.«

In seinem gesunden Auge blitzt Jagdfieber auf. »Nimm ihm doch die Haube runter.«

Lennart zieht dem Falken die Lederhaube ab, sofort dreht Cosmo den Kopf in den Wind und schüttelt das Gefieder zum Zeichen, dass er bereit ist für die Jagd. Das also ist sein neues Revier.

Harro betrachtet ihn mit Kennerblick und versucht, ihm die Füße zu kraulen, aber Cosmo hackt sofort nach ihm. »Schönes Tier. Eine Nachzucht?«

»Wir haben ihn als Jungtier verletzt bekommen, er war nicht beringt.«

Der Alte stößt einen Pfiff aus. »Ein Wanderfalke aus der freien Natur! Du hast ihn von Anfang an?«

Lennart nickt. »Wir haben versucht, ihn auszuwildern. Hat nicht geklappt.«

»Wir müssen ihn auf mich anmelden, du bist noch zu jung.«

»Schon klar.« Natürlich weiß Lennart, dass er offiziell gar keinen Falken halten darf. Er hat weder den Jagd- noch den Falknerschein, beide kann man erst mit sechzehn machen. In der Auffangstation war das kein Problem, es war jederzeit ein Anleiter da.

Harro öffnet die Voliere und geht hinein. »Wir müssen ihn erst mal ans Gelände gewöhnen.«

Lennart weiß, was er meint. Eine neue Umgebung ist immer ein Risiko. Wenn die Tiere in der Luft sind, entscheiden sie jedes Mal eigenständig, ob sie zum Falkner zurückkommen wollen. Doch sie müssen den Weg auch finden.

Der Alte kommt mit der Langleine, aber Lennart schüttelt den Kopf. »Das ist er nicht gewohnt, er fliegt nur von der Faust.«

»Okay, du bist der Chef, es ist dein Risiko.« Harro zieht seinen Handschuh über, schnappt sich zwei Eintagsküken und geht los. Nach knapp zwanzig Metern dreht er sich um und hebt die Hand mit dem Futter. »Dann lass ihn mal fliegen, Jungfalkner!«

This email was sent from PRG evaluation program to Kontrollzentrum MGS + Alert generated on Monday 24th of June at 12:14:27 PM

+++ Auslesung Kameradrohne XE27 erfolgreich + Registrierung 2 Personen und 1 Vogel + Identifizierung 1 Person erfolgreich + autorisierte Person HM01harrosmolek + 1 Person unbekannt + Identifizierung eingeleitet + kein unbefugtes Eindringen vermutet + Vogelerkennungssoftware aktiviert + Vogel erfolgreich identifiziert als WFCm2014 + Kontrolle empfohlen + Alarmstufe 2 +++

2

Mia hat die Nase voll von diesem Typen, der seit Stunden den Internetzugang im Späti ihrer Eltern blockiert. Ausgerechnet am *Prime Day*! Da zählt jede Minute, wenn man gerade dabei ist, die Komponenten für einen neuen Rechner zusammenzustellen.

»Wird Zeit, dass ich ein eigenes Büro bekomme«, meckert sie ihre Mutter an und wirft dem Kunden einen bösen Blick zu.

»Er gehört zu Onkel Phongs Leuten, die umsonst …« Ihre Mutter flüstert es nur, den Rest kann Mia sich denken. Sie kennt diese Typen. Früher hatten sie einen brutalen Gesichtsausdruck, heute tragen sie Anzug und Krawatte, und ihre feingliedrigen Finger huschen nur so über die Tastatur. Sie zwingen Leute, geschmuggelte Zigaretten oder Waren zu überteuerten Preisen abzunehmen, und versprechen dafür Schutz. Seit Neuestem installieren sie sogar Kameras, damit sie den Warenverkehr und die Einnahmen besser überwachen können. Natürlich wird es so dargestellt, als sei das eine ganz besondere Dienstleistung. Zum Glück hält Onkel Phong seine Familie größtenteils aus seinen Geschäften raus, doch kleine Gefälligkeiten erwartet er schon. Wie zum Beispiel den kostenlosen Internetzugang für seine Leute.

Neugierig stellt sie sich hinter den Mann. Auf dem Bildschirm sieht man die Aufnahme aus einem anderen Späti. Sie kann den Kassenbereich genau sehen, die Frau hinter der Theke ist auch Asiatin. Oft sind das fleißige Leute, die mit der gesamten Familie arbeiten müssen und den Laden bis Mitternacht offen halten. Davon können sie dann gerade so leben, denn die angeblichen Beschützer kassieren den Löwenanteil der Einnahmen.

»Ist was?«, fragt der Typ mit einem scharfen Unterton.

Mia stemmt die Hände in die Hüften. »Nö, wollte nur mal sehen, wen Sie heute so erpressen.«

Er sieht ihre Mutter an. »Ich kann mir nicht vorstellen, dass ihr euch eine derart freche Göre leisten könnt. Auch wenn Phong dein Schwager ist.«

»Mai …«, sagt ihre Mutter streng.

»So heiß ich nicht!«

In dem Moment kommt ihr Vater von hinten in den Laden, er trägt eine Kiste mit Chips und Keksen. »Was ist hier los?«

»Deine Tochter Mai riskiert eine große Lippe«, sagt der Typ, dessen Laptop das Lan-Kabel belegt. »Sie ist schlecht gelaunt, weil ich euren kostenlosen Service nutze.«

Was für ein Idiot! Mia könnte ihm sofort an die Gurgel gehen. »Ich heiße Mia, und den Namen hab ich mir selbst ausgesucht. Das bedeutet nämlich *die Widerspenstige*.«

Ihr Vater verdreht die Augen. »Kommst du bitte mit nach hinten, Mai.« Es ist eine Aufforderung, keine Frage.

Der unsympathische Typ ruft ihnen hinterher: »Ja, mach

ihr klar, wie schlecht ihre Aufsässigkeit bei deinen Kunden ankommt.«

Mia folgt ihrem Vater ins Hinterzimmer. Er schließt die Tür, damit niemand im Laden hören kann, was gesprochen wird.

»Heute ist *Prime Day*, und ich brauch noch Sachen für den neuen Rechner, die sind bis zu vierzig Prozent günstiger«, sprudelt es aus ihr heraus, »da kommt dieser Schutzgeldfuzzi von Onkel Phong und blockiert über Stunden unser Internet!«

Ihr Vater verschränkt die Arme. »Er hat leider recht. Du riskierst eine große Lippe, das wird sich dein Onkel nicht gefallen lassen. Wenn er sein Gesicht verliert, haben wir nichts zu lachen.«

»Aber …«

»Nichts aber. Das muss aufhören.«

»Ich denke, ich soll mit dem neuen Rechner eine Internetseite für den Späti einrichten und unseren Steuerkram darüber regeln.«

»Ja, schon.«

»Dann brauch ich auch gutes Netz. Unser WLAN funktioniert nicht mal.«

Ihr Vater schüttelt den Kopf. »Man kann nicht immer mit dem Kopf durch die Wand. Du musst ein wenig klüger sein, Mai.«

Wie sie es hasst, so genannt zu werden. Mai bedeutet Mandelblüte, das klingt brav und lieblich, geradezu ekelhaft. Zum Glück kennt an ihrer Schule niemand diesen Namen. Sie hat allen erklärt, in ihren Unterlagen sei ein Buchstabendreher. Und im *Wing Tsun*-Verein hat sie einfach die Anmeldepapiere gefälscht. Ist keinem aufgefallen.

»Ich glaube, es ist besser, wenn du keinen neuen Rechner im Laden aufbaust.«

Was soll das denn schon wieder? Der alte Laptop hängt sich ständig auf, es war ausgemacht, dass sie endlich den Rechner mit Octa-Core-Prozessor bekommt, von dem sie seit Ewigkeiten träumt. Ihre Eltern haben versprochen, die Hälfte der Kosten zu übernehmen, wenn sie ihn auch für den Laden einsetzt.

»Mach nicht so ein Gesicht«, sagt ihr Vater lächelnd, »ich habe mir überlegt, wir haben doch diese Garage gemietet. Da ist es warm und trocken, wir lagern da nur Spielsachen und Elektronik. Im Prinzip könnte man dort einen Computerarbeitsplatz einrichten. Ist nicht sehr komfortabel, aber ruhig.«

»Ehrlich?« Mia spürt, wie ihr Tränen in die Augen steigen. Ihr Paps ist doch der Beste. »Ein eigenes Büro für mich?«

Als er nickt, fällt sie ihm um den Hals. »Du wirst sehen, ich bau dir die tollste Internetseite, die ein Späti je gehabt hat. Und dann richte ich dir einen Warenkorb ein, und wir bieten einen Lieferservice an. Die kaufen das Zeug wie verrückt, und mit dem Online-Geschäft werden wir ganz unabhängig von der Familie, dann sind wir frei.«

Er klopft ihr auf den Rücken. »Es gefällt mir, wenn du dich für unser Geschäft einsetzen möchtest. Aber mach dir nicht zu viele Hoffnungen, die Familie gehört nun mal dazu.

Und egal was du tust, es wird jemanden geben, der versucht, dir das Leben schwer zu machen. Du musst deinen Verstand einsetzen und deinen vorlauten Mund hüten.«

Mia löst sich von ihrem Vater und schaut ihm in die Augen. »Und immer schön brav und lieblich sein, nicht wahr? Fleißig und gut erzogen.«

»Natürlich, so verlangt es die Tradition, meine kleine Mandelblüte. Klugsein bedeutet auch, nicht aus der Deckung zu gehen, im Hintergrund zu bleiben.« Er tippt mit dem Finger auf die Lippen und schaut sich im Raum um.

Gibt es hier auch Kameras? Oder Abhörsysteme?

»Ein Büro in einer Garage kann eine kluge Entscheidung sein«, sagt er bedeutungsvoll. »Und außerdem wirst du dann unsere Kunden weniger nerven«, fügt er lächelnd hinzu.

Mia ist sprachlos, eigentlich hat sie geglaubt, ihre Eltern würden sich die Erpressungen ihres Onkels ohne Widerstand gefallen lassen.

»Eins musst du mir versprechen, mein Kind.« Wenn er so redet, erwartet er von ihr eine Verbeugung und keine Widerworte.

»Ich höre, mein Vater.«

»Wir haben dir einmal den Namen Mai gegeben. Auch wenn er dir nicht gefällt, dürfen wir als deine Eltern dich immer noch so nennen.«

»Ja, Vater«, sagt Mia folgsam, »ich würde mich freuen, wenn du mich so nennst.«

3

Lennart sitzt im Bus, aber wenn er ehrlich ist, hat er mal wieder keine Ahnung, ob es der richtige ist. Berlin ist einfach nur riesig. Die Menschen strömen so selbstverständlich durch die U-Bahn-Stationen, als würden sie von einer unsichtbaren Macht gelenkt. Er ist anscheinend der Einzige, der gar keine Orientierung hat. Dabei war er früher bei den Pfadfindern derjenige, der sich am besten im Wald zurechtfand. Anfangs hat seine Mutter ihn noch zu den Hallen gefahren, doch seit sie ihre neue Arbeit angefangen hat, versucht Lennart allein seinen Weg durch die Stadt zu finden. Manchmal braucht er nur eine halbe Stunde, an anderen Tagen kommt er erst am Mittag bei Cosmo an. Immerhin sieht er auf diese Weise eine Menge von Berlin. Es ist erstaunlich, wie viele Anzeichen für Wildtiere es in der Stadt gibt. Kein Wunder, Berlin ist die Stadt mit der höchsten Greifvogeldichte Deutschlands. Vielleicht findet Cosmo hier sogar eine Partnerin.

»Scheint ja lustig zu sein, was du da in den Wolken beobachtest.«

Eine kleine Asiatin in Latzhose und weißem T-Shirt sieht ihn herausfordernd an. Sie sitzt auf der anderen Seite des Ganges, neben ihr auf dem Platz steht ein Karton. Ihre schwarzen Haare hat sie zu einem wilden Knoten hochgebunden, die Hose ist voller Farbflecken, und die Schnürsenkel der Turnschuhe hängen lose heraus.

Lennart sieht sich um, der Bus ist fast leer. »Du meinst mich?«

Sie nickt und trommelt auf ihren Karton. »Und wo steigst du aus?«

Wenn er das wüsste. Dieser Bus fährt mindestens vier Stationen an, die irgendwo in der Nähe der Halle liegen.

»Du bist ganz schön neugierig.«

Sie zuckt die Schultern und sagt nichts mehr.

An der nächsten Haltestelle steigt vorn ein Jugendlicher ein, er hält eine Bierflasche in der Hand und schaut sich mit einem aggressiven Blick um. Morgens um halb zehn. In Wahrheit ist Lennart extra in den Bus eingestiegen, weil er genau solchen Typen in der U-Bahn aus dem Weg gehen wollte.

Der Typ kommt schwankend durch den Gang auf sie zu, dabei blickt er mit jedem seiner Schritte links und rechts zwischen die Sitze. Noch etwa fünf Sitzreihen, alle sind leer. Lennart fühlt nach dem Supertool in seiner Hosentasche, aber was nützt ihm in dieser Situation ein Taschenmesser? Er schaut auf die Anzeigetafel, während er im Sitz nach unten rutscht. Wie war die Durchsage? Noch drei Stationen? Soll er vorher aussteigen?

Auf einmal sitzt die kleine Asiatin neben ihm.

»Du bist kein Opfer«, sagt sie leise. »Setz dich gerade hin und rede mit mir.« Plötzlich lacht sie so laut auf, als habe er den besten Witz der Welt erzählt. »Und dann haben diese

Verrückten auch noch einen Preis dafür bekommen, stell dir das mal vor!«

Lennart hat überhaupt keine Ahnung, wovon sie redet, aber die kurzen, leisen Befehle rütteln ihn auf. Er streckt den Rücken durch und sieht angestrengt aus dem Fenster, denn jetzt zeigt sie hinaus, als hätte sie dort etwas entdeckt.

»Hast du das gesehen? Da steht einer mit einem Eselskarren am Taxistand. Och, war der süß, der Esel. Mit Puschelohren.« Sie hält ihre Hände an die eigenen Ohren, wackelt mit ihnen und kichert albern.

Natürlich war da nirgendwo ein Esel zu sehen. Selten hat Lennart einen solchen Quatsch gehört, trotzdem bemüht er sich mitzulachen. Der Typ mit der Bierflasche torkelt vorbei, den Blick nach vorn gerichtet.

»Der ist auf der Suche nach einem Opfer«, sagt das Mädchen wieder mit leiser, klarer Stimme. »Niemals auf den Boden schauen, das macht dich nur klein. Am besten tust du so, als hättest du ihn nicht gesehen und wärst grad total beschäftigt. Wer Opfersucher freundlich ignoriert, wird nicht zum Opfer.« Sie sieht ihm in die Augen. »Alles klar?«

Als er nickt, holt sie ihren Karton rüber und setzt sich wieder neben ihn. »Ich könnte Hilfe beim Tragen brauchen.«

»Hm.« Irgendwo hier muss er raus. Die nächste oder übernächste Haltestelle.

Sie sieht ihm forschend ins Gesicht. »Kein Plan? Ich dachte mir, dass du dich nicht auskennst. Du hast schon unsicher gewirkt, bevor der Typ aufgetaucht ist.«

»Ich will zu einer Lagerraumhalle.«

Sie grinst. »*My Guard Storage?*«

»Du kennst die?«

Sie grinst nur noch mehr. »Das Schicksal meint es gut mit mir. Du trägst meinen Karton, und ich zeige dir den Weg. Abgemacht?« Sie hebt die Hand zum Abklatschen, aber Lennart schlägt nicht ein. Er fühlt sich überrumpelt.

Sofort zieht sie die Stirn in Falten. »Hast du ein Problem mit mir?«

»Nein, eigentlich nicht.«

»Na, dann. Komm!«

Sie steigen an der richtigen Haltestelle aus, jetzt erkennt er die Umgebung auch.

»Ich heiße übrigens Mia«, erklärt sie, während sie zielstrebig losstürmt. Der Karton ist verdammt schwer, kein Wunder, dass sie einen Träger gesucht hat. Auch wenn sie toll reagiert hat, als der Betrunkene aufgetaucht ist, ein bisschen aufdringlich ist sie schon. Andererseits kennt er niemanden hier, und sie ist vermutlich in seinem Alter. Auch wenn man das schwer schätzen kann, so klein und dünn, wie sie ist.

»Soll ick mir 'n Namen für dich ausdenken?« Sie hat unverkennbar einen Berliner Akzent.

Wieder fühlt er sich überrumpelt, aber er nennt ihr seinen Namen. Bestimmt werden sie sich nie im Leben wiedersehen, was soll er groß erzählen. Sie sagt auch nichts mehr, und Minuten später kommen sie am *My Guard Storage* an. Mia macht keine Anstalten, ihm den Karton aus den Händen zu nehmen.

»Ich muss zu Halle drei«, sagt sie. »Und du?«

Hätte er sich denken können.

Neben der Eingangstür sitzt ein Obdachloser. Er stickt mit Goldfäden auf einem großen, schweren Stoffstück und muss vermutlich aufpassen, dass er nicht aus Versehen die verfilzten Zotteln seines Bartes festnäht. »Ich sage euch, die dunkle Zeit ist angebrochen«, verkündet er mit lauter Stimme. »Hütet euch vor den Augen, die überall lauern. Findet die Brücke in euer tiefstes Inneres, und macht euch auf die Suche nach der Freiheit. Nur dann könnt ihr den Schlüssel nutzen, den ihr bekommen habt.«

Mia rollt die Augen, gibt den Code ein und hält Lennart die Tür auf. »Den nennen alle nur Sticker«, erklärt sie drinnen. »Der redet immer so ein geschwollenes Zeug.«

Sie kennt sich also aus. Jetzt ist Lennart doch neugierig. »Was war noch mal in dem Karton, und was genau machst du hier?«

»Mein neuer Computer«, sagt sie lässig, »vielmehr ein paar Einzelteile dazu.«

Während sie durch die Hallen gehen, erzählt sie davon, welche Komponenten sie noch einbauen muss und was für ein Glück es ist, hier superschnelles Internet zu haben. Sie ist dreizehn, genau wie er, und scheint eine Menge Ahnung von Technik zu haben.

»Und du so? Was machst du hier?«

»Ich hab einen Vogel, um den ich mich kümmern muss.«

Sie sieht ihn mit hochgezogenen Augenbrauen an, fragt aber nicht weiter. Als sie an ihrer Garage ankommen, stellt er den Karton ab, während sie das Garagentor öffnet. Drinnen herrscht ein wildes Durcheinander. Auf dem kleinen Schild unter dem Codeschloss steht »Chung Linh – Kiosk, Spätkauf, Import, Export«.

»Danke fürs Tragen.« Sie kann also doch freundlich sein und sogar ein bisschen lächeln.

»Gern geschehen. Man sieht sich.«

Er will weitergehen, doch sie hält ihn am Ärmel fest. »Zeigst du mir deinen Vogel?« Sie wartet seine Antwort nicht erst ab, sondern schiebt schnell den Karton in die Garage und lässt das Tor runterfahren.

Auch wenn Lennart sie wieder ein bisschen aufdringlich findet, freut er sich über ihr Interesse. Er ist sogar gespannt, was sie sagt, wenn sie Cosmo das erste Mal sieht.

Als sie auf die Außenfläche gehen, rennt Mia sofort auf die Volieren zu. »Boah, ich dachte erst, du hast einen Papagei oder so. Und dann fiel mir ein, dass der alte Smolek eine Schnee-Eule hat.« Mit aufgerissenen Augen steht sie vor der Voliere und zeigt auf Cosmo. »Das ist er? Das ist dein Vogel?« Sie ist total aufgedreht und neugierig. »Krass, ein echter Raubvogel! Was ist das für einer? Was frisst der so? Wo hast du ihn her? Darf er hier auch fliegen? Wie heißt er?« Sie legt ihre Hände an das Drahtgitter, steckt ihre Nase hindurch und kann sich gar nicht sattsehen.

Lennart gefällt ihre Begeisterung, er macht sie mit Cosmo bekannt. »Wanderfalken sind mit mehr als dreihundert Stundenkilometern die schnellsten Tiere der Welt«, erklärt er ihr. »Sie fangen ihre Beutevögel im Flug. Seit Cosmo hier auf die Jagd geht, sind die Tauben schon viel vorsichtiger geworden. Er muss jedes Mal größere Kreise ziehen, um Beute zu finden.« Er zeigt auf die Hochhäuser rundherum. »Dabei kann Cosmo die Gefahren noch nicht abschätzen, die in einer solchen Stadt lauern. Vielleicht gibt es hier verrückte Greifvogelhasser, die sich mit Armbrust oder Luftgewehr auf die Lauer legen.«

Mia sieht ihn mit großen Augen an.

»Zu Hause auf dem Land haben wir oft erlebt, dass Tiere in der Auffangstation abgegeben wurden, die absichtlich verletzt oder getötet wurden. Und das hier ist eine Millionenstadt!«

»Das ist wirklich krass.«

»Ich habe jedes Mal Angst, wenn ich ihn fliegen lasse.« Lennart wundert sich, wie offen er mit ihr darüber reden kann. »Aber es wäre auch schrecklich, wenn Cosmo immer nur eingesperrt leben müsste.«

Mia nickt verständnisvoll. »Der verrückte Sticker würde jetzt wieder einen Vortrag über Freiheit halten«, sagt sie nachdenklich. »Es muss sich unglaublich anfühlen, wenn man einfach so in den Himmel aufsteigen kann.« Mit einer schwungvollen Geste hebt sie einen Arm in die Luft und schaut hinterher, als ob sie wirklich etwas hochgeworfen hätte. Auf einmal wirkt sie ganz träumerisch. »Stell dir vor, du könntest da oben deine Runden über Berlin ziehen und die Welt von oben sehen. Ganz frei und unbeschwert. Niemand überwacht dich, niemand hat Macht über dich.«

Was sie wohl damit meint? Wird Mia überwacht? Hat jemand Macht über sie? Bisher hat Lennart einen ganz anderen Eindruck von ihr. Sie kommt ihm vor wie eine Person, die immer ihren Willen durchsetzt.

Jetzt sieht Mia ihm direkt in die Augen. »Und wenn man wollte, könnte man einfach so davonfliegen. Im Grunde können wir alle jederzeit verloren gehen. Es gibt keine Sicherheit, hier in Berlin verschwinden jeden Tag Kinder.«

Lennart denkt an seine Versuche, sich in Berlin zurechtzufinden. »Eben im Bus war ich ziemlich planlos.« Er lacht. »Du kannst dir nicht vorstellen, wie oft ich in den letzten Tagen fast verloren gegangen wäre.«

»Aber nur fast«, gibt sie lächelnd zurück, »und jetzt weißt du ja, wen du nach dem Weg fragen kannst. Ick bin Berlinerin.«

This email was sent from PRG evaluation program to Kontrollzentrum MGS + Alert generated on Tuesday 9th of July at 10:05:19 AM

+++ Auslesung Kameradrohne JK21 erfolgreich + 2 Personen registriert + Identifizierung erfolgreich + autorisierte Person SR300lennartwiesner + autorisierte Person SR274maichunglinh + Kontaktvermerk zu den Datensätzen hinzugefügt + keine Kontrolle erforderlich + Alarmstufe 0 +++

4

Als Lennart zwei Tage später die Tür zum Hof öffnet, spürt er sofort die Unruhe bei Cosmo, anders als sonst. Der Falke hat die Flügel angehoben, sein Schnabel ist halb geöffnet, seine Augen verraten äußerste Konzentration.

»Hey, Cosmo, was ist los? Hast du Besuch von einem Wanderfalkenweibchen gehabt? Oder hat Harro sich als Vogelscheuche verkleidet?«

Er bindet sich die alte, speckige Futtertasche um, in die er drei Eintagsküken gesteckt hat. Sie verströmt immer noch diesen typischen Ledergeruch wie früher, als er noch ein kleiner Junge war. Damals trug sein Vater die Tasche, und er durfte beim Füttern in der Auffangstation helfen.

Als er die Tür der Voliere öffnet, fliegt der Falke sofort auf seine Faust. Sorgfältig legt Lennart die Lederbänder in den Handschuh und umschließt sie, dann nimmt er den Vogel mit auf die Freifläche. Eine Weile gehen sie hin und her, Cosmo dreht ständig den Kopf und beobachtet alles ganz genau. Er wirkt nervös, eigentlich ist das untypisch für ihn.

»Weißt du, Cosmo, es ist seltsam hier in Berlin. Nicht nur du fühlst dich fremd, mir geht es genauso. Mir fehlt unser Zuhause, die Station, meine Freunde aus der Schule. Ich hab keine Ahnung, wie ich hier klarkommen soll, aber meine Mutter ist richtig glücklich mit ihrem neuen Job. So habe ich sie seit einem Jahr nicht mehr erlebt. Ich will ihr das nicht kaputtmachen.«

Endlich wird der Vogel ruhiger. Lennart holt die Haube hervor und hält sie ihm hin, damit der Falke sie sehen kann. »Eigentlich brauchst du die hier nicht, du sollst nur weiterhin daran gewöhnt bleiben. Sonst wird es irgendwann schwierig, dich zu transportieren.«

Wie so oft hat er den Eindruck, Cosmo würde jedes Wort verstehen, denn jetzt streckt er sogar den Kopf vor. Er hat kein Problem mit der Haube.

Lennart streift sie ihm über und geht weiter mit ihm umher. »Heute ist Harro mal nicht dabei. Er hat in den Hallen zu tun und weiß mittlerweile, dass wir beide klarkommen.« Cosmo sitzt still auf seiner Faust. Es tut gut, mit ihm zu reden. »Meine Mutter meint, ich soll zu einem Therapeuten gehen. Wegen meiner Migräne und weil ich mich nicht daran erinnern kann, was damals passiert ist. Dabei hat der Arzt gesagt, das sei ganz normal. Vielleicht kommt die Erinnerung nie zurück. Es ist typisch für Unfallopfer, wenn sie die Minuten vor dem Crash vergessen. Hat irgendwas mit dem Kurzzeitgedächtnis zu tun.«

In diesem Moment fliegt ein Schwarm Tauben auf.

»Hey, da ist Arbeit für dich.«

Er zieht die Haube ab, der Falke reckt den Kopf und sieht sich aufmerksam um.

»Alles klar?«

Cosmo schüttelt sich und schlägt kurz mit den Flügeln, um zu zeigen, dass er bereit ist. Sie sind ein eingespieltes Team.

Lennart atmet tief ein. Jedes Mal, wenn er den Falken mit Schwung in die Luft wirft, muss er all seinen Mut zusammennehmen. Noch ein Atemzug, dann schleudert er den Arm nach vorn und lässt die Bändchen frei. Er hört das vertraute Flattern, sieht den Vogel aufsteigen, fühlt die grenzenlose Freiheit, als würde er selbst fliegen.

Die Tauben schlagen wild mit den Flügeln. Sofort erkennen sie den Feind und beginnen, eng zu kreisen. Der Falke fliegt höher, die dunkelgrauen Querstreifen auf der hellen Unterseite sind noch gut zu erkennen. Er dreht einen Kreis, dann noch einen, ein typischer Spähflug. Normalerweise dauert er nicht lange. Sobald der Jäger seine Beute im Visier hat, folgt der reißend schnelle Steilflug hinab. Die Tauben sollen keine Chance haben, sich in Sicherheit zu bringen.

Diesmal ist es anders. Cosmo fliegt weiter Runden, er gibt Warnlaute von sich, ein durchdringendes, scharfes »Eek-eek-eek-eek«, kein normales Jagdgeschrei. Die Tauben sind längst weg, nur der Greifvogel ist noch am Himmel. Er schraubt sich höher und höher, seine Schreie werden immer kürzer und schriller. Irgendetwas stimmt hier nicht! Die Anspannung steigt, ein Gefühl von Bedrohung, als wäre da etwas am Himmel, von dem Gefahr ausgeht. Doch sosehr er sich auch bemüht, Lennart sieht nichts Ungewöhnliches.

Ausgerechnet heute ist Harro nicht dabei. Bisher hat die Jagd hier problemlos geklappt, aber die Luftjäger sind nun mal empfindlich gegen jede Art von Störung. Was, wenn Cosmo vor irgendetwas Angst hat und sich nicht traut, zurückzukommen?

Lennart holt ein Eintagsküken aus der Tasche, schwenkt es lockend durch die Luft und klemmt es im Handschuh ein. Der Falke reagiert nicht, er ist schon so weit weg, dass er seine Pfiffe wahrscheinlich nicht mehr hören kann. Aber er müsste doch das gelbe Küken erkennen. Schließlich können Falken viel besser als Menschen sehen, sie erspähen Tauben in einer Entfernung von acht Kilometern.

Wenn er so hoch fliegt, kann ein Windstoß ihn leicht davontragen, und dann verliert er die Orientierung. Cosmo ist es noch nicht gewohnt, in der Stadt zu jagen. Bisher ist er nur auf die Tauben in der direkten Umgebung geflogen. Lennart kann ihn kaum noch sehen und auch nicht mehr hören. Verdammt, warum hat er nur sein Fernglas in der Garage gelassen?

Jetzt sieht er ihn gar nicht mehr. Er ist weg! In den Wolken verschwunden. Wie in seinen schlimmsten Albträumen.

Da ist er wieder! Kommt näher, im Steilflug. Lennart hält die Luft an. So schnell war Cosmo noch nie, er lässt sich einfach vom Himmel fallen und rast auf das Hallendach zu. Aber wo ist der Beutevogel?

Bei der Geschwindigkeit kann er nicht erkennen, ob Cosmo die Füße vorstreckt, um seiner Beute einen Stoß zu geben. Irgendwo da oben muss doch ein Vogel sein. Was glitzert denn da?

War das ein Zusammenstoß? Cosmo jagt knapp über das

Hallendach hinweg und steigt wieder in den Himmel auf. Er macht keinen Versuch, auf dem Handschuh zu landen, dafür ist er auch noch zu schnell.

Was war das?

Lennart hat sich reflexartig geduckt, etwas war auf ihn zugerast. Hinter ihm scheppert es, erschrocken fährt er herum. Ein kleines silbernes Ding springt und schlittert über den Asphalt, Teile aus Kunststoff fliegen durch die Luft, ein Rädchen dreht sich wie ein Kreisel.

Wow, das also war Cosmos Beute. Lennart geht näher ran, es ist eine Drohne! Ein Flugobjekt, nicht größer als seine Hand. Völlig zerstört, als wäre es in den Rotor eines Windrades gekommen.

Was bedeutet das?

Im Nacken spürt Lennart ein kribbelndes Gefühl, es wandert über den Kopf nach vorne. Lichtblitze zucken auf, alles um ihn herum flimmert. Erste Anzeichen, dass eine Migräneattacke naht. Bitte nicht!

Er versucht sich darauf zu konzentrieren, was hier gerade passiert ist. Cosmo hat eine Drohne angegriffen! So ganz kapiert er es immer noch nicht. Normalerweise lässt der gezielte Stoß mit den Füßen bei der hohen Geschwindigkeit die Beutevögel so heftig auf den Boden aufprallen, dass den Tieren dadurch das Genick gebrochen wird. Das ist die Erklärung, weshalb dieses Ding völlig zerstört ist, die Geschwindigkeit und der Aufprall sind schuld. Trotzdem bleibt da noch eine Frage: Warum hat Cosmo die Drohne überhaupt angegriffen?

Das Flimmern lässt etwas nach, Lennart hält Ausschau nach dem Falken. Da kommt er auch schon angeflogen und landet bei der zerstörten Drohne. Sofort hackt er auf das Ding am Boden ein, als sei es wirklich ein Beutevogel, dem er das Genick brechen muss.

»Lass das, Cosmo! Was ist denn nur mit dir los? Seit wann lässt du die Tauben ziehen und stürzt dich auf ein elektronisches Ding?« Er wirft ein Tuch über die Drohne, um den Falken von seiner Beute abzulenken, und nimmt ihn auf die Faust. Sofort schlägt Cosmo seinen Schnabel in das Küken und frisst gierig.

Lennart sieht sich um. Wo kam das Gerät her? Es ist weit und breit kein Mensch auf dem Außengelände.

»Hallo«, ruft er vorsichtig. »Hallo, ist hier jemand? Wem gehört denn diese Drohne hier?«

Weder erhält er Antwort, noch kommt jemand aus der Deckung. Muss man nicht Sichtkontakt halten, wenn man eine Drohne fliegt? Was hat sie überhaupt auf dem Gelände gemacht? Ist sie von außerhalb geschickt worden? Aber warum würde jemand das tun, er könnte sie ja nicht mal bergen, wenn sie abstürzt.

Eigentlich sollte er eine Tablette nehmen, am besten noch bevor die Kopfschmerzen einsetzen. Er will nur noch kurz das Fluggerät betrachten. Vorsichtig zieht er das Tuch weg, Cosmo ist mit dem Küken beschäftigt und zeigt kein Interesse mehr an seiner Beute.

Eine Drohne mit vier Rotoren. Sieht aus wie die Dinger, die man überall kaufen kann. Zwei Rotoren sind abgeknickt, an den Bruchstellen hängen Kabel raus. Da gibt es nichts zu reparieren, das ist mal Fakt.

Sie hat eine Kamera, die ist vermutlich auch hinüber. Wurde hier gefilmt?

Wenn nun plötzlich doch ein Besitzer auftaucht und die Verwüstung sieht? Das könnte Ärger geben, schließlich hat sein Falke das Ding in Schrott verwandelt.

»Schluss für heute, Cosmo. Ich bring dich in deine Voliere, bevor du mir noch richtige Flugzeuge vom Himmel holst.«

This email was sent from PRG evaluation program to Kontrollzentrum MGS and Kontrollzentrum FI + Alert generated on Thursday 11th of July at 10:17:52 AM

+++ Auslesung Kameradrohne JK21 nicht möglich + JK21 defekt nach Angriff durch Greifvogel + erfolgreich identifiziert als WFCm2014 + Bluetooth-Übertragung bis Crash erfolgreich + eine Person registriert + identifiziert als autorisierte Person SR300lennartwiesner + Einsatz dringend empfohlen + Bergung von JK21 empfohlen + Erlaubnis zur Kontaktaufnahme freigegeben + Alarmstufe 5 +++

5

Mia sitzt auf dem Boden auf einer dicken Lage von Teppichen und untersucht die Einzelteile des Flugobjektes, die Lennart ihr gebracht hat. Er hängt in ihrem Schreibtischstuhl wie ein nasser Sack. Um seine grün gesprenkelten Pupillen hat sich ein heller Kranz gebildet, im Gesicht ist er ganz bleich. Dabei ist das Ding kein Grund zum Aufregen. Ein ganz normaler Quadrocopter, die gehören mittlerweile zum Alltag, sind überall anzutreffen. Neulich stand sogar in der Zeitung, man würde damit in Zukunft selbstständig Pakete ausliefern lassen. Cooler Gedanke! Eine Drohne, die hier durch die Halle fliegt und ihre Päckchen mit einem Fallschirm zu Boden segeln lässt.

»Ich brauch noch einen Namen für den Raum hier«, sagt sie, während sie Teile der Drohne aneinanderhält, um sich eine Vorstellung von dem ursprünglichen Gerät zu machen. »Büro oder Zentrale ist mir viel zu langweilig. Irgendwas mit Center oder Office.«

»Nenn es doch einfach Nest.«

Dieser Lennart scheint nichts anderes als Vögel im Kopf zu haben.

Die Drohne ist schwer beschädigt, nirgendwo ist ein Schild angebracht, wem sie gehört. Ist das nicht mittlerweile

Pflicht? Sie hat im Netz darüber gelesen, die Schilder müssen feuerfest sein.

»Hier muss es irgendein Speichermedium geben, eine SD-Karte. Außer vielleicht, die Daten wurden per Funk übertragen. Die Antenne war echt fett für das kleine Gerät.«

Lennart interessiert sich gar nicht für die Drohne, er sucht etwas in seinen Taschen und zieht eine Tablettenpackung heraus. »Hast du einen Schluck Wasser für mich?«

Nachdem er die Tablette genommen hat, geht es ihm anscheinend besser.

»Sollen wir nicht Harro rufen?«, fragt er.

»Harro wer?«

»Harro Smolek, der Hausmeister.«

»Lieber nicht.«

»Warum?«

Mia hat keine Lust, ihm diese Frage zu beantworten. Seit sie die Türschlossanlage einmal manipuliert hat, um dem alten Smolek zu beweisen, wie leicht hier Unbefugte eindringen können, ist er nicht gut auf sie zu sprechen. Und wenn der Hausmeister wüsste, dass sie neulich sein Handy bei den Müllcontainern gefunden hat, würde er ausrasten. Vor allem, wenn er rauskriegen würde, was sie damit angestellt hat. Aber das braucht Lennart alles nicht zu wissen.

»Hier ist eine Klappe, die hat sich verkantet. Hast du irgendwo die kleinen Schraubendreher gesehen?«

Wie automatisch zieht Lennart etwas aus der Hosentasche und reicht es ihr. Krass, ein Supertool, ein Allround-

Taschenmesser mit Zange, Säge, Feile und Schraubendrehern. Überlebenswerkzeug für Survival-Fans, das Original.

Als sie die Klappe öffnet, steckt dahinter tatsächlich eine SD-Karte. Mia holt sie vorsichtig aus ihrer Halterung. »Lass uns sehen, was die aufgezeichnet hat.«

Der neue Rechner ist noch nicht fertig zusammengebaut, aber sie hat ihren alten Laptop dabei. Gespannt starren sie auf den Bildschirm, auf dem gerade der Videoplayer startet. Der Quadrocopter hat wirklich gefilmt, die Aufnahme beginnt, als er über das Außengelände auf die Volieren zufliegt.

»Das erklärt natürlich, warum Cosmo so unruhig war«, sagt Lennart. »Er hat die Drohne als Bedrohung angesehen.«

Wie zur Bestätigung dieser Theorie schlägt der Falke im Video aufgeregt mit den Flügeln, während die Drohne nah an das Gitter heranfährt und auf ihn zoomt. Dann zieht sich das Fluggerät schnell zurück, Lennart kommt ins Bild und öffnet die Volierentür.

»Da hat doch jemand gesehen, dass ich gekommen bin!« Entrüstet zeigt er auf den Bildschirm. »Warum hat er sich nicht gemeldet, als das Ding kaputt auf dem Boden lag?«

Gute Frage. Im Video geht Lennart mit dem Falken durchs Bild, spricht mit ihm, zieht ihm die Haube auf und wieder ab. Schließlich lässt er ihn fliegen und starrt in den Himmel. Die Drohne zoomt die ganze Zeit auf den Jungen. Er wirkt beunruhigt, pfeift und versucht den Vogel zu locken.

Plötzlich ein Ruck, wilde Schwenks, der Boden kommt näher, alles ist schwarz. Ende der Aufnahme.

Mia und Lennart sehen sich an. »Was war das denn?«, fragt sie.

»Der Crash«, sagt er nur.

»Noch mal in Slomo?« Sie lässt die Aufnahme in Zeitlupe laufen, man sieht kurz Krallen im Bild. Mia braucht einen Moment, bis sie begreift: Der Falke hat die Drohne angegriffen!

»Echt krass! Und da war wirklich niemand?«

»Nein, niemand.« Lennart starrt immer noch ungläubig auf den Bildschirm. »Ich hab gerufen und mich überall umgesehen.«

»Tatsache ist, dich hat jemand gezielt beobachtet. Dich und deinen Falken.«

Er schüttelt den Kopf. »Kann auch Zufall gewesen sein.«

»Zufall? So sah das aber nicht aus.«

»Vielleicht war das nur jemand, der seine Drohne testen wollte.«

»Und wenn nicht?«

Lennart zuckt die Schultern. »Wie soll ich das denn wissen? Keine Ahnung.«

»Aber warum? Warum beobachtet euch jemand?«

Wieder schüttelt Lennart den Kopf, diesmal heftiger. »Ist ja eigentlich nicht dein Problem.« Er hat wieder eine normale Gesichtsfarbe. »Im Grunde sind die Dinger heute zu billig.« Er steht auf und betätigt den Drücker, das Garagentor fährt hoch. »Dem Eigentümer ist doch völlig egal, was aus der Drohne geworden ist. Wir finden sowieso nicht raus, was dahintersteckt.«

»Und wenn jemand deinen Cosmo klauen will? Wenn sie dich ausspionieren, um dem Tier was anzutun?«

Sofort fährt er herum. »Wie kommst du darauf?«

»Die Welt ist schlecht. Und kein Ort ist sicher.«

»Du hast zu viele Agentenfilme gesehen.«

»Aber ganz geheuer ist dir die Sache doch auch nicht.«

»Was soll ich denn tun? Ich hab überhaupt keine Ahnung von Drohnen und Kameras. Okay, ich weiß jetzt, dass mich jemand beobachtet hat. Zufall oder nicht, ich kann nichts dagegen machen.«

»Wir könnten selbst eine Kamera installieren und schauen, ob noch mehr Drohnen übers Außengelände fliegen oder ob jemand deinen Vogel besucht.«

»Wir?«

Mia versucht ihr freundlichstes Lächeln aufzusetzen. »Ich habe da zufällig eine Überwachungskamera in dem Paket, das du hier neulich reingetragen hast. Hatte ich für meine Garage gedacht. Könnte man natürlich auch draußen anbringen und damit den Vogelkäfig überwachen.«

»Das ist eine Voliere.«

»Okay, dann ist es eben eine Voliere.«

6

Lennart ist mit seiner Mutter im Sony Center am Potsdamer Platz verabredet. Ihr Chef und ihre gesamte Abteilung haben dort ein Meeting mit Investoren, danach möchte sie mit ihm shoppen gehen. Angeblich brauchen sie noch Sachen für die neue Wohnung.

Von dem modernen Berlin hat Lennart bisher nicht viel gesehen. Was für eine Gegend! Ein Gefühl, als wäre er in New York: Glastürme, Stahl, ein ovaler Platz. Kinos, Restaurants, Cafés. Kameras, Bühnen, flackernde Werbetafeln. Business-Leute mit Aktentaschen, asiatische Touristen in Schwärmen, Jugendliche im Selfiefieber. Alles unter diesem spektakulären Zeltdach.

Da oben hat der Chef seiner Mutter den teuersten Konferenzraum angemietet, den man in Berlin bekommen kann, die sogenannte *Bel Étage*. Er lässt potenzielle Geldgeber aus der ganzen Welt einfliegen und in Luxussuiten unterbringen, wirbt aber für möglichst simple Verfahren zur Energiegewinnung aus Biomasse. Kraftstoffe aus Algen, das hört sich schon so eklig an. Damit soll für die Ärmsten der Armen erschwingliche Energie produziert werden. Der Typ sieht sich selbst als Visionär, vielleicht ist er auch nur größenwahnsinnig.

Die *Bel Étage* hat eine Terrasse, bestimmt stehen sie gerade da oben und schauen auf ihn und die anderen Leute hinunter. Irgendwie gefällt ihm die Vorstellung nicht, er kann nicht mal sagen, warum.

Sie sind in einem Donut-Laden verabredet, die ganze Einrichtung ist hip und rosa, es gibt merkwürdige Spezialitäten wie gesalzenen Caramel Latte. Kaffee mit Salz, würg. Bekäme er hier spontane Sehstörungen, wüsste er nicht mal, ob sie von seiner Migräne kämen oder von der Umgebung.

Lennart bestellt einen Donut und knabbert lustlos daran rum. Zum Glück dauert es nicht lange, bis seine Mutter aufkreuzt. Sie hat ein elegantes Kostüm und hohe Schuhe an. Kaum zu glauben, dass sie vor drei Wochen noch Vogelkäfige ausgemistet hat.

»Alles okay mit dir?«, fragt sie. »Du bist sehr blass.«

»Musste eine Tablette nehmen, war aber kein Problem.«

Sie sieht ihn skeptisch an. »Ist es dir zu anstrengend, wenn du allein mit Bus und Bahn durch Berlin fährst?«

»Ich bin dreizehn und kein Baby mehr. Das klappt schon mit dem Bus.«

Mehr erzählt er lieber nicht von seinem Tag. Seine Mutter macht sich immer so schnell Sorgen, da wechselt er besser das Thema. »Sam hat mich auf dem Handy angerufen. Er meinte, ihr hättet eine Überraschung für mich. Er wollte nur wissen, ob ich am nächsten Donnerstag Zeit habe. Mehr hat er nicht verraten, scheint ja ein großes Geheimnis zu sein.«

»Wie schön, wenn das klappt. Du hast recht, im Grunde dürfen wir nichts darüber verraten. Sie führen eine Neuentwicklung vor, und wir haben gedacht, bei der Gelegenheit könntest du das FUTURE-Institut kennenlernen.« Sie bestellt bei der Kellnerin einen Espresso.

»Darf ich eine Freundin mitnehmen?« So ein Institut für Zukunftstechnologie ist bestimmt das Richtige für Mia.

Seine Mutter sieht ihn interessiert an. »Du hast hier in Berlin schon eine Freundin gefunden? Das ging ja schnell.«

Lennart merkt, wie er rot wird. Eigentlich ist Mia keine richtige Freundin, dafür kennen sie sich erst viel zu kurz. Sie ist ziemlich tough, macht seit Jahren den Kampfsport *Wing Tsun*. Daher auch ihr Selbstbewusstsein im Bus, als der betrunkene Jugendliche auf sie zukam. Manchmal schaut er sich heimlich Tutorial-Videos auf YouTube an und versucht sich selbst ein paar Techniken beizubringen. Wenn seine Mutter nur nicht so überängstlich wäre.

»Wer ist sie denn, deine Freundin?«

»Och, nur ein Mädchen, das auch eine Garage bei *My Guard Storage* hat.«

Seine Mutter hebt überrascht die Augenbrauen. »Was macht das Mädchen denn dort?«

Gute Frage, nicht leicht zu beantworten. Den halben Nachmittag hat er Mia geholfen, ihr Falkennest, wie sie die Garage mittlerweile nennt, einzurichten. Am Ende hatten sie die Spielwaren für den Kiosk ihrer Eltern im hinteren Bereich gestapelt und im vorderen Teil eine Art Computerwerkstatt eingerichtet.

»Ihre Eltern sind Vietnamesen, sie haben einen Kiosk, hier in Berlin nennt man das Späti. Mia hilft ihnen beim Schriftverkehr und hat da ein kleines Büro.« Ganz falsch ist es nicht, was er erzählt.

»Das finde ich aber nett. Sag ihr bitte, sie soll einen Personalausweis mitbringen. Ohne kommt man nicht in unser Institut rein.« Sie winkt wieder nach der Kellnerin, dabei hat sie ihren Espresso noch vor sich stehen. Wollten sie nicht shoppen gehen?

»Was machen wir hier überhaupt?«

Seine Mutter sieht auf die Uhr und trinkt den Espresso in einem Zug aus.

»Du hast recht. Lass uns gehen.«

So wie sie es sagt, spürt er gleich, dass was nicht stimmt. Sie ist zu nervös, das ist eine Falle.

»Wir gehen aber nicht wieder zu einem Psychotherapeuten, oder?«

Sie stopft ihr Handy in ihre Tasche und lässt sie zuschnappen. »Nein, kein Psychotherapeut.«

»Was dann?«

»Sie ist Heilpraktikerin, eine sehr nette Frau. Ich hatte schon einen Termin bei ihr, sie kennt sich mit Aura-Migräne bestens aus.«

Er wusste es! Lennart zieht sein Handy heraus. »Wie heißt sie?«

»Frau Herzig. Ihre Praxis ist direkt um die Ecke. Wir sind gleich da.«

Lennart gibt die Info ein und hat sofort einen Treffer. Naturheilpraxis mit Herz, das hört sich erst mal ungefährlich an. Doch dann stößt er auf ihr Spezialgebiet: Hypnose.

Anzuwenden bei Depressionen, Ängsten, Phobien, Panikattacken und körperlichen Beschwerden wie … Weiter liest er nicht.

»Ich bin kein Psycho.«

»Das glaubt auch keiner.«

»Ich geh da nicht hin.«

»Die Hypnosetherapie ist eine der wirkungsvollsten Therapiemethoden, die es gibt«, erklärt sie, »harmlos und schmerzfrei. Du musst dich nur darauf einlassen.«

»Mach ich aber nicht.«

»Wie kannst du nur so stur sein! Harro hat mir erzählt, du hättest wieder ständig Probleme.«

»Harro hat was?« Dabei hat er dem alten Falkner vertraut.

»Versteh doch, Lennart, wir machen uns alle Sorgen.«

Lennart springt auf. »Vielleicht könnt ihr mich einfach in Ruhe lassen. Danke fürs Mitfahrangebot, ich nehme den Bus.«

7

Mia weiß erst gar nicht, was sie sagen soll, als sie am nächsten Tag von der Möglichkeit erfährt, das FUTURE-Institut zu besichtigen. Das FUTURE-Institut!

»Und du bist sicher, ja?«

»Na klar.« Lennart tut so, als wär das keine große Sache.

»Boah, hab ich ein Glück! Weißt du überhaupt, was das für ein krasses Institut ist? Alles total geheim. Ein Projekt von diesem Milliardär Taurus Nolan. So ein cooler Typ, ein Wahnsinniger. Der pumpt sein gesamtes Geld da rein.«

Jetzt wirkt er leicht genervt. »Ja, ich weiß«, sagt er.

Dabei hat er anscheinend keine Ahnung.

»Es gibt natürlich Gerüchte, was dort entwickelt wird. Da geht es um künstliche Intelligenz, um die Lösung all unserer Energie- und Müllprobleme, um völlig neue Denkweisen. Nolan will den Planeten zu einem besseren Ort machen.«

»Will das nicht jeder?« Lennart verdreht die Augen. »Komm lass uns aufs Außengelände gehen, und du zeigst mir ein paar *Wing Tsun*-Übungen.«

In diesem Moment klopft es an das Garagentor. »Aufmachen! Sofort aufmachen.«

Lennart sieht sie erschrocken an. »Wer ist das?«, flüstert er.

»Keine Ahnung«, antwortet sie genauso leise.

Von draußen kommt ganz laut: »Wir wissen, dass ihr da drin seid. Polizei! Wir haben mit euch zu reden!«

Was soll das bedeuten? Lennart ist wieder sehr blass, er schwankt sogar ein bisschen. Wie automatisch bedient er den Türdrücker, das Tor fährt hoch.

Zwei Polizisten stehen vor der Garage, der kleinere hat eine Glatze und einen rötlich blonden Bart. Fast schon bedrohlich schlägt er mit einem Schlagstock in seine freie Hand. Der andere ist dunkelhäutig und deutlich jünger. Er trägt eine futuristische Brille und sieht damit aus wie ein Cop aus einem Science-Fiction-Film. Ob das eine Datenbrille ist?

Er hat ein Gerät mit einem kleinen Bildschirm in der Hand, darauf pulsiert ein roter Punkt. Mist, ein GPS-Empfänger. Die Drohne hatte einen Sender!

»Uns ist ein Fluggerät abhandengekommen«, erklärt der Polizist mit dem Schlagstock.

»Hier geht es um Diebstahl oder Sachbeschädigung«, sagt der andere und sieht sie über den Rand seiner Brille an. »Eine ernste Angelegenheit.«

»Ach, Sie meinen das Spielzeug, das wir draußen gefunden haben. Das Ding lag kaputt auf dem Boden, war nur noch Elektroschrott.«

»Her damit!«

Mia überlegt krampfhaft, wie sie vor den Polizisten verheimlichen kann, dass sie die SD-Karte aus dem Drohnenwrack genommen hat. »Wir dachten, wir könnten das

Ding noch reparieren, und dann hab ich es doch weggeworfen.«

»Ich glaub dir kein Wort.« Der Polizist mit dem Schlagstock macht ein finsteres Gesicht.

»Außerdem würden wir dann nichts orten.« Der andere hält ihr das Gerät mit dem blinkenden roten Punkt vor die Nase.

Ja, logisch. Sie muss ihre Taktik ändern. »Sie sehen doch, wie es hier aussieht. Manchmal verliert man den Überblick. Wir sind schließlich Kinder und spielen nur.«

»Na, klar.« Er steckt den GPS-Empfänger weg und kommt einfach rein. »Sieht nicht so aus, als würdet ihr hier spielen.« Zielstrebig streift er Handschuhe über, durchwühlt das Verpackungsmaterial, nimmt jedes der Teile für ihren Computer in die Hand und betrachtet es. »Ich fürchte, wir müssen hier alles mitnehmen. Wer weiß, was die Drohne gefilmt hat.«

Lennart wirkt immer noch wie paralysiert. Er starrt einfach ins Nichts.

»Aber da waren doch nur Lennart und sein Falke auf der Aufnahme«, sprudelt es aus Mia heraus.

Mist! Sie hätte besser den Mund gehalten.

Die beiden Männer sehen sich an und grinsen. »Da kommen wir der Sache schon näher. Lass sehen!«

»Ick weeß ja nich mal, wer Se sind.« Sie merkt selbst, wie sie berlinert. Wie immer, wenn sie aufgeregt ist.

Der kleinere mit der Glatze zieht einen roten Dienstausweis mit Bild hervor und hält ihn hoch. »Rottweiler. Wir sind von einer Spezialeinheit der Polizei. Drohnenkriminalität. Und das hier ist Kollege Morell.«

Auch der andere holt seinen Ausweis raus und zeigt ihn vor. »Sehr gut, Mai. Du machst es richtig, wenn du nach dem Ausweis fragst. Falsche Polizisten werden dann garantiert unsicher.«

Sie kennen ihren richtigen Namen. Den können sie nur aus einer offiziellen Quelle haben.

»Ich heiße Mia!«

»Nun mach schon. Wir haben nicht ewig Zeit.«

Es bleibt ihr wohl nichts anderes übrig, als den Laptop hochzufahren und ihnen die Aufnahmen zu zeigen.

»Okay«, sagt Morell, nachdem sie das Video gesehen haben, »wir nehmen den Rechner mit und kontrollieren, ob du Kopien davon gemacht hast. Kriegst du wieder, wenn wir alles gesäubert haben. Und jetzt such uns alle Teile der Drohne zusammen.«

Während Mia ihm die geforderten Geräte aushändigt, stellt Rottweiler sich zu Lennart.

»Du bist also Lennart Wiesner, der Junge mit dem Falken. Ich hab den Bericht im *Wildlife*-Magazin gelesen. Das hat Potenzial, wir werden dich und deinen Vogel im Auge behalten.« Er macht die passende Geste dazu, zeigt mit zwei Fingern erst auf seine eigenen Augen und dann auf Lennart.

»Was ... was meinen Sie?«, stottert er.

»Schön weiter trainieren und gut auf den Vogel aufpassen. Keinen weiteren Unfug anstellen, verstanden? Wir melden uns, wenn wir den Falken brauchen.«

Ohne ein weiteres Wort packen sie die Sachen zusammen und gehen.

»Was war das denn?«, flüstert Mia, als sie außer Hörweite sind. »Bericht im *Wildlife*-Magazin?«

»Da stand mein Name gar nicht drin.« Lennart schüttelt den Kopf, als könne er überhaupt nicht glauben, dass sie ihn gemeint haben.

»Aber das sind Polizisten, die können leicht einen Namen herausbekommen.« Mia findet das nicht ungewöhnlich. »Die viel wichtigere Frage ist doch, was die von dir wollen. Oder von Cosmo. Ein bisschen spooky war das schon.« Sie ahmt die dunkle Stimme des Polizisten nach. »Wir melden uns, wenn wir den Falken brauchen.«

8

Lennart hat wieder dieses kribbelnde Gefühl, das über den Kopf nach vorn wandert. In seinem rechten Auge zuckt ein Blitz. Sie haben gesagt, er soll gut auf seinen Vogel aufpassen. Warum haben sie das gesagt? Ist Cosmo in Gefahr? Ein Gefühl von Panik steigt in ihm hoch.

»Ich muss nach ihm schauen, da stimmt was nicht!« Er stürmt aufs Außengelände, an der Tür sieht er es schon: Die Voliere ist leer!

Sicher ist Cosmo im hinteren Bereich, irgendwo in einer Ecke. Tief durchatmen, ruhig bleiben. Die Voliere ist zugesperrt, das Schloss hängt an seinem Platz. Er läuft darauf zu, wieder zuckt ein Blitz in seinem Kopf. Verdammt, warum kommen diese blöden Migräneattacken immer in solchen Situationen.

Er rüttelt am Gitter, späht hindurch. »Cosmo, wo steckst du?« Seine Stimme hört sich panisch an, er merkt es selbst, aber der Falke müsste doch trotzdem reagieren. Er versucht zu pfeifen. Es kommt nur ein dünner Ton raus, als würde Luft aus einem Reifen entweichen. Ein Blick nach links, Harros alte Schnee-Eule zieht seelenruhig Fleischfäden aus einer toten Maus. Alles wie immer.

Mittlerweile ist Mia auch da. »Wat'n los?«

»Er ist weg. Einfach weg! Das Schloss ist noch dran.« Lennart dreht an den Zahlenringen. »Er muss noch in seiner Voliere sein. Vielleicht liegt er verletzt in der Ecke.« Das Schloss springt auf, er reißt an der Tür und stürmt hinein. Kein Cosmo weit und breit. Seine Schläfen pochen, das Gitter um ihn herum scheint ständig in Bewegung zu sein. Es fühlt sich an, als käme es auf ihn zu.

»Bleib mal cool«, sagt Mia und holt ihr Smartphone aus der Tasche. »Ich kann die Bilder der Webcam online abrufen. Dann wissen wir, was hier los ist.«

Cool bleiben. Sie hat gut reden.

Harro ist auch irgendwo auf der Außenfläche, mit einer Schubkarre. »Alles klar bei euch?«, ruft er von Weitem.

Nein, nichts ist klar. In Lennarts Kopf ist die Hölle los. Wenn diese Männer Cosmo entführt haben, warum sagen sie dann, er soll auf ihn aufpassen. Das ergibt überhaupt keinen Sinn.

Mia spult die Aufnahmen auf ihrem Handy zurück. »Nun werd nicht gleich panisch. Du bist auch schon wieder ganz blass. Ist nicht gut, sich immer so aufzuregen.«

Sie redet wie seine Mutter. Das kann er grad überhaupt nicht brauchen.

»Also vor einer Stunde saß er noch ganz brav auf seinem Lieblingsast«, erklärt sie mit Blick auf ihr Smartphone.

Ja, vor einer Stunde. Und jetzt?

Harro kommt mit der Schubkarre an und stellt sie vor der Voliere ab. »Ich hab ihm die Haube aufgesetzt«, sagt er, als müsse das jeder sofort verstehen. »Was will die Göre denn hier?« Er zeigt mit seinem Kinn in Richtung Mia. »Bist du mit der befreundet?«

»Ja, ich rede auch gerne in Ihrem Beisein von Ihnen in der dritten Person, Herr Smolek«, sagt sie, ohne von ihrem Smartphone aufzusehen.

»'tschuldigung, war nicht so gemeint.«

Mia stoppt die Aufnahme und sieht hoch. Sie lächelt. »Guter Trick, Herr Smolek. Auf den ersten Blick sieht man die Zwischentüren gar nicht.«

Lennart versteht kein Wort, aber es dämmert ihm, dass Cosmo nicht entführt wurde.

Harro grinst. »Vermisst da jemand seinen Vogel? Kleiner Anflug von Panik? Ist nebenan, ich hab hier nur mal gründlich sauber gemacht.«

Cosmo sitzt in der rechten Voliere oben auf einem Ast. Muksmäuschenstill, er hat seine Haube auf.

»Hey, du musst dich nicht gleich aufregen. Bist ja ganz blass.«

»Warum sagt mir das eigentlich ständig jeder? Dann bin ich eben blass, ist doch egal.« Die Blitze in seinem Kopf zucken unaufhörlich.

»Nicht in diesem Ton, verstanden!« Harro geht in die Voliere, holt Cosmo und bringt ihn in aller Ruhe zurück. »Dein Vogel ist hier bestens aufgehoben, glaub mir. Was soll denn schon passieren, das Gelände ist gesichert und wird überwacht. Kein Grund zur Panik.«

»Da waren zwei Polizisten.«

»Was wollten die denn?«

»Es ging um eine Drohne, die Cosmo vom Himmel geholt hat.«

»Kann ich mir nicht vorstellen. Warum sollte ein Falke so was tun? Komische Geschichte.«

»Ist aber passiert. Gestern. Wir hatten sogar eine Aufnahme davon. Die ist allerdings jetzt weg.«

Harro schüttelt immer noch den Kopf, als hätte er sich diese Sache nur ausgedacht. »Junge, mit dir stimmt was nicht, ich hab auch mit deiner Mutter darüber gesprochen.« Er schiebt Lennart aus der Voliere und schließt die Tür.

»Ist aber wahr«, sagt Mia. »Ich hab die Aufnahmen auch gesehen.«

Der alte Falkner schaut vom einen zum anderen. Er reibt sich den Bart. »Mein Gefühl sagt mir, hier ist was nicht in Ordnung.«

Plötzlich ist Mia ganz aufgeregt, sie hat noch einmal auf ihr Smartphone geschaut. »Seht mal hier, wir werden schon wieder beobachtet. Das ist in Echtzeit.« Auf dem Bildschirm sieht man sie zu dritt vor der Voliere stehen, immer wieder schiebt sich ein kleines flatterndes Flugobjekt vor die Linse. Sie heben alle drei gleichzeitig den Kopf und schauen in die Richtung, aus der die Bilder kommen müssen.

»Sieht aus wie die Kreuzung eines Miniflugzeugs mit einer Libelle«, sagt Mia und kneift die Augen zusammen. »Das ist eine Insektendrohne.«

»Hab ich hier draußen noch nie gesehen«, sagt Harro. »Filmt die uns?«

»Ich denke schon. Auf den Aufnahmen, die die Polizisten

mitgenommen haben, waren Lennart und Cosmo drauf. Vielleicht wollen sie die beiden weiter beobachten und haben ihr Arbeitsgerät gewechselt, damit es nicht auffällt.«

»Nur Bilder von Lennart und Cosmo?« Wieder streicht Harro ausgiebig über seinen Bart. »Hast du eine Ahnung, was die von dir wollen?«

Lennart schüttelt den Kopf, er würde endlich gerne eine Tablette nehmen.

»Ist dir das egal?«

»Da kann ich sowieso nichts gegen machen.«

»Das ist die falsche Einstellung.« Harro drückt den Rücken durch. »Als Falkner musst du deinen Vogel schützen. Ihr seid ein Team.« Er zeigt mit dem Finger auf Lennart. »Es hat mit dir zu tun, also mach dich auf den Weg und finde heraus, was hier eigentlich passiert.«

»Ich bin auch noch da«, erklärt Mia.

Harro grinst. »Ich geb es ungern zu, aber die Göre hat recht. Sie ist dann wohl dein Technik-Team.«

This email was sent from PRG evaluation program to Kontrollzentrum MGS + Alert generated on Friday 12th of July at 10:41:21 AM

+++ Auslesung Kameradrohne XE22 erfolgreich + Registrierung 3 Personen + Identifizierung erfolgreich + autorisierte Person HM01harrosmolek + autorisierte Person SR300lennartwiesner + autorisierte Person SR274maichunglinh + verdeckte Observation nicht erfolgreich + automatischer Rückzug + automatische Anforderung von Ersatzdrohne + Weiterleitung an Technikzentrale + Installation von Überwachungskamera und Audioaufzeichnung wird empfohlen + Alarmstufe 3 +++

9

Mia zählt die Tage bis zur Besichtigung des FUTURE-Instituts. Täglich googelt sie sich die Finger wund. Taurus Nolan ist eine schillernde Person, eine Popfigur der Technikwelt. Seine Masche war in der Vergangenheit immer die gleiche: Erst kündigt er großspurig ein neues Thema an, dann hört man eine Weile nichts mehr davon, und alle denken, er hat sich übernommen. Oft gründet er sogar eine Firma, die er zunächst geheim hält. Und plötzlich gibt es eine Pressekonferenz, das angekündigte Produkt ist serienreif, die Firma kommt groß raus, und Nolan wird gefeiert wie ein Star. Erst mit der Gründung der FUTURE-Institute vor sechs Jahren hat er begonnen, sein Geld in Projekte zu stecken, die der Menschheit dienen sollen. Vorher waren das manchmal völlig sinnlose Produkte, die aber jedes Mal sehr erfolgreich waren.

Als es ans Tor klopft, schreckt Mia zusammen. Ein Mann vom Paketdienst, er hat eine Lieferung für sie. Gerade kommt Lennart um die Ecke, er schaut ihr beim Öffnen zu. Es ist der beschlagnahmte Laptop.

»Die Polizisten waren wohl zu faul, um ihn persönlich zurückzubringen«, vermutet Lennart.

»Von mir aus brauchen die auch nicht mehr aufzutauchen.« Mia ist immer noch sauer. »Hoffentlich haben sie nichts gelöscht. Oder schlimmer noch, was installiert.«

Lennart sieht sie mit großen Augen an. »Was meinst du?«

»Wer kann mir denn garantieren, dass es wirklich echte Polizisten waren und sie sich an unsere Gesetze halten. Was, wenn ich jetzt ein verstecktes Tracking-Programm auf dem Rechner hab und die überwachen jeden meiner Schritte?«

Er schüttelt verständnislos den Kopf. »Bist du eigentlich von Natur aus misstrauisch, oder gibt es einen besonderen Grund dafür?«

»Frage zurück: Bist du eigentlich von Natur aus gutgläubig, oder gab es da, wo du herkommst, keine Schulhofschläger und Cybermobber? Haben deine Eltern dich immer schön in der heilen Welt eurer Wildvogelauffangstation von allem Bösen abgeschirmt?«

Ins Schwarze getroffen! Lennart kneift die Augen zusammen und ballt die Hände zu Fäusten. Mia sieht ihn zum ersten Mal richtig wütend. Er ist kurz davor, auf sie loszugehen.

»Nur zu, schlag mich!« Sie breitet die Arme aus. »Ich bin unbewaffnet.«

Er merkt natürlich sofort, wie sie das meint, und kratzt sich am Kopf. »Erwischt. Sorry, manchmal hab ich eine Wut, die ich selbst nicht verstehe.«

»Wir könnten nach draußen gehen. Eine Runde *Wing Tsun*?«

Sofort strahlen seine grünen Augen wieder.

»Echt? Würdest du mir das beibringen?«, fragt er schüchtern. Er erzählt ihr, wie er mithilfe von YouTube-Videos die Grundtechniken übt.

»Ich bin natürlich keine *Wing Tsun*-Lehrerin. Wenn du es richtig lernen willst, musst du dir einen echten Lehrer suchen.«

An der Tür begegnen sie dem alten Smolek. Er hat ein Fernglas in der Hand und schüttelt ärgerlich den Kopf. »Da war schon wieder so ein Mistding. Stand stundenlang an der gleichen Stelle, wie in der Luft festgetackert. Hat bestimmt wieder gefilmt. Vergesst nicht: die Volieren immer gut abschließen!«

Als sie hinausgehen, können sie auf dem Außengelände nichts Auffälliges entdecken.

»Hast du einen Lehrer?«, knüpft Lennart an das Gespräch über *Wing Tsun* an.

»Ich bin im Verein und werde dort von einem Meister unterrichtet. Anleitungen aus dem Internet sind ganz okay, aber wenn du mehr Sicherheit bekommen willst, brauchst du regelmäßiges Training mit echten Partnern.«

Lennart nickt. »Genau das will ich.«

»Wenn man das eine Weile macht, bekommt man ein ganz anderes Körpergefühl und ein neues Selbstbewusstsein. Mit der Zeit entwickelst du Fähigkeiten.«

»Die Großen Sieben Fähigkeiten.«

»Genau. Es beginnt mit der Kunst der Achtsamkeit.«

Sie stellt sich vor Lennart hin und geht in den IRAS, den Basisstand im *Wing Tsun*. Er macht es sofort korrekt nach, die YouTube-Videos haben also wirklich was gebracht.

»Master Wong«, erklärt er, »cooler Typ, hat fast zwei Millionen Follower.«

Sie zeigt ihm Drehbewegungen, die man aus der Grundposition heraus machen kann. Lennart hat eine gute Balance und bewegt sich flüssig, aber er muss sich noch sehr auf seinen eigenen Körper konzentrieren.

Mia baut die Übungen so auf, dass sie sich langsam im Kreis drehen und sie gleichzeitig die Umgebung checken kann. Bei den Volieren ist alles prima, der Luftraum ist auch frei. Aber irgendwas ist anders als sonst, das Codeschloss an der Tür zur Halle ist neu. Über dem Kästchen mit der Tastatur gibt es eine dunkle Halbkugel. Eine Kamera! Ein Ersatz für die Drohnen, weil sie aufgefallen sind? Weiß der alte Smolek davon? Wie kann sie Lennart die Kamera zeigen, ohne aufzufallen?

»Mit der Zeit werden die Fähigkeiten wichtiger als die Techniken. Zum Beispiel die Wahrnehmung der Umgebung.« Sie stellt sich direkt vor das Codeschloss und zeigt ihm in schneller Abfolge sechs Kettenfauststöße, alle richten sich natürlich gegen die neue Kamera.

Aber Lennart kapiert nichts. »Das sieht nach jahrelangem Training aus«, sagt er bewundernd und lässt die Arme sinken, »da kann ich nicht mithalten.«

»Es ging grad um Wahrnehmung«, betont Mia noch einmal. »Sieh genau hin. Irgendwann kann man den Angriff eines Gegners abwarten und ihn mit seiner eigenen Kraft besiegen. Oder mit seinen eigenen Waffen.«

Jetzt begreift Lennart, dass sie ihm etwas sagen will. »Du

redest von echten Gegnern und von völlig anderen Waffen, nicht wahr?«

»Genau. Und weißt du, was die fortgeschrittene Stufe im *Wing Tsun* ist? Die vollständige Anpassung an den Gegner. Ich glaube, hier hat jemand nicht verstanden, dass man seinen Feind nicht unterschätzen sollte.«

This email was sent from PRG evaluation program to Kontrollzentrum MGS + CC: Technikzentrale + CC: autorisierte Person HM01harrosmolek + Alert generated on Tuesday 16th of July at 10:12:28 AM

+++ Bildübertragung Überwachungskamera SXX02 nicht möglich + Funktionsstörung vermutet + Kontrolle dringend erforderlich + Alarmstufe 4 +++

10

Lennart und seine Mutter holen Mia auf dem Weg zum Institut beim Späti ihrer Eltern ab. Sie steht pünktlich an der Straße, trägt einen dunkelblauen Rock, eine weiße Bluse und eine Schleife im Haar. Bei der Begrüßung faltet sie die Hände, verbeugt sich förmlich und sagt: »Meine Eltern bedanken sich sehr bei Ihnen dafür, dass Sie mir diese Gelegenheit ermöglichen.«

Seine Mutter schaut überrascht und flüstert ihm später in der Schlange vor dem Besuchereingang ins Ohr: »Die ist aber höflich. Ein nettes und gut erzogenes Mädchen.«

Lennart muss ein bisschen grinsen. Vielleicht ist es ja ganz gut, wenn sie die chaotische Nerd-Mia in löchriger Latzhose und die strenge *Wing Tsun*-Mia im schwarzen Trainingsanzug nicht kennt.

Sie müssen Taschen, Handys und Personalausweise abgeben und werden am gesamten Körper abgescannt. Schließlich bekommen sie Besucherausweise mit QR-Codes.

»Bitte tragen Sie Ihren Code weithin sichtbar«, sagt die Mitarbeiterin, die die Ausweise austeilt, mit einer seltsam steifen Mimik, »damit sie überall im Institut erkannt werden können. Wir müssen sicherstellen, dass jeder Besucher jederzeit gefunden werden kann.«

»Das ist eine Roboterfrau«, flüstert Mia ihm zu. Sie kann den Blick kaum von ihr lösen, so fasziniert ist sie.

Hinter der Schleuse bekommen sie die Personalausweise wieder, aber alle Arten von Aufzeichnungsgeräten sind verboten. Sogar Stifte.

Sam empfängt sie mit einem strahlenden Lächeln. »Wir haben zwei Stunden bis zur Vorführung. In der Zeit können wir euch nicht das ganze Institut zeigen, ihr müsst euch entscheiden.« Er zeigt auf einen Wegweiser mit mehreren Schildern: »Zukunftsforschung, Arbeitswelt, Energietechnologie, Bionik, IT und Kommunikation, Fahr- und Flugtechnik, Werkstatt, Denkfabrik«. Das unterste Schild sieht neu aus, darauf steht: »Unbemannte Flugobjekte«.

»Krass, das ist ja wie im Paradies hier«, sprudelt es aus Mia heraus. »Dürfen wir auch in die Werkstatt?«

Sam winkt ab. »Ist ein bisschen langweilig. Heute stellen die fast alles mit 3-D-Druckern her.«

Mias Augen leuchten. »Genau die wollte ich mir immer mal ansehen.«

Also beginnen sie bei den 3-D-Druckern. Hier erfahren sie, dass diese Geräte mittlerweile nicht nur einfache Kunststoffteile drucken, sondern ganze Häuser bauen und sogar menschliche Knochen nachbilden können.

Danach besichtigen sie das Projekt zur Energiegewinnung aus Algen, in dem Lennarts Mutter arbeitet. »Irgendwann werden alle fossilen Brennstoffe aufgebraucht sein«, erklärt sie und zeigt ihnen riesige Säulen aus Glas mit grünbrauner Brühe, »aber schon vorher brauchen wir preiswerte Energielieferanten. Wir versuchen aus diesen Algen Kraftstoffe herzustellen.«

Auf dem Weg zur nächsten Halle verrät Sam, dass er in der neuen Abteilung für unbemannte Flugobjekte arbeitet. »Großes Thema. Die Voraussagen unserer Zukunftsforscher haben ergeben, dass wir da noch einiges erwarten können.«

Mia läuft ständig an seiner Seite, sie himmelt ihn förmlich an und versucht keines seiner Worte zu verpassen. »Hier will ich auch mal arbeiten.«

»Vielleicht wäre ja ein Praktikum für dich drin.«

»Ehrlich?« Sie wird rot vor Aufregung.

»Eigentlich kein Problem. Lad einfach den Antrag von unserer Internetseite runter und füll ihn aus. Du musst allerdings einen umfangreichen Fragebogen beantworten, wir möchten genau wissen, mit wem wir es zu tun haben.« Sam grinst. »Damit wir uns keine Verbrecher ins Haus holen.«

Der Spruch scheint Mia gar nicht zu gefallen. Sie sagt kein Wort mehr.

»Aber was ist, wenn ihr euch irrt?« Lennart denkt an die Drohne, die Cosmo vom Himmel geholt hat. »Wenn diese ganze Technik falsch eingesetzt wird.«

»Die Gefahr besteht natürlich immer. Wir entwickeln auch selbstfahrende Autos und können nicht ausschließen, dass es zu Unfällen kommt. Doch rein statistisch passieren damit viel weniger Unfälle.«

Sie gehen in die Abteilung für Robotik.

»Guten Tag, Mai und Lennart, ich bin Lucius, und ich

freue mich sehr, euch kennenzulernen«, begrüßt ein etwa zehnjähriger Junge sie an der Tür. Er sieht nur auf den ersten Blick wie ein Kind aus, auf der linken Seite seines Halses hat er keine Haut und keine Muskeln. Stattdessen verlaufen dort Kabel und durchsichtige Glasfaserleitungen, durch die ständig blaue Lichtblitze hindurchjagen. Man kann bis auf die Wirbelsäule aus Edelstahl sehen, er ist eindeutig ein Roboter. Kaum zu glauben, Lucius hat das Gesicht eines Engels und eine ganz natürliche Mimik.

»Wie haben euch die 3-D-Drucker gefallen?«, fragt er freundlich. »Darf ich euch die Projekte in dieser Halle zeigen?«

Das Roboterkind geht voran, und Lennart stolpert ihm verwirrt hinterher. »Woher kennt der uns«, flüstert er zu Mia, »und wieso weiß er, wo wir waren? Und warum sagt er Mai zu dir?« Er erinnert sich, wie ihm das schon bei den Polizisten aufgefallen ist.

»Weil das mein richtiger Name ist, mein vietnamesischer Name.«

»Er hat Sensoren in den Augen«, erklärt Sam in normaler Lautstärke, »damit scannt er die QR-Codes von euren Ausweisen ab. Ihr braucht nicht zu flüstern, er ist nicht beleidigt, wenn ihr ihn als Roboter bezeichnet.«

Das wird ja immer fantastischer! Überall in dieser Halle gibt es Leute, die irgendwas mit Robotern machen. Manche spielen Fußball mit ihnen, andere Strategiespiele. Ein künstliches Känguru hüpft auf und ab, eine Kopie von R2D2 fährt in einer Hohlkugel herum, kippt jedes Mal an einer bestimmten Stelle um und rappelt sich unten wieder auf. Die gesamte Halle sieht wie ein großes Spielzimmer aus.

Lennart weiß nicht, was er davon halten soll. Nie kann man sich sicher sein, ob die Menschen auch wirklich Menschen sind. Lucius zum Beispiel hört ihren Gesprächen genau zu und lacht immer an der richtigen Stelle.

»Die beiden da heißen Bob und Alice«, stellt Sam zwei sich gegenübersitzende Figuren ohne Unterleib vor. »Sie unterhalten sich in einer Geheimsprache, die sie selbst entwickelt haben. Nicht mal unsere Wissenschaftler verstehen sie.«

Allmählich wird es Lennart zu viel. »Ich glaube, ich muss hier raus.« Irgendwie ist es unheimlich, auch weil Lucius so echt wirkt und ihn dauernd ganz intensiv anschaut.

»Was würde dich denn interessieren?«, will Sam wissen.

»Fluggeräte. Mich interessiert, wie wir in der Zukunft fliegen und ob wir es jemals so perfekt beherrschen wie die Vögel.«

»Hätte ich mir denken können! Da bist du wohl ganz der Sohn deines Vaters.« Sam öffnet eine Tür nach draußen. »Wusstest du, dass man ihn ebenfalls gefragt hat, ob er für das Institut arbeiten will?«

»Wen? Meinen Vater?« Nein, das wusste Lennart nicht. Er kann sich das auch nicht vorstellen, sein Vater war doch kein Wissenschaftler. Klar, er hatte studiert, aber im Grunde wollte er immer nur mit den Vögeln zusammen sein.

»Sie suchten einen Vogelexperten für die Bionik-Abteilung. Die Natur ist doch immer noch unser bester Lehrmeister.«

»Und das heißt?« Mia will es mal wieder ganz genau wissen.

»Wir kopieren den leichten Knochenbau der Vögel oder die Gehirne der besonders schlauen Raben. Wir schauen uns an, wie Falken fliegen oder welche Jagdstrategien sie verfolgen. Lennarts Vater hat nicht nur über Vögel promoviert, er war vor allem ein großer Denker. Eine Art Naturphilosoph.«

Was erzählt er denn da? Ob sein Vater ernsthaft daran gedacht hat, zum FUTURE-Institut zu gehen? Warum wollen eigentlich alle für diesen abgedrehten Millionär arbeiten? Seine Mutter hat dafür sogar ihr altes Leben aufgegeben.

Sie lassen die Robotik-Halle hinter sich, Lennart hat ein merkwürdiges Gefühl. Als würde ihn jemand von hinten anstarren. Und wirklich, als er sich umdreht, steht Lucius an der Tür und sieht ihnen mit großen, traurigen Augen nach. Er hebt die Hand und winkt. Lennart grüßt automatisch zurück, es kommt ihm schon gar nicht mehr komisch vor.

Sam redet immer noch. »Unsere Vorführung beginnt in zwanzig Minuten, und ich habe euch ja noch nicht verraten, worum es geht.«

»Ja, bitte, sag es doch endlich!« Mia trippelt vor Aufregung mit den Füßen.

Lennart ist ein bisschen genervt, weil sie sich die ganze Zeit vordrängt und vor Begeisterung sprüht. Andererseits wäre er gern ein bisschen wie sie. Dieses ganze Institut ist so überwältigend, und Mia wirkt überhaupt nicht eingeschüchtert.

»Es geht um Drohnen«, erklärt Sam und sieht jedem in der Runde kurz in die Augen. »Wir entwickeln unbemannte Flugobjekte, die ganz spezielle Aufgaben übernehmen können. Es ist ein interdisziplinäres Projekt, und zurzeit bin ich der Leiter meiner Projektgruppe. Heute stellen wir dem Chef die Prototypen vor. In Wahrheit ist es sogar eine Challenge.«

»Eine Challenge?« Mia reißt die Augen auf.

»Es gab zwei Projekte mit der gleichen Zielvorgabe. Heute wird entschieden, welches davon die besseren Zukunftsaussichten hat. Nolan will dieses Projekt nächste Woche der Presse vorstellen und eine Firma gründen, die das Produkt zur Marktreife bringt. Mehr verrat ich aber nicht.«

11

Mia kann sich nicht sattsehen an all diesen Zukunftsvisionen. Das Institut ist wirklich supercool. Wie lässig Sam davon gesprochen hat, dass sie hier ein Praktikum machen könnte. Womöglich in dieser Abteilung für Robotik. Hoffentlich hat er das ernst gemeint. An den Fragebogen will sie lieber nicht denken. Da müsste sie sicher Angaben zu ihrer Familie machen, und bei ihrer Verwandtschaft mit Onkel Phong würde man schnell auf die Idee kommen, dass sie mit der vietnamesischen Mafia in Verbindung steht.

Sie verlassen den Bereich mit den Gebäuden und folgen einem Weg, der an einem Golfplatz vorbeiführt.

»Im Grunde ist das unser Testgelände«, erklärt Sam, »aber Taurus Nolan ist begeisterter Golfspieler, und da wir mittlerweile auf jedem Kontinent ein FUTURE-Institut haben, hat er überall auf der Welt seinen eigenen Platz. Dürfen wir natürlich auch nutzen.« Er grinst. »Nur das Golfcar nicht. Das ist das Lieblingsspielzeug unseres Chefs.« Er zeigt auf ein knallrotes Fahrzeug, das quer über den Golfplatz mit einer erstaunlichen Geschwindigkeit auf sie zukommt. Es erinnert an einen alten Rennwagen, hat allerdings statt tief liegender Sitze eine Sitzbank. »Da kommt er schon.«

Der Wagen fährt eine Kurve und bremst direkt neben ihnen, darin sitzt ein Mann mit einer Lederhaube und einer alten Fliegerbrille. »Hello Johanna, nice to see you. Hi, Sam, my friend. Das sind unsere Gäste?«

Er spricht mit einem starken Akzent, springt aus dem Fahrzeug und nimmt die Brille ab. »Johanna«, sagt er zu Lennarts Mutter und deutet einen Handkuss an, »gefällt dir deine neue Arbeit?«

Sam hat vorhin erzählt, im Institut würden sich alle duzen, aber ein bisschen seltsam ist es schon. Mia fühlt sich ganz klein. Immerhin ist dieser Mann ein Milliardär! Und er steht einfach vor ihnen und redet, als würden sie sich schon ewig kennen, unglaublich! Lennart wirkt genauso verblüfft.

»Du bist also Mai«, sagt Taurus Nolan freundlich und streckt ihr die Hand entgegen.

Egal wie reich er ist, es gefällt ihr gar nicht, dass er sie Mai nennt. »Eigentlich heiße ich Mia«, sagt sie und bemüht sich, ihm fest in die Augen zu schauen.

Er runzelt kurz die Stirn und zieht dann ein Smartphone aus der Innentasche seiner Jacke. »Hm, dann haben wir wohl falsche Informationen über dich.« Er liest leise vor: »Mai Chung Linh, interessiert sich für künstliche Intelligenz, möchte gern ein Praktikum in unserem Institut machen.«

Mias Herz rutscht in die Hose. Wie bitte? Da steht ihr Name auf dem Smartphone des Milliardärs Taurus Nolan, einem der einflussreichsten Männer des Planeten?

Er tippt kurz auf dem Smartphone herum. »Okay, dann löschen wir Mai und ändern in Mia.« Er grinst sie an. »Soll das nur für unser Institut gelten, oder gleich für die ganze Welt?«

Jetzt kippt ihr endgültig die Kinnlade runter. Aber er lacht und klopft ihr auf die Schulter. »War ein Witz, Mia. Sorry. So was kann ich natürlich nicht.« Dann sieht er auf die Uhr. »Zehn Minuten, ihr müsst euch beeilen. Na, ihr zwei, traut ihr euch, mit mir zu fahren?«

Sie dürfen mit Taurus Nolan in seinem Golfcar fahren! Mia hat das Gefühl, sie müsse gleich aus einem Traum aufwachen. Vielleicht würde sie dann feststellen, dass sie eigentlich nur auf der Couch im Hinterzimmer des Spätis eingeschlafen ist. Das kann doch alles nicht wahr sein! Sie kneift fest die Augen zusammen, und als sie sie wieder öffnet, sitzt sie immer noch neben Taurus Nolan auf der Sitzbank seines roten Golfcars.

»Seid ihr bereit«, fragt er, »die Show darf nicht ohne uns beginnen.«

Die Fahrt mit dem Golfcar ist der Hammer. Als Nolan sieht, wie viel Spaß Mia damit hat, dreht er noch eine Extrarunde über den Platz. Lennart ist ein bisschen grün im Gesicht, er hält sich krampfhaft an dem Bügel fest.

Schließlich fahren sie auf das richtige Testgelände. Es liegt hinter einem grünen Hügel, und der Kontrast zu dem Golfplatz könnte nicht größer sein. Auf einmal befinden sie sich mitten in einer riesigen Schottergrube, am Rand stehen ein Bagger und eine Raupe. Der Milliardär stellt sein knallrotes Golfcar neben den schweren Räumgeräten ab. Es sieht merkwürdig aus, wie Fahrzeuge in einem Spielzeugland.

»Hier machen wir die Außenversuche für unsere neue Abteilung ›Unbemannte Flugobjekte‹«, erklärt Nolan, während sie auf eine Rampe zugehen, eine Art Beobachtungsposten. Dort stehen schon mindestens zehn Personen und erwarten sie, einige davon im weißen Kittel. Er zeigt auf grüne und rote Fähnchen, die in dem Gelände verteilt sind. »Die gehören zu unserer heutigen Challenge.«

Mia würde gerne fragen, was es mit der Challenge auf sich hat, aber Nolan redet schon weiter: »Bis vor Kurzem waren die Projekte zur Drohnentechnologie in der Abteilung ›Fahr- und Flugtechnik‹ untergebracht, doch unsere Zukunftsforscher haben mir immer wieder erklärt, wie wichtig das Thema ist. Mittlerweile haben wir neun Projekte in einer eigenen Abteilung.«

»Neun Projekte?« Mia kann sich gar nicht vorstellen, was das für Projekte sind.

Der Milliardär freut sich über ihr Interesse und kommt richtig in Fahrt: »Die Einsatzmöglichkeiten sind riesig. Man kann sie zur Bergrettung einsetzen oder zur Versorgung von Katastrophenopfern, in der Archäologie, zur Beobachtung von Elefantenherden, als Begleitung beim Vogelzug, zur Unterstützung der Polizei. Teilweise passiert das alles schon.«

»In der Archäologie?«

»Stell dir vor, kleine Insektendrohnen fliegen durch Gänge in Pyramiden, die für Menschen nicht zugänglich sind.«

Das hört sich wirklich irre spannend an. Selbst Lennart, der bisher wenig Interesse gezeigt und lieber den Himmel abgesucht hat, schaltet sich jetzt ins Gespräch ein.

»Aber wie können diese Dinger den Vogelzug begleiten?«, fragt er skeptisch. »Die Akkus halten doch nur wenige Minuten.«

Nolan bleibt stehen und sieht ihn an, in seinem Gesicht ist sowohl Stolz als auch Traurigkeit. »Du erinnerst mich sehr an deinen Vater, Lennart. Genau diese Frage hätte er gestellt. Und dann hätte er mir einen Vortrag gehalten, wie perfekt die Natur die Vögel ausgestattet hat.« Er ist sichtlich bewegt. »Ich vermisse ihn sehr. Sein Wunsch wäre es gewesen, die Vögel auf ihrem Zug in den Süden mit einem solchen Fluggerät zu schützen. Und deshalb gibt es jetzt ein Projekt dazu, wir entwickeln eine Robert-Wiesner-Drohne. Die Mitarbeiter nennen sie liebevoll *Robbifly.*«

This email was sent from PRG evaluation program to Kontrollzentrum MGS + CC: Technikzentrale + CC: autorisierte Person HM01harrosmolek + Alert generated on Thursday 18th of July at 11:40:13 AM

+++ manuelle Kontrollaufnahme nach Reparatur von Überwachungskamera SXX02 + Übertragung von Bild und Ton erfolgreich + Ursache von Funktionsstörung unbekannt + Einsatz Techniker abgeschlossen + Alarmstufe 0 +++

12

Lennart stolpert hinter Taurus Nolan und Mia her, seine Gedanken kreisen um das, was der Milliardär gesagt hat. Sam hat zwar eine Verbindung aus der Vergangenheit angedeutet, aber waren sein Vater und Nolan wirklich so eng befreundet?

An dem Beobachtungsposten wird Taurus Nolan mit großem Hallo begrüßt, man zeigt ihm einen Tabletcomputer und mehrere Fernsteuerungen, die vor einer großen Panzerglaswand auf einer Ablagefläche liegen. Lennart bleibt hinten stehen, Mia dagegen drückt mal wieder ihre Nase zwischen den Leuten hindurch. Vermutlich versteht sie auch, was hier passiert.

»Sam und Johanna kommen gleich«, sagt Nolan zu den Leuten. »Habt ihr den Luftraum im Blick?«

Er stellt ihnen Annika Holmgren als Projektleiterin von Team *Snoopy* vor, eine junge Frau mit weißblonden Zöpfen und schwedischem Akzent. Sie tippt auf das Tablet, und es erscheint eine Radar-Anzeige.

Mia zeigt auf den Metallturm auf dem grünen Hügel, über den sie vorhin gekommen sind. An der Spitze dreht sich eine Radarantenne. »Sam hat gesagt, das ganze Gelände ist eine *no-fly zone.*«

»Eine was?« Der Begriff ist ihm völlig unbekannt.

»Darf nicht überflogen werden«, erklärt Taurus Nolan, »außer von uns.« Er grinst zufrieden. »Wir wollen schließlich nicht, dass jemand unsere Technik stiehlt oder sabotiert. Aber zur Sicherheit überwachen wir den Luftraum natürlich.«

Es gibt noch andere, die den Luftraum überwachen. Zwei Bussarde ziehen würdevoll ihre Runden, gut erkennbar an den breiten Flügeln. Schöne Tiere, das größere Weibchen ist auf der Unterseite fast weiß, das Männchen hat ein dunkelbraunes Gefieder mit wenigen hellen Sprenkeln. Sie stoßen laute Alarmrufe aus, doch sosehr Lennart auch danach sucht, es sind keine weiteren Vögel in der Luft. Vielleicht warnen sie vor einer anderen Gefahr.

Nolan ist seinem Blick gefolgt. »Bonnie and Clyde«, sagt er und schnalzt mit der Zunge. »Die beiden halten mir die Mäusepopulation auf dem Golfplatz in Schach. Wenn du mal mit deinem Falken hier jagen willst, nur zu.«

Taurus Nolan scheint ja bestens über sein Leben Bescheid zu wissen.

»Da kommen Johanna und Sam. Darf ich vorstellen: Sam Weise, Leiter von Team *Radio Wave*.«

Lennart ist ein bisschen stolz, weil Sam der Projektleiter ist. Immerhin kennt er ihn schon sein ganzes Leben lang.

Zu Beginn der Veranstaltung erklärt Annika Holmgren die Projektidee: »Überall auf der Welt findet man Gebiete mit gefährlichen Landminen, vor allem nach kriegerischen Auseinandersetzungen. Stellt euch vor, was es bedeutet, wenn man in einer Gegend wohnt, in denen es solche Sprengfallen gibt. Kinder dürfen nicht frei spielen, die Felder können nicht bestellt werden, die Menschen hungern und haben ständig Angst, einen falschen Schritt zu tun.« Sie macht eine Pause, damit jeder es sich vorstellen kann. »Wir zeigen euch erst mal mit einer kleinen Demonstration, welche Wirkung eine solche Mine hat.«

Sie nimmt eine der Fernsteuerungen und überreicht sie ihrem Chef, dem anzusehen ist, wie sehr er sich auf diese Vorführung freut. Er stellt sich vor die Glasscheibe und bedient die Hebel. Im nächsten Moment kommt ein kleiner ferngesteuerter Jeep unter der Rampe hervor, ein Kinderspielzeug, das durch seine gelbe Signalfarbe in dem steingrauen Gelände gut zu erkennen ist.

»Gib mir eine Zahl, Mia!«, fordert Nolan, und erst jetzt sieht Lennart, dass die grünen und roten Fähnchen mit Zahlen versehen sind.

»Dreizehn«, sagt Mia sofort, »meine Lieblingszahl.«

Er steuert den Jeep geschickt durch das Gelände, immer mit Volldampf, etwas anderes scheint für einen Taurus Nolan nicht infrage zu kommen. Clever lässt er ihn um Gesteinsbrocken herumschlittern oder durch Pfützen hindurchfegen, sodass das Wasser meterhoch spritzt. Ständig kommentiert er mit »Splash« oder »Yeah«, als wären sie in einem Comic. Hört sich lustig an, und Lennart muss zugeben, dass er wirklich sehr geschickt ist.

»Number thirteen, I'm coming«, ruft Nolan, als der Jeep auf die Fahne mit der Dreizehn zusteuert. Dann verlangsamt er doch das Tempo und wirft einen Blick nach rechts, wo ein Mitarbeiter mit seinem Handy filmt. »You got it?«. Als dieser nickt, geht er wieder auf Vollgas. Der Jeep macht einen Satz, das rote Fähnchen knickt um, und im nächsten Moment fliegt die gesamte Szene in die Luft.

Bam! Crash! Wham!

Gelbe Schnipsel von dem Jeep schießen empor, Gesteinsbrocken krachen gegen die Scheibe, eine Staubwolke walzt auf sie zu. Von dem Höllenlärm kommt zum Glück nur ein Bruchteil bei ihnen an, die Scheibe schirmt fast alles ab. Im ersten Moment hat Lennart reflexartig den Kopf eingezogen und sich die Ohren zugehalten, nur mühsam realisiert er, dass hinter dem Panzerglas keine Gefahr droht. Wie alle anderen starrt auch er auf den Krater in der Erde, der langsam auftaucht, als sich der Staub wieder legt. Keiner sagt ein Wort, aber irgendwer fängt an, in die Hände zu klatschen. Andere machen mit, und bald applaudieren alle mit Begeisterung. Das Geräusch wird von der Glaswand zurückgeworfen und schwillt zu einem tosenden Applaus an.

Nolan hält die Fernsteuerung hoch wie einen Pokal und verbeugt sich vor seinem Publikum. Er strahlt über das ganze Gesicht und beendet schließlich den Beifall mit einer einzigen Handbewegung.

Annika übernimmt wieder das Steuergerät und fährt mit ihrem Vortrag fort: »Wie ihr euch vorstellen könnt, ist die Arbeit der Minensucher lebensgefährlich. Minensuchhunde sind teuer, und eigentlich will sie niemand der Gefahr aussetzen. Wenn Raupenfahrzeuge über die Felder fahren und die Minen sprengen, wird dabei der Boden zerstört.«

Hat man ja gesehen.

»Wir haben uns also überlegt, es wäre schlau, wenn wir die Landminen aus der Luft aufspüren. Mit sicherem Abstand.«

»Die Entschärfung müsste dann immer noch am Boden von Experten erfolgen«, ergänzt Sam, »aber wir wüssten genau, wo sich die Sprengfallen befinden. Und Attrappen könnten wir ebenfalls erkennen.«

»Genau«, bestätigt Annika. »Es gab zwei Ansätze, einmal über Radarortung und einmal über künstliche Geruchsdetektoren.«

Taurus Nolan nickt zustimmend. »Team *Radio Wave* und Team *Snoopy*. Deshalb gibt es auch die Challenge. Wir testen, welches der beiden Verfahren mehr Erfolg verspricht. Möge die bessere Technologie gewinnen!«

13

Lennart stellt sich vor, wie die Drohnen über ein ehemaliges Kriegsgebiet fliegen. Eine schnüffelt wie ein Hund, die andere scannt das Gelände ab wie mit Falkenaugen. Immer wenn sie einen Sprengkörper entdecken, jagen sie ihn mit einem blauen Strahl in die Luft. *Bam!* Sandfontänen schießen in den Himmel, alles wie in einem Computerspiel.

Aber so ist es natürlich in der Wirklichkeit nicht.

Diesmal reicht Sam dem Milliardär die Fernsteuerung. Kein Spielzeugcontroller, sondern ein großes, professionelles Gerät mit Schalthebeln und Bildschirm. »Wir kombinieren Radar- und Mikrowellentechnik, die Bilder werden übereinandergelegt und mit unseren Telemetriedaten abgeglichen«, erklärt er. »Das größte Problem dabei ist die Stabilität beim Flug mit der schweren Technik. Das haben wir noch nicht zu unserer Zufriedenheit gelöst.«

»Vielleicht braucht ihr nur einen guten Piloten«, sagt Nolan selbstbewusst und lässt sich in die Fernsteuerung einweisen. Als sie damit fertig sind, sagt er: »We need music.«

Alle sehen sich erstaunt an, nur Annika scheint diese Marotte ihres Chefs bereits zu kennen. Sie lässt auf dem Tablet eine Fanfare abfahren, es folgt das Titelthema aus den *Star*

Wars-Filmen. Die anderen zücken ihre Handys und fangen an zu filmen.

Sam drückt einen Knopf, und direkt vor der Glaswand öffnet sich im Boden eine Luke. Wie in einer Zaubershow wird ein Fluggerät auf einem Podest so weit in die Höhe gefahren, bis alle ihm in die Kameraaugen schauen können. Man erkennt gut den Grundkörper einer Drohne, die nach Militärtechnik aussieht und sicher einige Kilos wiegt. Der Rest wirkt noch sehr improvisiert, die Messgeräte sind auf dünne Lochbleche aufgeschraubt und nicht verkleidet.

»Hey«, sagt Nolan, »ein echter *Space-Racer.*«

Alle lachen. Lennart lacht mit, obwohl er den Witz nicht verstanden hat.

»Let's go!«, sagt der Millionär und drückt auf den Startknopf. Die Rotorblätter drehen sich, die Drohne hebt ab und bleibt in der Luft stehen.

»Wie hoch kann es fliegen?«, fragt Nolan, aber er wartet die Antwort nicht ab. Das Fluggerät steigt steil auf, dabei schwankt es hin und her, als würde es eine viel zu schwere Last tragen.

»Vorsicht«, warnt Sam, »am besten schaltest du auf Autopilot.«

Auf dem Bildschirm erscheinen erst grüne Höhenlinien, dann erkennt man Konturen und Farben. Schließlich baut sich ein komplettes Luftbild auf.

»Auf keinen Fall Autopilot«, antwortet Nolan und fliegt die Drohne über das Minengelände. »Ein bisschen Spaß muss sein.«

Es leuchten Punkte auf, sie zeigen die Sprengfallen an. Rote und grüne. Echte Minen und Attrappen, wie Sam erklärt. Daneben gibt es auch dunkle Punkte in Rot und Grün.

»Die hellen hat unser Prototyp erkannt.« Sam zeigt auf mehrere dunkle Punkte am Rand des Displays. »Diese hier noch nicht. Flieg mal in die Richtung, Taurus, aber bitte langsam.«

Langsam geht bei Nolan natürlich gar nicht. Er jagt die Drohne in die geforderte Richtung, schließlich ist das ein *Space-Racer.* Als er sie stoppen will, gerät sie ins Trudeln.

»Vorsicht«, ruft Sam wieder, doch da ist es schon zu spät. Das Fluggerät stürzt ab, schlittert über das Schotterfeld und reißt dabei zwei der Fahnen um. Wieder zieht Lennart den Kopf ein und hält sich die Ohren zu, aber die erwartete Explosion bleibt aus.

Totenstille.

Er öffnet die Augen, Sams Prototyp liegt auf dem Rücken. Die Sprengfallen haben nicht gezündet. Es waren wohl nur Attrappen.

»Damn it all!«, schreit Nolan und knallt die Fernbedienung auf den Boden. »Macht die Musik aus, die Kameras auch!«

Betretenes Schweigen, alle schalten ihre Geräte aus. Lennart spürt die grenzenlose Enttäuschung bei Sam und seinem Team. Kein Wunder, da basteln sie monatelang an ihrem Prototyp, und ihr Chef schrottet das Ding gleich beim ersten Einsatz, nur weil er seinen Spaß haben will.

»Ja, ich weiß«, sagt der Milliardär, »ihr habt gesagt, ich

soll langsamer fliegen. Das Ding ist sowieso viel zu groß und zu schwer. Wir müssen sie kleiner bauen, viel kleiner!«

Immer noch sagt keiner was.

»Vielleicht ist sie nicht kaputt, schließlich hat sie keine Sprengung ausgelöst«, vermutet Nolan.

Lennart kann nicht glauben, dass er das gesagt hat. Die Drohne liegt auf dem Rücken, die Rotorblätter sind doch total empfindlich! Völlig klar, dass der Prototyp hinüber ist.

»Wir müssen sie bergen«, bricht Sam das Schweigen, »ich brauche ein Bergungsteam und die Transportdrohnen.«

Die Transportdrohnen sind mit Greifern und Magneten ausgestattet, alles andere wäre in dem verminten Gelände viel zu gefährlich. Es dauert eine Weile, bis Sam alle Aufgaben verteilt hat und die Geräte einsatzbereit sind.

»Die Challenge können wir heute wohl vergessen«, sagt Annika enttäuscht, aber mitfühlend.

Taurus Nolan zeigt auf sie. »Ich hoffe, dein Prototyp ist deutlich kleiner. Ich zähl auf dich, Annika. Du kannst mir das Gerät jederzeit vorführen, ich bin noch sechs Tage in Berlin. Die Pressekonferenz für Dienstag steht, das ist deine Chance.« Dann verlässt er einfach die Rampe, geht zu seinem roten Golfcar und fährt davon.

»Manchmal ist er ein richtiges Arschloch«, murmelt Sam, einige der Umstehenden klopfen ihm auf die Schulter. Er dreht sich zu Lennart und Mia um. »Seid mir nicht böse, die brauchen mich hier. Ihr müsst zurück, das Institut schließt gleich für Besucher, Johanna begleitet euch hinaus.«

Während sie sich verabschieden, fällt Lennarts Blick auf

den Tabletcomputer. Offenbar sendet der defekte Prototyp noch Bilder. Die Aufnahmen kommen von drei verschiedenen Kameras, sie wechseln sich alle paar Sekunden ab. Erst glaubt er an einen Irrtum, aber da liegt ein Vogel auf dem Boden. Ja, ganz richtig, ein toter Greifvogel! Es ist Bonnie, das Bussardweibchen mit der auffallend weißen Brust.

Sam hat es auch gesehen, ihre Blicke treffen sich, er ist genauso bestürzt. »Das war ein Unfall, Lennart«, flüstert er ihm zu. »Das hat niemand gewollt.«

Aber Lennart ist wie betäubt. Die Alarmrufe der Bussarde vorhin, damit waren sie gemeint: die Menschen, die mit einem Kinderspielzeug eine Sprengfalle auslösen wollten.

This email was sent from PRG evaluation program to Kontrollzentrum MGS + CC: Technikzentrale + CC: autorisierte Person HM01harrosmolek + Alert generated on Friday 19th of July at 09:14:31 AM

+++ Bildübertragung Überwachungskamera SXX02 nicht möglich + Funktionsstörung vermutet + Sabotage vermutet + Kontrolle dringend erforderlich + Alarmstufe 5 +++

14

Lennart hat mal wieder schlecht geträumt. Am Abend hat er noch lange mit seiner Mutter diskutiert, die ihm nicht glauben wollte, dass durch die Explosion ein Greifvogel gestorben ist. »Du hast ein flackerndes Bild auf einem Monitor gesehen? Bestimmt war das nur ein Stück Holz, das wie ein Tier ausgesehen hat.« Es macht keinen Sinn, mit ihr über solche Dinge zu diskutieren.

Und dann dieser Traum! Sein Vater war aus der Staubwolke einer Explosion auf sie zugekommen, auf der Hand das Bussardweibchen mit der weißen Brust. Er blieb stehen und sah in ihre Richtung, woraufhin Taurus Nolan sofort seinen gelben Jeep losschickte. An dieser Stelle war Lennart schweißgebadet aufgewacht.

Jetzt, auf dem Weg zu Cosmo, muss er immer noch an den wütenden Gesichtsausdruck seines Vaters denken. Die Sache mit dem Bussard hätte er nicht auf sich beruhen lassen. Er hätte das Amt für Naturschutz oder eine andere Behörde eingeschaltet, ganz bestimmt. Aber was kann ein dreizehnjähriger Junge schon tun? Es gibt keine Beweise und vermutlich hat das FUTURE-Institut alle Genehmigungen für eine solche Sprengung eingeholt. Es war ja wirklich ein Unfall, niemand hat den Tod des Vogels beabsichtigt. Vielleicht fühlt er sich auch schuldig, weil er nach der Explosion mitgejubelt hat.

Bei Cosmo angekommen, hat Lennart auf einmal allen Mut verloren, den Falken fliegen zu lassen. »Weißt du, Cosmo, heute gibt es ausnahmsweise nur Futter aus der Gefriertruhe. Ist klar, auf Dauer tut es dir nicht gut, wenn du nicht frei fliegen kannst. Aber ich könnte es nicht ertragen, wenn dir was passiert.« Dabei scheint die Sonne, und der Wind weht nur wenig. Bestes Flugwetter. Cosmo wird nicht verstehen, warum er nicht rausdarf. Lennart setzt sich in der Voliere auf einen Baumstamm und schaut ihm beim Fressen zu. »Es fühlt sich schrecklich an, wenn ich dich hier allein lasse. Diese Drohnen, die uns beobachten, sind mir unheimlich. Wenn ich nur wüsste, was es damit auf sich hat.«

Harro hat gesagt, es hätte mit ihm zu tun und sie sollten herausfinden, was da eigentlich los ist. Doch bisher hat Lennart sich nicht mit diesem Technikkram beschäftigt. Klar kann er einen Computer bedienen, ein Spiel runterladen oder eine Präsentation für die Schule erstellen. Doch was Mia technisch draufhat, würde er niemals hinbekommen. Erst vorgestern hat sie sein Handy so eingerichtet, dass er jederzeit einen Blick auf die Volieren werfen kann. Sie hat die Kamera ganz versteckt über der Tür angebracht, damit man sie nicht so schnell entdecken kann.

Gerade als Lennart versucht sie ausfindig zu machen, geht die Tür auf, und die beiden Polizisten treten heraus. Diesmal tragen sie keine Uniform, sondern blaue Arbeitsanzüge und Schirmmützen. Sie kommen direkt auf ihn zu.

»Lennart Wiesner, wir müssen dich und deinen Vogel mitnehmen«, sagt der Kleinere mit dem rötlichen Bart, der sich Tage zuvor mit Rottweiler vorgestellt hat. »Zieh ihm die Haube über, wir haben nicht viel Zeit.«

Lennart springt auf. »Was wollen Sie von mir?«

»Das können wir dir nicht sagen. Ist eine Geheimoperation, wir brauchen deine Hilfe.«

»Ich will noch mal ihre Ausweise sehen.« Er ist froh, dass ihm das eingefallen ist.

Die beiden ziehen ihre roten Ausweiskarten hervor und halten sie direkt vor das Gitter. Die Bilder sind gut erkennbar, es gibt Dienstausweisnummern, und beide Ausweise haben rechts unten ein Wappen mit dem Berliner Bären. Sie lassen ihm Zeit, den Text zu lesen. »Abraham Morell steht als Kriminalbeamter im Dienst der Polizei des Landes Berlin und ist zur Vornahme polizeilicher Amtshandlungen und zum Führen einer Schusswaffe berechtigt«. Abraham Morell, den Namen denkt sich keiner aus. Genauso wenig wie Lorenz Rottweiler. Würde man sich freiwillig den Namen einer Hunderasse aussuchen? Die Ausweise sehen echt aus. Ob die beiden wirklich Waffen dabeihaben?

»Wohin bringen Sie mich? Sie können mich doch nicht einfach mitnehmen. Außerdem kann man einen Falken nicht so leicht transportieren, man braucht eine Transportbox.«

»Na, klar. Zufällig wissen wir aber, dass du ihn auch auf der Hand hier reingetragen hast.«

Verdammt, woher wissen sie das?

»Na, los, die Haube!«

Lennart nimmt Cosmo auf den Handschuh und zieht ihm die Haube über. Er bewegt sich extra langsam, damit er überlegen kann. Wenn sie durch die Hallen gehen, könnte er jemanden zu Hilfe rufen. Aber was würde das nützen? Schließlich würden sich die beiden einfach als Polizisten zu erkennen geben, und dann würde sie niemand daran hindern, ihn und Cosmo mitzunehmen.

»Was, wenn ich nicht mitgehe? Ich bin minderjährig und hab mir nichts zuschulden kommen lassen. Sie müssen erst meine Mutter verständigen.«

»Okay«, sagt Rottweiler lässig. »Dann nehmen wir nur den Vogel mit. Du hast keinen Falknerschein, die Haltungsbedingungen hier müssen überprüft werden. Wir finden einen Grund.«

Das kann Lennart natürlich nicht zulassen. Vielleicht begegnen sie wenigstens Harro, wenn sie durch die Hallen gehen.

Aber die beiden Polizisten schlagen einen anderen Weg ein. Sie nehmen Lennart in die Mitte und führen ihn über das Außengelände. Wohin wollen sie? Weit hinten gibt es eine Stahltür in der Mauer, die ihm noch nie aufgefallen ist. Genau wie alle anderen Türen im *My Guard Storage* ist sie mit einem Codeschloss gesichert. Morell gibt die Nummer ein, als würde er hier täglich ein und aus gehen.

Dahinter ist eine ganz normale Berliner Straße, am Straßenrand parkt ein schwarzer Kleinbus mit dunklen Scheiben. Sie öffnen die Schiebetür, die Sitze sind so montiert, dass man sich gegenübersitzt.

»Rein mit euch«, sagt Rottweiler im Befehlston.

»Wohin bringen Sie mich? Das ist doch kein Polizeiwagen.«

»Keine Fragen mehr. Steig ein, alles Weitere erklären wir dir später.«

Lennart hat ein ungutes Gefühl. Er überlegt, ob er einfach weglaufen soll, aber mit dem Vogel auf dem Arm geht das nicht. Und wenn er Cosmo einfach fliegen lässt?

»Keine Mätzchen!« Rottweiler packt ihn am Arm und schiebt ihn in den Bus, Morell nimmt bei ihnen Platz. Die Tür geht zu, es wird dunkel im Fahrzeug. Was hat Mia neulich gesagt? In Berlin verschwinden jeden Tag Kinder.

This email was sent from PRG evaluation program to Kontrollzentrum MGS + Alert generated on Saturday 20th of July at 09:35:12 AM

+++ Auslesung Kameradrohne XE25 erfolgreich + Registrierung 3 Personen + Identifizierung erfolgreich + autorisierte Person SR300lennartwiesner + autorisierte Person SP02lorenzrottweiler + autorisierte Person SP07abrahammorell + Aktivitätsprotokoll: Mitnahme SR300lennartwiesner und WFCm2014 + Operation erfolgreich + Alarmstufe 1 +++

15

Mia muss im Späti das Kühlregal auswischen, in zwei Stunden soll eine Lieferung kommen. Wieder einmal prüft sie auf ihrem Smartphone unauffällig, ob sie eine Nachricht bekommen hat. Sie wartet auf Antwort von Lennart, mit dem sie eigentlich zum *Wing Tsun*-Training verabredet ist. Er müsste doch längst bei Cosmo sein.

Im Auto nach der Institutsbesichtigung hat er so verstört gewirkt, und dann am Abend rief er noch an, um von einem Greifvogel zu erzählen, der angeblich bei der Explosion ums Leben gekommen sei. Eine merkwürdige Geschichte, sie selbst hat keine Vögel am Himmel gesehen. Und gestern hat er wieder einmal den ganzen Tag im Bett gelegen, und der alte Smolek hat den Falken versorgt. Diese Kopfschmerzen sind bestimmt grauenhaft.

Mia öffnet die App, mit der sie die Überwachungskamera ansteuern kann. Die Tür der Voliere steht offen, Lennart ist also schon da. Leider lässt sich die Kamera nicht schwenken. Sie spult die Aufnahme zurück, um zu schauen, in welche Richtung Lennart mit Cosmo gegangen ist. Moment mal, was ist das? Da sind diese Polizisten von neulich. Sie nehmen Lennart und den Falken mit. Mia sieht auf die eingeblendete Uhr. Das war vor einer Viertelstunde.

»Mẹ, ich muss weg«, ruft sie in Richtung Hinterzimmer.

»Kommt nicht infrage!« Sofort ist ihre Mutter im Verkaufsraum und stellt sich vor die Tür. »Du machst das fertig. Jetzt!«

»Aber da ist was passiert, ich muss zur Halle.«

»Mai, du machst das fertig! Sonst gibt es für dich keine Halle.« Sie zeigt auf die Kamera in der Ecke. »Dein Vater ist im Getränkelager. Er sieht, wenn du nicht ordentlich arbeitest.«

Immer diese Erpressungen. Genauso wie ihre Eltern von anderen erpresst werden, geben sie es an ihre Tochter weiter. Mia ist stinksauer und schrubbt das blöde Kühlregal schnell fertig.

Endlich darf sie sich auf den Weg zum *My Guard Storage* machen.

Als sie dort ankommt, steht Smolek vor der leeren Voliere. »Du schon wieder«, sagt er. »Hast du eine Ahnung, wo Lennart hin ist?«

Sie zeigt ihm die Aufnahmen auf ihrem Handy.

»Die sind durch die Hintertür verschwunden«, sagt der Alte wütend. »Dabei hab ich die Verantwortung für den Falken. Was wollen die nur von dem Jungen?«

»Vielleicht sind das gar keine Polizisten, und das war eine Entführung.«

»Quatsch, die kenne ich doch. Die gehen hier ein und aus. Ich glaube, die haben hier eine Außenstelle, von der niemand wissen soll. Sie tun immer sehr geheimnisvoll.«

»Haben Sie den Code für die Tür da hinten?«

Sie gehen über die Außenfläche zu der Tür. Smolek zieht einen zerknitterten Zettel aus der Hosentasche und tippt einen Code ein, der darauf steht.

»Keine Ahnung, Mädchen, was du hier willst. Hast du noch meine Nummer? Ruf mich an, wenn du was von Lennart und dem Falken hörst.« Er dreht sich um und geht davon.

Mia weiß selbst nicht genau, was sie hier sucht. Im Gebüsch steckt eine Feder, natürlich kann sie nicht mit Bestimmtheit sagen, ob sie von Cosmo stammt.

Auf der anderen Straßenseite gibt es einen türkischen Gemüseladen. Mit etwas Glück hat jemand was beobachtet.

Die Besitzerin schüttelt nur den Kopf. »Ich nix gesehen. Frag die Kinder.«

Auf dem Bürgersteig spielen drei Jungen mit einem Ball, einer dribbelt um Mia herum. »Habt ihr einen Jungen mit einem Falken gesehen? In Begleitung von zwei Männern?«

Sie tun so, als hätten sie nichts gehört, plötzlich kommt der Ball auf sie zu. Blitzschnell hebt sie die Unterarme vors Gesicht und wehrt ihn ab.

»Was soll das?«, schimpft sie.

»Wollten nur mal sehen, was du so draufhast.« Der Junge, der das sagt, ist höchstens zehn. Er hat schwarze Locken und tiefbraune glänzende Augen.

Mia hat das sichere Gefühl, dass er mehr weiß. Sie stürmt auf ihn zu, packt seinen Arm und dreht ihn auf den Rücken. »Raus damit, was hast du gesehen?«

»Ein schwarzer Bus«, stammelt der überrumpelte Junge, »die kaufen hier manchmal was.«

»Hat einer von euch Fotos gemacht?«

Sie schütteln alle den Kopf, aber Mia lässt nicht locker. »Wie heißt ihr?«

Die beiden anderen schnappen sich den Ball und laufen davon.

Mia zieht dem Jungen den Arm noch mehr auf den Rücken, er stöhnt. »Na los, wie heißt du?«

»Amin«, presst er heraus.

»Gib mir dein Handy, Amin!«

Als er es rausrückt, lässt sie ihn los. Er läuft ein paar Meter und bleibt dann stehen.

»Du bekommst es gleich wieder, ich checke nur die Fotos.«

Was für ein Glück, er hat sogar ein Video gemacht. »Ich wusste es!«, sagt sie triumphierend. »So einen Vogel muss man einfach aufnehmen.« Sie schickt das Video an ihre eigene E-Mail-Adresse und hält ihm sein Smartphone hin. »Schau mir in die Augen, Amin, das ist jetzt wichtig. Dieser Junge auf dem Video ist entführt worden. Wenn du ihn oder die Männer noch mal siehst, machst du wieder ein Video und schickst es mir. Ist das klar?«

Amin kommt einen Schritt näher. »Und warum soll ich das machen?«

»Weil ich dir dann zeige, wie du dich wehren kannst, wenn dir jemand den Arm umdreht.« Mia lächelt ihn an.

Der Junge strahlt auf einmal über das ganze Gesicht. »Versprochen?«

»Versprochen!« Sie hebt die Hand, und er schlägt ein.

Dann schnappt er sich sein Smartphone und rennt schnell weg. Es wird höchste Zeit, dass sie an ihren Rechner kommt.

16

Lennart wird immer ruhiger, je länger sie fahren. Es ist paradox, normalerweise müsste er sich doch Sorgen machen. Die Scheiben des Busses sind dunkel, die Welt draußen zieht nur schemenhaft vorbei. Vielleicht ist es wie mit der Haube bei den Falken: Je weniger man wahrnimmt, desto ruhiger wird man. Die beiden Männer wirken routiniert, sie reden kein Wort. Morell sitzt ihm gegenüber und schaut einfach nur auf den Boden, Cosmo auf seiner Hand bewegt sich auch nicht. Es kommt ihm vor, als wäre die gesamte Situation eingefroren.

Vielleicht haben diese Polizisten einen guten Grund, ihn mitzunehmen. Sie haben gesagt, sie brauchen seine Hilfe. Dieser Morell sieht gar nicht aus wie ein Polizist, seine Brille ist echt spacy. Er ist noch jung, und mit der dunklen Haut und den kurzen Haaren wirkt er eher wie ein amerikanischer Austauschstudent. Sie haben gesagt, sie gehören zu einer Spezialeinheit gegen Drohnenkriminalität. Das Wort hat er noch nie gehört, aber warum sollte es das nicht geben? Es gibt schließlich auch Cyberkriminalität.

Sie halten an, Rottweiler steigt aus und öffnet die Seitentür. »So, kommt raus, wir sind da.«

Der Bus parkt am Straßenrand vor einem großen Rolltor.

Auf einem Schild steht, dass es sich um ein privates Grundstück handelt und das Betreten durch Unbefugte verboten ist. Rundherum versperren dichte Büsche den Blick.

»Hier trainiert eine Hundestaffel der Berliner Polizei«, erklärt Morell, »aber nur von Montag bis Freitag. Die Tiere leben alle im Haushalt ihrer Hundeführer. Wir sind also allein.«

Er holt einen großen Karton aus dem Kofferraum des Busses, und sie gehen auf das Trainingsgelände. Ein Sportplatz, im Innenbereich sind verschiedene Hindernisse aufgebaut, es gibt eine Kletterwand und einen Schießstand. Die beiden Polizisten erklären ihm alles bereitwillig und zeigen ihm, wo er Cosmo absetzen und mit einem Spezialriemen festmachen soll. Das ist der Falke zwar nicht gewohnt, doch Lennart will kein Risiko eingehen. Wer weiß, was hier passiert.

»Er ahnt sicher schon, welche Arbeit auf ihn zukommt«, sagt Morell mit einem breiten Grinsen und macht sich daran, den großen Karton zu öffnen. Er sieht aus, als würde er sich riesig darauf freuen.

»Vielleicht sagen Sie mir endlich, was Sie von uns wollen. Wir werden bestimmt schon vermisst.«

»Ich sagte doch, dies ist eine Geheimoperation.« Rottweiler sieht ihn streng an. Er scheint überhaupt nie zu lachen. »Du wirst gleich noch ein Protokoll unterschreiben, mit dem du dich verpflichtest, über unsere Aktivitäten Stillschweigen zu bewahren. Hast du verstanden?« Er fasst Lennart am Kinn. »Kein Wort zu niemandem! Auch nicht zu Harro Smolek oder zu Sam Weise. Und zu deiner Mutter schon gar nicht.«

Sie kennen alle seine Kontakte!

»Und wenn jemand anruft, gehst du ran und sagst, es wär alles in Ordnung. Verstanden?!« Rottweiler deutet auf Lennarts Smartphone, das aus der Jeanstasche herauslugt. »Sonst müssen wir dir das wegnehmen.«

Der Karton enthält zehn Pakete mit sogenannten Mini-Quadrocoptern. Anfängerdrohnen für Kinder, billigste Bauart, ungefähr so groß wie die Handfläche eines Erwachsenen. Lennart hat sie schon für unter fünfzehn Euro im Netz gesehen. Morell macht sich sofort daran, das erste Paket auszupacken. Er schaut sich nicht erst die Gebrauchsanweisung an, sondern legt sofort die Rotoren in die dafür vorgesehenen Ringe und rastet sie ein. »Das Ringdesign ist eine Schutzfunktion«, erklärt er und wirft Lennart eins der Pakete zu, »damit sich die lieben Kleinen nicht an ihren Fingerchen verletzen. Na los, du kannst helfen.«

Als alle fertig zusammengebaut sind, startet Morell die erste Drohne. Erst fliegt er sie sehr langsam, sie hebt kaum vom Boden ab und setzt ein paar Mal auf. Das Gerät ist witzig, es blinkt in verschiedenen Farben und hat sogar eine Sirene, die losheult, wenn es auf dem Boden aufsetzt. Erst als der Polizist in den zweiten Modus schaltet, wird die Drohne deutlich schneller und lauter. Sie fliegt hoch in die Luft.

»Sie hat eine 360-Grad-Rotationsfunktion für kontrollierte Überschläge«, berichtet Morell begeistert und drückt einen roten Knopf. Der Quadrocopter macht einen Überschlag. »Habt ihr das gesehen? Ist gar nicht so einfach, das Ding hinterher in der Luft zu halten.«

»Komm zur Sache«, mahnt Rottweiler, und Morell fliegt die Drohne wieder im langsamen Modus.

»Automatische Rückholfunktion ist hier.« Er demonstriert die Funktion, die Drohne fliegt auf ihn zu. »Und mit diesem Knopf kann man auf kopflosen Modus umstellen.«

»Kopflos?« Lennart versteht gar nichts.

»Dann ändert der Quadrocopter seine Flugrichtung mit jeder Richtungsänderung der Fernsteuerung.« Er führt es vor und rennt mit dem Controller über das Trainingsgelände wie ein kleiner Junge, der Rennauto spielt. Die Drohne bewegt sich in der Luft mit, es sieht lustig aus.

»Schluss jetzt«, sagt Rottweiler. »Wir haben einen Auftrag.«

»Man wird doch noch ein bisschen Spaß haben dürfen. Der Junge will sicher auch mal.«

Er hält Lennart den Controller hin, aber er kann überhaupt nicht so schnell reagieren, denn im nächsten Moment gibt es einen Crash. *Krawumm!* Der Copter ist gegen den einzigen Fahnenmast auf dem Gelände geflogen.

Rottweiler schüttelt den Kopf. »Wie bescheuert bist du eigentlich! Mach schon, hol das Ding und bring es dem Vogel. Ist sowieso Schrott.« Er wendet sich an Lennart. »Und du, Junge, zieh dem Falken die Haube ab, er soll sich seine Beute anschauen.«

Hätte Lennart nicht vor wenigen Tagen mit eigenen Augen

gesehen, wie Cosmo eine Drohne vom Himmel geholt und zerlegt hat, würde er den Polizisten für völlig verrückt halten. Nun ist er aber selbst neugierig, wie der Falke auf das Spielzeug reagiert.

Er zieht ihm die Haube ab, und Cosmo ist auf einmal ganz unruhig. Er flattert immer wieder auf und wird von dem Riemen zurückgehalten. Als Morell sich mit der defekten Drohne nähert und sie ihm aus sicherer Entfernung zuwirft, stürzt er sich sofort darauf. Natürlich zieht er kein Futter heraus, das kaputte Ding besteht ja nur aus Plastik und Elektronik, aber er hackt darauf ein wie auf eine fette Ringeltaube. Sein Verhalten ist wirklich merkwürdig. Lennart spürt wieder dieses Kribbeln im Nacken, das er hat, wenn sich seine Migräne ankündigt.

Die beiden Polizisten sehen zufrieden aus. »Klappt ja noch«, sagt Rottweiler. »Und jetzt nimm ihn auf die Hand, Junge. Das Training geht los.«

17

Mia sieht sich die Aufnahme der Volieren-Kamera auf dem großen Bildschirm im Falkennest an. Was ist da eigentlich passiert? Irgendetwas ist doch falsch an der ganzen Sache. Sie zoomt die Ausweise der angeblichen Polizisten heran und vergleicht sie mit den Dienstausweisen der Berliner Kriminalpolizei, die im Internet gezeigt werden. Sie sehen erst mal echt aus. Auf der Seite der Polizei wird vor falschen Polizisten gewarnt, aber wie soll man auf die Entfernung gefälschte Dienstausweise erkennen?

Sie googelt die Namen Rottweiler und Morell in Verbindung mit dem Berliner Polizeipräsidium. Kein Ergebnis. Eine Abteilung für Drohnenkriminalität gibt es dort auch nicht. Andererseits haben sie gesagt, alles sei geheim, und Smolek hat das bestätigt.

Die Videoaufnahmen von Amin sind zwar klasse, nur hat er leider das Nummernschild des schwarzen Busses nicht drauf. Dafür hat er Lennart und Cosmo herangezoomt, und man kann gut erkennen, wie sie in das Fahrzeug einsteigen. Lennart hat sich nicht mal gewehrt, wie eine Entführung sieht das nicht aus.

Aber er antwortet auch nicht auf ihre Nachrichten.

Vielleicht ist diese Aktion ganz einfach zu erklären, und

sie macht sich unnötig Sorgen. Sie wählt seine Nummer. Eigentlich rechnet sie nicht damit, dass er rangeht, doch er meldet sich sofort.

»Wo steckst du Lennart? Wir waren verabredet.« Wenn die Entführer mithören, müssen sie nichts von ihrer Überwachungskamera wissen.

»Sorry, Mia, mir geht's nicht gut. Ich hab Migräne und liege im Bett. Melde mich, wenn es mir wieder besser geht.« Er legt auf, ohne ihre Antwort abzuwarten.

Das war ja mal eindeutig gelogen! Irgendwas ist hier oberfaul. Entweder wurden Lennart und Cosmo entführt, oder das sind tatsächlich echte Polizisten, und Lennart ist auf einer geheimen Mission und darf nichts darüber verraten.

Mia macht Screenshots von den Männern und dem schwarzen Bus, dann fällt ihr nichts mehr ein, was sie noch tun könnte. Sie daddelt rum und schaut sich die kleine Drohne mit den glitzernden Libellenflügeln noch einmal an, die die Überwachungskamera auf dem Außengelände schon mehrfach gefilmt hat. Auch davon macht sie einen Screenshot.

Auf YouTube gibt es Filme, in denen solche Miniroboter vorgestellt werden. Sie fliegen völlig selbstständig, teilweise sogar im Schwarm. Aber das sind überwiegend Prototypen im Laborstadium. Es gibt vor allem Probleme mit der Energie, die Wissenschaftler arbeiten mit Hochdruck an Lösungen. In einem Video wird eine Libellendrohne vorgestellt, die eine Aufladestation ansteuern soll, sobald ihr Energielevel unter einen bestimmten Wert sinkt. Ein Entwickler berichtet von möglichen Einsatzgebieten, wonach die Minidrohnen in Fabrikhallen umherschwirren sollen, in denen nur noch Maschinen arbeiten.

Seltsame Vorstellung, eine Fabrikhalle ohne Menschen. Irgendwo in einem Kontrollraum sitzt dann jemand und überwacht nur noch die Bilder, die der Schwarm schickt. Selbst das ist dann vermutlich kein Mensch mehr, sondern ein Roboter wie Lucius, einer mit künstlicher Intelligenz. Mia kann sich genau vorstellen, wie Lucius in dem Kontrollraum vor lauter Monitoren sitzt und die kleinen Flieger in Schwärmen überall umherflattern und bei Bedarf ihre Aufladestation anfliegen. Tag und Nacht könnte diese Fabrik arbeiten, der Fabrikbesitzer würde ganz entspannt in der Südsee in einer Hängematte liegen und sich ab und zu von Lucius einen Bericht zuschicken lassen.

Natürlich ist das nur Fiktion, aber wer weiß, was irgendwann möglich ist. Mia muss sich zusammenreißen, um nicht noch weiterzuträumen, schließlich geht es hier um Lennart und Cosmo. Hat ihr Verschwinden etwas mit den Drohnen auf dem Außengelände zu tun? Vielleicht sollte sie dieser Spur erst mal folgen und versuchen herauszubekommen, was das für eine Insektendrohne ist.

Mia loggt sich mit ihrem Nickname *Maikäfer* in dem Technik-Forum ein, in dem sie schon seit einer Weile Mitglied ist. Es gibt einen eigenen Forumsbereich für Drohnentechnik, mit dem sie sich bisher kaum befasst hat. Sie ist ein bisschen überrascht, womit die Leute sich dort beschäftigen. Da geht es nicht nur um Technik, sondern auch um Regeln aus der Drohnenverordnung, um einen Drohnenführerschein oder Versicherungen für Drohnenbesitzer. Außerdem verabreden sich einige Leute über das Forum zum gemeinsamen Fliegen oder sogar zu Drohnenrennen. Es gibt Bausätze für Racecopter, manche Copter-Piloten tragen sogar Videobrillen und steuern die Dinger damit. Das muss ein abgefahrenes Gefühl sein, als würde man selber in so einem Racecopter sitzen!

Als Nächstes gibt Mia verschiedene Stichworte zum Thema Insektendrohne in die Suchmaske ein, es gibt keinen einzigen Eintrag. Sollten sich die Insektendrohnen noch im Entwicklungsstadium befinden? Selbst bei den großen Internetanbietern gibt es nichts, was dem Ding aus dem Überwachungsvideo gleicht. Was dort als Minidrohne bezeichnet wird, ist immer mindestens doppelt so groß wie der kleine Flugroboter, den sie gefilmt hat.

Sie eröffnet einen neuen Thread mit dem Titel »Libellendrohne« und lädt das Bild hoch. Dazu schreibt sie: »Hallo Schwarmintelligenz, kennt ihr dieses nette Spielzeug?«

Sofort bekommt sie Antworten.

darkphil: »Hast du auch Filmaufnahmen von dem Schätzchen?«

jumbo77: »Ist das draußen? Die wiegt nicht viel, müsste sehr windanfällig sein.«

blueprint: »Wenn ich es richtig sehe, hat sie jede Menge Kameraaugen, wie eine echte Libelle. Kannst du das ranzoomen?«

SourceCode: »Ich vermute, eine Weiterentwicklung der Micro-Delfly.«

Mia ist total beschäftigt, alle Fragen zu beantworten, den Hinweisen nachzugehen und einen kurzen Film einzustellen. In der Zwischenzeit haben sich weitere Mitglieder des Forums gemeldet.

ravenheart will wissen, wo sie die Drohne gesehen hat. Natürlich beantwortet sie diese Frage nicht, ist ja klar. Ihr erstes Netzgesetz lautet, niemals den echten Namen und den Wohnort zu verraten.

Jalandra: »Schau mal das Video ›Brutale Killermaschinen in Insektengröße‹. Da geht es um die militärische Nutzung von Mikrodrohnen. Die Dinger sind der Todesfluch.«

Natürlich. *Jalandra* mahnt immer nur vor den Gefahren der Technik, völlig unverständlich, warum sie in einem solchen Forum unterwegs ist. Trotzdem hat Mia auf einmal einen fetten Kloß im Hals.

Als Nächstes meldet sich ein Forumsmitglied, dessen Namen sie bisher noch in keinem Chat gesehen hat: *peregrin*.

So heißt doch die Firma, die hier in den Hallen für die Sicherheitstechnik zuständig ist!

peregrin schreibt: »Schau mal auf deinen Monitor.«

Ihr wird heiß und kalt zugleich, der Monitor zeigt wirklich eine Aktivität: Draußen auf dem Außengelände ist wieder die unheimliche Libellendrohne unterwegs. Sie fliegt am Hallendach entlang, als würde sie nach etwas suchen. Rote Lampen leuchten auf, sie hält inne und kommt näher an die Kamera heran. Die Farbe wechselt zu Grün, als hätte sie gefunden, was sie sucht. Mia hält die Luft an. Die künstliche Libelle kommt immer näher, das Blinken wird schneller. Plötzlich kommt ein Blitz aus ihr geschossen, im nächsten Moment ist der Bildschirm schwarz.

Mia schreckt zurück und fällt über ihren Schreibtischstuhl. Das kann doch nicht wahr sein, die Libellendrohne hat ihre Kamera gekillt!

This email was sent from PRG evaluation program to Kontrollzentrum MGS + Alert generated on Saturday 20th of July at 11:10:34 AM

+++ Auslesung Kameradrohne XE25 erfolgreich + Aktivitätsprotokoll: Suche nach nicht autorisierter Observationskamera erfolgreich + Zerstörung durch Laserangriff erfolgreich + Installation dauerhafter Observationseinrichtung dringend erforderlich + Audioaufnahme empfohlen + Test audiovisuelle Auswertung empfohlen + Alarmstufe 4 +++

18

Lennart weiß immer noch nicht, was das alles soll. Auf dem Trainingsgelände der Hundestaffel liegen überall verstreut Reste von zerstörten Spielzeugdrohnen. Natürlich ist er stolz, wenn Cosmo eine Drohne nach der anderen mit Leichtigkeit vom Himmel holt, aber so langsam wird er ungeduldig.

»Erklären Sie mir endlich, was das soll«, beschwert er sich.

»Keine Sorge, wir beantworten gleich deine Fragen, Junge«, sagt Rottweiler, der die Flugmanöver des Falken mit einem Fernglas genau verfolgt und sich zwischendurch Notizen macht. »Wir müssen sehen, ob du den Vogel wirklich im Griff hast. Wir können für unser Programm nicht jeden brauchen, und es würde keinen Sinn machen, euch beide in das geheime Training aufzunehmen, wenn dein Vogel versagt.«

»Was soll das heißen? Ich will überhaupt nicht in irgendein Programm aufgenommen werden. Und außerdem ist Cosmo ein Wildtier.«

Rottweiler sieht ihn streng an. »Hier geht es um Fragen der nationalen Sicherheit. Da ist deine Entscheidungsfreiheit eingeschränkt.« Er nickt Morell zu, der den zehnten und letzten Quadrocopter startet.

»Jetzt«, ruft der Polizist, und Lennart schickt den Falken los. Cosmo versucht sofort über das Flugobjekt zu kommen und schraubt sich elegant weiter in den Himmel, bis er eine Höhe erreicht hat, von der aus er einen guten Überblick hat. Zuerst hat Morell es ihm noch leicht gemacht, mittlerweile versucht er mit allerlei Tricks den Angriffen des Falken auszuweichen. Es ist wie ein Spiel, doch am Ende gewinnt Cosmo immer.

Die Polizisten haben Lennart kleine Fleischstückchen gegeben, damit er ihn belohnen kann, wenn er wieder eine Drohne geschlagen hat. Anfangs hatte er noch Angst, Cosmo könnte davonfliegen oder sich verletzen, aber er hat schnell gemerkt, wie unbegründet diese Sorge ist. Der Falke fühlt sich wohl und genießt dieses Training. Er probiert verschiedene Jagdstrategien aus, greift die Drohnen mit Steilstößen von oben an oder landet auf der hohen Kiefer und nähert sich mit einem Flachstoß von der Seite. Er will diese Flugobjekte erwischen, egal wie schwer es ihm gemacht wird. Cosmo ist wirklich ein Naturtalent. Wenn Lennart es nicht besser wüsste, würde er vermuten, dass der Falke schon früher auf Drohnen trainiert wurde.

Es sieht mühelos aus, wie er seine Runden zieht, die langen, dreieckigen Flügel nahezu bewegungslos, der abgerundete Schwanz leicht gespreizt. Lennart spürt die Spannung, Cosmo ist kurz davor, in den Sturzflug überzugehen. Es ist immer wieder ein Schauspiel, wenn der Wanderfalke seine Flügel anlegt und sich wie ein Stein vom Himmel fallen lässt.

Auf einmal hört er den Alarmruf, das durchdringende »Eeek-eeeek-eeeeek«. Zwei Krähen greifen an, ein typisches Verhalten von Krähen, sobald Greifvögel am Himmel sind. Wahrscheinlich haben sie ein Nest, das sie verteidigen. Zum Glück sind Falken sehr wendig, sie können Angreifern normalerweise mühelos entkommen. Diesmal ist es aber nicht so einfach, die Krähen bekommen Hilfe. Eine Elster kreuzt mit lautem Gekreische seinen Weg, und dann steigt auch noch ein Schwarm Dohlen auf. Als hätten sich alle Rabenvögel gegen den Falken verschworen.

Unter lautem Gekrächze versuchen sie gemeinsam ihn zu vertreiben, bilden um ihn herum eine dunkle Schar, in dem der helle Vogel kaum zu erkennen ist. Der Alarmruf wird höher, drängender. Cosmo ist es nicht gewohnt, angegriffen zu werden.

Eigentlich muss er sich doch nur fallen lassen. Lennart wird immer nervöser, am liebsten würde er ihm laut zurufen, er solle sich doch endlich fallen lassen.

Aber das ist gar nicht möglich, die Dohlen greifen von unten an. Plötzlich schießt der Falke wie ein Pfeil aus der Zusammenrottung von Rabenvögeln heraus und fliegt davon. Kurz danach löst sich die Versammlung am Himmel auf. Die verschiedenen Vogelarten fliegen auseinander, als hätte es diese Allianz nie gegeben.

Der Himmel ist leer.

Morell holt den Quadrocopter wieder runter, Rottweiler sucht mit dem Fernglas die Schornsteine in der Umgebung ab. »Verdammter Mist, wo steckt er?«

Lennart pfeift und ruft nach ihm, er winkt mit dem Fleischstückchen und legt es immer wieder demonstrativ in den Handschuh. Nichts passiert, die beiden Polizisten sehen ihn an, als hätte er sie betrogen.

»Ich weiß auch nicht, wo er ist. Ist doch Ihre Schuld, Sie haben uns hierher verschleppt.« Er fühlt sich elend, sein Kopf fängt wieder an zu pochen.

»Ich denke, du hast eine besondere Verbindung zu dem Tier«, sagt Rottweiler und reicht ihm das Fernglas, »stand jedenfalls im *Wildlife*-Magazin.«

Vielleicht hat er recht. Lennart versucht, in Gedanken mit Cosmo zu reden, aber er hat Blitze vor den Augen, kann sich kaum konzentrieren. Seine Knie schlottern auch.

»Was ist mit dir?«, fragt Rottweiler ärgerlich. »Tu jetzt nicht so, als wär dir schlecht.«

Morell kramt in seinen Taschen. »Der Junge braucht womöglich seine Medikamente. Ich hab das Zeug für alle Fälle besorgt.«

Er packt tatsächlich die richtigen Tabletten aus, diese Männer wissen eindeutig zu viel über ihn!

Trotzdem schluckt Lennart die Medizin. Er darf sich in den Schatten auf eine kleine Bank setzen und soll sich ruhig verhalten.

»Keine Sorge, dein Vogel kommt garantiert wieder«, erklärt Morell, »ich halte weiter Ausschau nach ihm, und wenn es dir besser geht, erzählt Kollege Rottweiler dir von unserem Projekt.«

Eine halbe Stunde später holt Rottweiler einen Laptop

aus dem Bus. »Okay, du wolltest wissen, was das Ganze hier soll.« Er startet ein YouTube-Video, in dem eine Polizeistaffel aus Frankreich vorgestellt wird. Es geht um Kaiseradler, die schon als Nestlinge auf Drohnen geprägt werden. »Die setzen sie später im Personen- und Objektschutz ein«, sagt der Polizist und spult das Video vor. »Kernkraftwerke, Regierungsbezirke, Industrieanlagen, hochgestellte Persönlichkeiten. Kann alles durch Drohnen angegriffen werden. Bei den großen Geräten ist ein Adler kaum zu toppen.« Im Video werden verschiedene Situationen gezeigt, in denen Adler mit ihren mächtigen Klauen in der Luft nach Drohnen greifen. Verglichen mit Cosmo wirken sie langsam, aber sie haben viel mehr Masse und Kraft.

»Die wiegen über drei Kilo. Da kann ein Falke nicht mithalten.«

»Richtig, ich sehe, du bist Experte. Aber die Technik entwickelt sich weiter, die Drohnen werden immer kleiner und raffinierter. Ein Falke ist wendiger und schneller als ein Adler, mit ihm stehen uns ganz andere Einsatzgebiete offen.«

»Aber …«

»Natürlich ist das eine Geheimoperation. Du darfst niemandem davon berichten.« Rottweiler legt ihm ein beschriebenes Papier vor. »Du musst noch die Geheimhaltungserklärung unterschreiben.«

»Der Falke ist wieder da«, sagt Morell, der die ganze Zeit den Himmel mit dem Fernglas abgesucht hat, »und hat Besuch mitgebracht.«

Unglaublich, über ihnen kreisen zwei Wanderfalken. Eine Gefährtin? Wo hat Cosmo die so schnell herbekommen? Aber klar, in Berlin gibt es viele Wanderfalken.

»Ruf ihn!«, befiehlt Rottweiler sofort. »Los, lass ihn nicht wieder ziehen.«

Lennart ringt mit sich. Damals hat die Auswilderung nicht geklappt, Cosmo war zu sehr auf Menschen geprägt. Wenn er jetzt davonfliegt, zusammen mit einer Jagdgefährtin, hat er gute Überlebenschancen und darf frei sein.

»Nun mach schon!«, drängt Rottweiler und hält ihm den Handschuh hin. »Sonst ist er weg, vielleicht für immer.«

Was soll er tun? Wenn Cosmo zurückkommt, müssen sie für die Polizisten arbeiten und gefährliche Aufträge übernehmen. Und wenn er wegfliegt, könnte er verhungern oder in der großen, fremden Stadt umkommen.

Majestätisch ziehen die beiden Falken ihre Runden, sie verständigen sich durch lautes Rufen. Aber Lennart spürt auch, wie Cosmo nach ihm Ausschau hält. Auf einmal hat er ein Bild im Kopf, wie er vor der leeren Voliere steht. Es muss unerträglich sein, nicht zu wissen, wie es ihm geht.

Hastig zieht er den Handschuh über und läuft aufs Gelände in die Sonne. Er pfeift und streckt ihm die Faust entgegen. Am Ende entscheidet Cosmo immer noch selbst, ob er zurückkommen will.

This email was sent from PRG evaluation program to Kontrollzentrum MGS + CC: autorisierte Person HM01harrosmolek + Alert generated on Saturday 20th of July at 11:40:13 AM

+++ manuelle Kontrollaufnahme nach Reparatur von Überwachungskamera SXX02 + Übertragung von Bild und Ton erfolgreich + Ursache von Funktionsstörung unbekannt + Sabotage wahrscheinlich + Kontrollanweisung an autorisierte Person HM01harrosmolek + Einsatz Technikteam abgeschlossen + Alarmstufe 4 +++

19

Mia sitzt vor dem Bildschirm und kaut an den Nägeln. Neben ihrem Rechner liegt die kaputte Kamera, die gesamte Elektronik ist durchgeschmort. Als sie nach draußen kam, war die Libellendrohne längst weg. Der Teilnehmer *peregrin* ist vollständig aus ihrem Technikforum verschwunden, und nicht mal der Administrator kennt jemanden mit diesem Nick. Sie hat ihm in einer privaten Nachricht über den Vorfall berichtet und ihn dazu befragt, aber er hat nur knapp geantwortet: »Wer hier Mitglied ist, darf seinen Namen so oft ändern, wie er will.«

Also kann jeder, der in dem Forum Mitglied ist, sich jederzeit in *peregrin* umbenennen und kurz darauf wieder seinen alten Namen annehmen. Das Forum hat 636 Mitglieder, d.h., außer den zwölf Teilnehmern der Diskussion und ihr selbst kommen 623 Leute infrage, die ihren Namen in *peregrin* ändern konnten. Die Botschaft war klar, sie hat sie sofort kapiert: Die Firma PEREGRIN duldet keine fremden Überwachungskameras auf diesem Gelände!

Und es bedeutet auch, jemand von PEREGRIN ist Mitglied in ihrem Technik-Forum. Es ist nicht leicht, dort reinzukommen. Man kann sich bewerben, und wenn man eine Einladung erhält, kommt man in eine Art *Escape-Room*, aus dem man sich innerhalb von drei Tagen befreien muss. Natürlich nur als Avatar im Netz, logisch. Man kämpft sich durch ein Technik-Rätsel-Labyrinth, und wer es schafft, kommt am Ende in eine *Hall of Fame*, in der er oder sie von den anderen Mitgliedern begrüßt wird. Danach ist es ein völlig normales Forum, wie es im Internet Tausende gibt. Nicht besonders groß, von den Mitgliedern sind höchstens zweihundert aktiv, aber auch nicht so klein, dass man gleich erkennen könnte, wer da mal eben seinen Nick geändert hat. Ob es jemand ist, der sie persönlich kennt? Sie hat das Gefühl, ihr würde ein kalter Wind in den Rücken fegen. Oder hat er das Gelände erkannt, und sie hat ihn mit dem Bild auf ihre Fährte gelockt? Bisher hatte sie großes Vertrauen in die Leute aus ihrem Forum, aber jetzt ist klar: besser, wenn sie dort keine Fragen mehr stellt.

Sie geht auf die offizielle Webseite von PEREGRIN, alles wirkt sehr seriös. Sie bieten Dienstleistungen rund um das Thema Sicherheit an: Beratung, Konzepte, Personenschutz, Einrichtung von Alarmanlagen und Überwachungssystemen, Werk- und Objektschutz.

»Werkschutz« ist ein Begriff, unter dem sie sich nichts vorstellen kann. Sie scrollt nach unten. Die Befugnisse einer solchen Sicherheitsfirma sind echt krass: Kontroll- und Streifendienste, bewaffneter Objektschutz, Revier- und Ermittlungsdienste und sogar Ausweiserstellung. Moment mal, sind das nicht Aufgaben, die sonst von der Polizei übernommen werden? Heißt das, diese Leute können sich selber Ausweise ausstellen? Etwa auch Polizeiausweise?

Die Kälte hat sich von dem Rücken auf den ganzen Körper ausgedehnt. Sie läuft herum, um sich aufzuwärmen. Wie mag es Lennart gehen? Er ist schon drei Stunden weg, es ist Samstag Mittag. Wäre es nicht besser, sie würde die Polizei verständigen, oder wenigstens seine Mutter? Vielleicht ist er ja zwischenzeitlich wieder aufgetaucht, und sie hat es nicht mitbekommen. Auf einmal ist sie ganz unruhig.

Mia stürmt hinaus auf die Außenfläche, dort hat sich nichts verändert. Die Tür der Voliere steht immer noch offen, ein paar Tauben laufen vor dem Draht hin und her. Keine Spur von Lennart und Cosmo.

Sticker, der Obdachlose mit dem langen Bart und den verfilzten Haaren, breitet gerade sein großes Stoffstück aus. »Am Wochenende lässt der Hausmeister mich hier manchmal rein«, erklärt er und legt den Finger auf die Lippen. »Nicht verraten. Heute scheint die Sonne, ich hab meine eigene Terrasse.« Er strahlt sie an, als sei das sein Glückstag.

Dieser Typ treibt sich hier dauernd rum, vermutlich kann er ihr was über PEREGRIN erzählen. »Was wissen Sie über die Firma, die hier für die Sicherheit zuständig ist?«

Erst sieht er sie an, als müsse er prüfen, ob man ihr trauen könne. Dann stellt er sich vor das Tuch und sucht nach etwas. Mia hat früher schon gesehen, dass er den Stoff in Quadrate unterteilt und jedes für sich mit einem abgeschlossenen Motiv und goldenen Buchstaben bestickt. Es wirkt wie die Teppiche, die in Kirchen oder alten Gemäuern an den Wänden hängen.

»Hier ist die Genesis, und das ist die Apokalypse«, erklärt

er und zeigt auf zwei Bilder, auf denen ein wildes Durcheinander von Blättern, Tierbeinen, Autos und Flugzeugen zu erkennen ist. Auf dem einen Quadrat wirken die Darstellungen hell und frisch, auf dem anderen drohen die Gegenstände in ein dunkles Loch zu fallen. »Man kann alles ins Gegenteil verkehren. Jede Technologie kann zum Nutzen und ebenso zur Vernichtung der Menschheit eingesetzt werden.« Er deutet auf ein weiteres Bild, es zeigt eine Libelle. »Nur die Natur hat Bestand. Die Insekten werden uns überleben.«

»Haben Sie hier schon mal eine Drohne gesehen, die an Insekten erinnert?«

Er nickt bedeutungsvoll. »Sie sind hier überall. Wir sind ihre Objekte, sie sehen alles. Wir sind niemals frei, solange sie da sind.« Es hört sich verschwörerisch an, wie er redet. »Aber sie wissen nicht, was ich hier tue.« Er lacht laut auf und deutet auf zwei leere Quadrate. »Ich werde es dokumentieren. Ich beobachte sie zurück.«

Ganz schön unheimlich, dieser Sticker. Mia hätte gerne noch mehr gefragt, doch er dreht ihr den Rücken zu und murmelt, er müsse jetzt den Vogel sticken.

Es wird unruhig auf dem Außengelände, die Tauben fliegen auf. Als sie sich umsieht, entdeckt sie Lennart, der mit Cosmo auf dem Handschuh herbeispaziert. Er muss wieder durch die Hintertür gekommen sein.

»Wo warst du denn? Ich dachte, sie hätten dich entführt!«

»Nö«, sagt er nur und bringt in aller Ruhe den Falken in seine Voliere.

Mia folgt ihm. Sie senkt die Stimme, damit Sticker nicht mitbekommt, was sie sagt. »Hör mal, tickst du noch sauber? Auf dem Überwachungsvideo sah das verdammt noch mal wie eine Entführung aus, und jetzt tust du so, als sei gar nichts passiert.«

»Ich hab dir doch am Telefon gesagt, ich hatte Kopfschmerzen.«

»Hey Lennart, du kannst mir vertrauen. Ich merke, wenn du mir was verheimlichst, ich bin doch nicht blöd. Wir sind Freunde, vergiss das nicht.«

Für einen Moment frieren seine Bewegungen ein, und sie sieht in seinem Gesicht, wie er mit sich ringt. Dann aber lächelt er sie an und sagt: »Wollten wir nicht trainieren? Können wir das auf morgen verschieben? Ich muss heim.«

»Ich komme mit!«

Er schüttelt den Kopf. »Wir haben Besuch zum Kaffee, ich soll noch Sahne mitbringen, hat meine Mutter geschrieben.«

»Können wir bei mir im Späti besorgen.«

»Mia, du nervst.«

»Ich weiß. Nur solange du mir nicht sagst, was los ist, wirst du mich nicht los.«

Plötzlich steht Sticker vor ihnen, wie ein Prophet aus der Bibel. »Ich sage euch, hütet euch vor den Augen, die überall lauern. Der Bote des Lichts ist zurück, doch seine Macht ist begrenzt.«

This email was sent from PRG evaluation program to Kontrollzentrum MGS + Alert generated on Saturday 20th of July at 01:10:03 PM

+++ visuelle Auslesung Überwachungskamera SXX02 nicht möglich + Sichtbehinderung + Audioaufnahme in geringer Qualität + Funktionsstörung nicht vermutet + Anwesenheit von 3 Personen vermutet + Sprachmuster-Identifizierung für 2 Personen eingeschränkt möglich + autorisierte Person SR300lennartwiesner + autorisierte Person SR274miachunglinh + Alarmstufe 3 +++

20

Lennart und Mia sitzen im Bus. Sie hat die Arme verschränkt und sagt seit Minuten kein Wort. Sie ist immer noch sauer, weil er nichts von dem Ausflug mit den Polizisten erzählt. Aber er hat einen Geheimhaltungsvertrag unterschrieben, und außerdem will er sie da nicht mit reinziehen.

»Dann lerne ich ja endlich deine Eltern und euren Kiosk kennen«, versucht er irgendwas zu sagen, was ihr gefallen könnte.

»Das heißt hier in Berlin Späti«, antwortet sie knapp und schaut aus dem Fenster.

Immerhin eine Antwort.

»Was verkauft ihr denn in eurem Späti?«

Keine Reaktion.

»Hast du denn noch mehr Familie, außer deinen Eltern?«

Diesmal wirft sie ihm einen bösen Blick zu. Okay, er hat verstanden. Sie will nicht über ihre Familie reden.

»Dieser Sticker ist ein komischer Kauz«, wechselt er das Thema. »Irgendwie hatte ich das Gefühl, er wollte uns was sagen.«

»Hör mal, Lennart, so läuft das nicht. Du wirst von komischen Polizisten abgeführt, bist fast vier Stunden verschwunden und erzählst kein Wort darüber. Meine Kamera wurde von einer Libellendrohne abgeschossen, ich hatte die ganze Zeit eine Scheißangst um dich, und du sitzt hier und willst über meine Familie plaudern. Das ist mir echt zu blöd.«

»Deine Kamera ist was?« Lennart hat plötzlich das Gefühl, der Bus drehe sich im Kreis.

»Abgeschossen worden. Sieh doch nach. Hast du auf dem Handy.« Sie schaut wieder aus dem Fenster.

Lennart öffnet die App, die sie auf seinem Smartphone installiert hat. In den letzten Tagen hat er immer wieder nachgeschaut, ob es Cosmo gut geht, aber im Augenblick ist kein Bild verfügbar. Man kann die Aufzeichnungen vierundzwanzig Stunden rückwirkend abrufen. Er spult zurück, lässt die letzten verfügbaren Bilder laufen. Unheimlich, wie die Libellendrohne näher kommt, die Kamera ins Visier nimmt und schließlich …

Er starrt auf sein Smartphone und kann nichts sagen, so entsetzt ist er.

Mia hat ihn aus dem Augenwinkel beobachtet. »Stell dir vor, dann ist da auch noch ein Typ im Netz, der sich *peregrin* nennt und mir sagt, ich solle genau hinschauen, in dem Moment, in dem meine Kamera abgeschossen wird.«

Der Bus dreht sich. Ein Gefühl, als befänden sie sich auf der Kirmes im Kettenkarussell.

»Alles in Ordnung mit dir?« Mia fasst ihn an der Hand und zieht ihn hoch. »Wir müssen hier aussteigen.«

Er taumelt hinter ihr her. Wenn sie nicht so stark an ihm zerren würde, könnte er keinen Fuß vor den anderen setzen. An der Bushaltestelle lässt er sich auf die Bank fallen.

Sie macht ein besorgtes Gesicht. »Du hast wirklich Kopfschmerzen, nicht wahr?«

»Ich hab mit Aura-Migräne zu tun, schon seit einem Jahr. Ist stressabhängig, sagt der Arzt. Die Medikamente wirken ganz gut, hast du ja schon mitbekommen.«

»Und nun?«

»Besser.« Er fühlt sich elend, aber sie soll ihn nicht für weichlich halten.

»Gib mal dein Handy. Ist es okay, wenn ich ein Tracking-Tool und einen Notfall-Button installiere?«

Er kann nur nicken, es ist ihm völlig egal, was sie macht. Sie setzt sich neben ihn auf die Bank und tippt auf beiden Smartphones herum.

»Erledigt!«, sagt sie schließlich zufrieden. »Jetzt bring ich dich heim. Du siehst aus, als müsstest du ins Bett.«

Sie will wieder seine Hand ergreifen, er sieht ihr in die Augen. »Hey Mia, ich sag dir morgen, was heute passiert ist. Und du musst mir alles über diese verdammten Drohnen erzählen, ja? Und überhaupt, ich weiß einfach viel zu wenig über Technik und den Computerkram.«

Sie nickt. »Im Grunde ist doch immer alles ganz anders, als man erst mal denkt«, sagt sie rätselhaft und zerrt wieder an ihm.

21

Als Lennart zu Hause zur Tür reinkommt, riecht es nach Mohnkuchen. Seine Mutter hat den Tisch gedeckt, sie trägt ein Sommerkleid und ist dezent geschminkt. Natürlich bemerkt sie sofort, dass etwas mit ihm nicht stimmt, dafür hat sie einen Extra-Riecher.

»Du bist so blass, wieder Migräne?«, fragt sie mitfühlend.

»Hab eine Tablette genommen. Geht wieder.« Sie soll auf keinen Fall den Eindruck bekommen, er habe Probleme.

»Lennart, ich mach mir Sorgen. Ich denke, es ist doch zu stressig für dich, allein durch die Stadt zu fahren. Und das Computerspielen würde ich an deiner Stelle sowieso mal lassen. Wenn du schon in den Ferien ständig Migräne hast, wie soll es dann erst in der Schulzeit werden? Ich möchte, dass du dich noch mal untersuchen lässt. Hab ich dir schon tausendmal gesagt.«

Ja, hat sie. Tausendundeinmal vermutlich. Lennart will das nicht mehr hören. Andere Dreizehnjährige hängen das ganze Wochenende vor dem Computer ab oder fahren mit dem Longboard durch die Stadt. Aber wenn es nach seiner Mutter ginge, müsste er in der Wohnung sitzen und nichts tun. Die Geschichte mit den Polizisten und den Drohnen darf er ihr auf keinen Fall erzählen, das ist mal Fakt. Genauso wenig von dem *Wing Tsun*-Training mit Mia. Das würde sie niemals erlauben. Und beim Thema Online-Computerspiele sind Mütter ohnehin immer dagegen. Dabei ist das die einzige Möglichkeit, mit seinen alten Freunden in Kontakt zu bleiben. Da stellt sich doch die Frage, worüber er überhaupt noch mit seiner Mutter reden soll.

Aber vielleicht sollte er etwas nachsichtiger sein, schließlich ist sie seit einem Jahr Witwe. Sie gibt ihr Bestes, aber manchmal spürt er, wie einsam und traurig sie ist. Vor allem an Wochenenden, an denen sie wie eine Statue am Fenster sitzt und ins Nichts starrt. Wenn er ins Zimmer kommt, sieht sie ihn nur kurz mit geschwollenen Augen an und schaut dann wieder hinaus. Es ist besser geworden, seit sie in Berlin sind, viel besser. Die neue Arbeit tut ihr gut, und heute hat sie zum ersten Mal Kuchen gebacken.

»Wer kommt denn zu Besuch?«

»Taurus Nolan.« Sie fährt sich verlegen durchs Haar.

Lennart ist überrascht. Was hat das zu bedeuten? »Macht der neuerdings die Besprechungen bei seinen Mitarbeitern zu Hause?«

»Ehrlich gesagt, ich hab keine Ahnung. Er hat sich selbst eingeladen, und ich war viel zu perplex, um zu fragen, was das soll. Es war ihm wichtig, dich dabeizuhaben.«

Eine Viertelstunde später hören sie unten den Sportwagen röhren. Bestimmt stellt Nolan sein Auto ins Halteverbot, aber einem Milliardär kann so ein Strafzettel ja völlig egal sein.

Als Taurus Nolan hereinkommt, ist er geschmeichelt, dass Lennarts Mutter extra Kuchen gebacken hat. »Really kind,

Johanna. Mit Liebe gebackener Kuchen. Durch nichts zu ersetzen. Wir arbeiten gerade an einem Haushaltsroboter, es ist sehr kompliziert. Er soll lernen, Eier aufzuschlagen.« Er lacht laut auf, als würde er sich gerade eine sehr lustige Situation vorstellen. »Zum Glück brauchten wir den Putzroboter nicht mehr zu erfinden. Den gab es bereits.«

Sie trinken Kaffee und essen Kuchen, doch das Gespräch kommt nur langsam in Gang. Der Milliardär berichtet, man habe den zweiten Teil der Challenge nachgeholt und das Team von Annika Holmgren habe voll überzeugt. Er werde bald eine öffentliche Erklärung dazu abgeben.

Lennart fühlt sich unwohl, er vermeidet es, Nolan mit dem Vornamen und Du anzusprechen. Wenn er gewusst hätte, wer zu Besuch kommt, hätte er Mia mit hochgenommen. Sie hätte den Visionär mal richtig ausgefragt. Er grinst innerlich, als er es sich vorstellt. Vielleicht sollte er sich einfach Fragen ausdenken, die sie stellen würde.

»Welche weiteren Drohnenprojekte plant das FUTURE-Institut denn noch außer der Minenräumung?«

»Oh, wir entwickeln gerade einen Multicopter, der Medikamente und Lebensmittel transportiert. Kann man in Kriegsgebieten einsetzen oder in den Bergen. Er muss noch lernen, Verschüttete oder Verletzte medizinisch zu versorgen.«

»Wie soll das denn gehen? Der kann doch niemals eine Mund-zu-Mund-Beatmung machen.«

»Chapeau, Lennart! Du hast ein echtes Problem erkannt. Weißt du, was das Schöne an echten Problemen ist?«

Lennart schüttelt den Kopf.

»Sie sind eine Herausforderung.«

Dieser Kerl nervt einfach nur. Er benimmt sich wie ein Kind, das mit seinem Spielzeug die Welt retten will. Mia hat auf dem Weg nach Hause etwas von dem Obdachlosen zitiert, diesem Sticker. Wie war das noch?

»Man kann alles ins Gegenteil verkehren. Alle Technologie kann zum Nutzen, aber genauso zur Vernichtung der Menschheit eingesetzt werden.«

Nolan nickt. »Ich weiß. Hat dein Vater jedes Mal gesagt, wenn ich ihn gebeten habe, für mich zu arbeiten. Und ich habe immer geantwortet, es kann nur etwas Gutes herauskommen, wenn auch die Guten daran arbeiten.«

»Mein Vater?« Kannten sich die beiden tatsächlich so gut? Und wie kann es sein, dass der verrückte Sticker genau die Worte seines Vaters verwendet hat? Lennart hat wieder dieses Kribbeln im Nacken.

»Ein großer Mann, ich vermisse ihn sehr. Meine Technik war ihm zu seelenlos. ›Taurus, die Natur ist nicht zu übertreffen‹, sagte er immer, ›nur wer eine innere Verbundenheit zu ihr hat, kann sie schützen.‹«

Als Lennart zu seiner Mutter guckt, sieht sie aufgewühlt aus. Sie hält sich den Mund zu, ihre Augen sind rot und geschwollen, ihre Schultern beben.

»Entschuldige, Johanna«, sagt Nolan mitfühlend, »ich hätte wissen müssen, wie schwer es für dich ist, wenn wir über ihn sprechen.«

Sie braucht eine Weile, bis sie sich beruhigt hat. »Taurus, was willst du eigentlich? Warum bist du gekommen?«

»Ich wollte mit euch über Robert sprechen. Er hatte eine Vision, und ich wollte euch davon erzählen, wie ich sie umgesetzt habe.«

»Wovon redest du überhaupt?«

»Weißt du noch, eine seiner Theorien lautete: ›Immer, wenn eine Technologie als Waffe benutzt werden kann, soll gleichzeitig eine Gegenstrategie entwickelt werden, mit der man sich vor dieser Technologie schützen kann.‹«

»›Und je einfacher und natürlicher die Gegenstrategie ist, desto besser‹«, ergänzt sie und schüttelt den Kopf. »Ist lange her. Ideen aus seiner Studentenzeit.«

»Er war brillant. Wir haben viele seiner Ideen aufgegriffen und umgesetzt. Es war schade, dass er selbst immer nur mit den Vögeln arbeiten wollte.«

»Er war glücklich mit den Tieren und seiner Rolle im Hintergrund.«

Lennart bekommt den Mund nicht mehr zu. Seine Mutter bestätigt all die ungeheuerlichen Dinge, die Taurus Nolan über seinen Vater erzählt. Plötzlich kommt ihm das Bussardweibchen in den Sinn. »Wenn mein Vater gewusst hätte, dass Sie Bonnie töten, nur zum Spaß, wäre er entsetzt gewesen. Dann hätte er nie wieder mit Ihnen geredet!« Es tut gut, das dem arroganten Milliardär an den Kopf zu werfen.

»Sam hat mir davon berichtet«, sagt Nolan zerknirscht. »Das war ein Unfall, tut mir sehr leid. Aber du wolltest *Du* zu mir sagen.«

»Nein, wollte ich nicht.« Am liebsten würde er den Schwätzer vor die Tür setzen.

Auch seine Mutter wirkt, als würde sie das Gespräch gern so schnell wie möglich beenden. »Nun sag schon, welche von Roberts Visionen hast du umgesetzt?«

»Seine Lieblingsidee, das autonome soziale Gewissen, die weltumspannende Moralvorstellung, die sich an menschlichen Grundwerten orientiert.« Er unterstreicht seine Sprüche mit weit ausholenden Gesten.

»Das waren nur Träumereien.« Sie winkt ab. »Er hat Dutzende Notizbücher damit gefüllt, wollte einen Weltrat gegen maschinengesteuerte Waffen ins Leben rufen, eine unabhängige Institution. Alles nur Träumereien.«

»Wir haben eine solche Person«, sagt Nolan triumphierend.

»Wenn ich es richtig verstanden habe, gibt es keinen einzelnen Menschen, der die Grundbedingungen erfüllen könnte.«

»Da hast du recht.« Nolan klopft sich auf die Schenkel, so viel Spaß hat er. »Aber ihr habt ihn trotzdem kennengelernt.«

»Lucius«, entfährt es Lennart. Irgendwie hat er schon die ganze Zeit das Gefühl, das Gespräch würde auf das Roboterkind hinauslaufen.

»Ja, Lucius«, bestätigt der Milliardär. »Er ist das personifizierte Gewissen der Menschheit und damit im Grunde Roberts Kind.«

»Hör auf, Taurus! Du übertreibst. Robert hatte nur einen Sohn, und der sitzt vor dir.« Sie ist richtig ärgerlich, Lennart legt ihr beschwichtigend die Hand auf den Arm. Auch wenn er mittlerweile rasende Kopfschmerzen hat, will er unbedingt hören, was Nolan zu sagen hat.

»Und warum sind Sie wirklich hier?«

»Lucius weiß, dass es ihn ohne deinen Vater nicht geben würde. Er möchte seinen Bruder näher kennenlernen.«

22

Mia schleicht früh am Sonntag durch die Hallen des *My Guard Storage* auf dem Weg zum Falkennest. Sie möchte von niemandem gesehen werden. Irgendwas in diesen Hallen stimmt nicht, und sie wird es herausfinden.

Alles ist verlassen, nur die Lüftungsanlagen rauschen. Unauffällig filmt sie mit dem Handy die Überwachungskameras und die anderen Sicherheitseinrichtungen. Im Grunde sieht es hier ganz normal aus, jeder weiß ja, dass überall Überwachungskameras installiert sind. Als sie am Falkennest ankommt, hat sie 15 Minuten stinklangweiliges Videomaterial aufgenommen. Sie hat nicht mal Lust, sich die Aufnahmen auf ihrem Rechner anzuschauen.

Als Nächstes versucht sie Signale abzufangen. Es gibt 37 WLAN-Netze, einige davon sind unverschlüsselt, die meisten haben sogar den Namen einer Firma. Wie unvernünftig, geradezu eine Einladung für Industrie-Spione!

Mia fährt ihr *Super-Bluetooth-Hack*-Programm hoch. Krass, das ist eine echte Überraschung: Es gibt über siebenhundert Bluetooth-Verbindungen in ihrer Nähe! Wenn sie die alle hacken will, ist der Sonntag vorbei. Vielleicht hat Sticker recht, und hier schwirren nachts Libellendrohnen durch die Hallen. Sie sitzen in diesem Moment unauffällig auf den Garagendächern, sammeln Sonnenstrom und fliegen in der Nacht wieder los. Mia muss daran denken, wie die künstliche Libelle auf ihre Kamera geschossen hat. War das ein Laserstrahl? Ob sie auch Menschen angreifen?

Von weiter her kommen Geräusche, Schritte und Gepolter. Jemand klopft gegen ein Garagentor. Dann wieder Schritte. Das ist niemals der alte Smolek, den erkennt sie sofort an seinem schluffigen Gang. Klopfen, Schritte, Klopfen, Schritte. Die Person kommt näher. Wer ist das, ein Einbrecher? Jetzt rüttelt er am Tor nebenan.

Mia löscht das Licht und holt ihr Smartphone raus. Sie scrollt hastig durch ihre Telefonkontakte, irgendwo muss doch Smoleks Nummer sein.

Der Mann kommt näher, ihr Herz klopft bis zum Hals. Mist, sie hat das Tor nicht von innen zugesperrt! Da ist die Nummer, sie ruft sofort an.

Der Mann bleibt vor ihrer Garage stehen und zieht am Tor. Mit einem leisen Quietschen setzt es sich in Bewegung, durch den Spalt am Boden dringt Licht. Er hält inne. »Hallo! Ist da jemand?«

Mia hält sich den Mund zu, die Stimme ist ihr völlig unbekannt. In ihrem Ohr hört sie Harro Smolek reden: »Dies ist mein Diensthandy, heute bin ich nicht im Dienst. In dringenden Fällen rufen Sie bitte die Zentrale an. Wählen sie folgende Nummer …«

Rumms, das Tor geht wieder zu. Sie hört den Mann zu dem elektronischen Türschloss gehen und eine Nummer ins Tastenfeld eingeben.

»Mündliche Meldung aktiviert«, sagt eine elektronische Stimme. »Bitte geben Sie ihre Meldung ein.«

»Autorisierte Person HM 21, Jens Kalenberg. Hier ist ein *Storage Room* nicht gesichert. Halle drei, Nummer zwei-sieben-vier. ›Chung Linh – Kiosk, Spätkauf, Import, Export‹«

»Der *Storage Room* ist besetzt«, sagt die Stimme, »Mia Chung Linh wurde identifiziert. Sie hat das *My Guard Storage* um 7:03 Uhr betreten und den *Storage Room* um 7:20 Uhr geöffnet. Soll ich den Herzschlag erfassen? Brauchen Sie eine Verbindung zum Innenraum?«

»Nein, nicht nötig. Vielleicht hat sie mich nicht gehört, ich klopfe noch mal. Meldung Ende.«

Er ist ein Sicherheitsmann! Smolek ist nicht im Dienst, und dieser Jens Kalenberg vertritt ihn. Wieder klopft er, diesmal sehr laut. »Mia, bist du hier? Hast du Kopfhörer auf? Nicht erschrecken, ich mache nur den Sicherheitscheck am Sonntagmorgen.«

Sie schaltet das Licht ein und lässt das Garagentor hochfahren. Den Mann hat sie schon mal in den Hallen gesehen, er trägt einen blauen Anzug mit dem Logo von PEREGRIN. »Alles in Ordnung bei dir?«, fragt er freundlich.

»Ja, mir geht's gut«, sagt sie so deutlich, wie sie nur kann.

Dabei ist nichts in Ordnung. Während er davongeht, schüttelt sie fassungslos den Kopf. Das kann doch nicht wahr sein! Die wissen nicht nur genau, wann jemand die Hallen betritt und in seine Garage geht, sondern auch wer. »Mia Chung Linh wurde identifiziert.« Eigentlich logisch, jeder hat seinen eigenen Code, mit dem er sich an der Eingangstür anmeldet.

Wissen die auch, dass sie die Sicherheitseinrichtungen gefilmt hat? Natürlich, hier wird alles beobachtet. Und über Bluetooth miteinander geteilt.

Aber: »Soll ich den Herzschlag erfassen? Brauchen Sie eine Verbindung zum Innenraum?« Die können sich ja überall einschalten! Das ist wirklich gruselig!

Mia sieht auf ihr Smartphone. Dann zum Rechner und wieder auf ihr Smartphone.

Der Gedanke, der sich in ihrem Kopf formt, ist völlig logisch, aber so ganz behagt er ihr nicht. Wenn Harro Smolek hier als Hausmeister arbeitet, ist sein Handy vielleicht auch über Bluetooth mit dem System der Firma PEREGRIN verbunden. Krass!

23

Lennart ist spät dran, es ist schon Mittag, als er bei Cosmo ankommt. Mia sitzt vor der Voliere auf einer Holzkiste und redet mit ihm. Sie hat den schwarzen Anzug an, er lässt sie noch zierlicher wirken. Der Falke hat den Kopf zur Seite geneigt, als würde er ihr aufmerksam zuhören.

»Unterhaltet ihr zwei euch gut?«

Mia schaut auf und lächelt ihn an. »Du glaubst nicht, was er mir alles über dich verraten hat. Zum Beispiel, dass du ein Langschläfer bist und er deshalb immer bis mittags auf seine Fütterung warten muss.« Sie grinst. »Oder dass du ein Schisser bist. Du hast Angst, ihn fliegen zu lassen, dabei ist er ein treuer Freund und kommt jedes Mal zu dir zurück.«

»Wusste gar nicht, dass du Falkensprache verstehst. Sag ihm, ich hab es gestern kapiert. Er haut nicht einfach ab, nicht mal für eine Gefährtin.«

Sie legt den Kopf zur Seite, genau wie Cosmo. »Es gibt eine Liebesgeschichte? Erzähl.«

Die halbe Nacht hat Lennart wach gelegen und über den vergangenen Tag nachgedacht, über die beiden Polizisten, über Taurus Nolan und über seinen Vater. Vieles kommt ihm verworren vor, aber in einem Punkt ist er sich sicher: Es kann nicht mit rechten Dingen zugehen, wenn diese beiden

Polizisten ihn einfach mitnehmen und eine Geheimhaltungsklausel unterschreiben lassen. Irgendwas an der Sache ist faul, und deshalb ist es nur richtig, wenn er mit Mia darüber spricht. Außerdem kennt er niemanden außer ihr, dem er davon erzählen könnte. Seine Mutter würde sofort panisch reagieren und ihm vielleicht sogar verbieten, weiter zum *My Guard Storage* zu fahren. Solange er nicht genau weiß, ob es richtige oder falsche Polizisten sind, ist es auch keine gute Idee, zur Polizei zu gehen.

Lennart fällt es nicht leicht, alles in Worte zu fassen. Die Story von dem Wanderfalkenweibchen ist eigentlich der unwichtigste Teil seiner Geschichte, aber immerhin ein Anfang.

Während er Cosmo aus der Voliere holt und für die Jagd vorbereitet, erklärt er Mia erst mal, wie selten Wanderfalken in Deutschland sind. »Mitte letzten Jahrhunderts gab es bei uns nur noch fünfzig Paare. Das kam durch Insektengifte aus der Landwirtschaft. Als sie verboten wurden, haben sich die Bestände wieder erholt. Heute haben wir über tausend Paare in Deutschland, und sie leben sogar gerne in Städten. Trotzdem ist es wie ein Wunder, wenn Cosmo für eine halbe Stunde verschwindet und mit einer Partnerin zurückkommt.«

Mia hört ihm geduldig zu und verfolgt genau wie er den Falken, der in den Himmel aufsteigt und dort seine Runden zieht.

»Weißt du, mit einer Partnerin hätte er mehr Glück bei der Jagd, zu zweit verfolgen sie eine gemeinsame Strategie.

Sie teilen sich auf, fliegen oberhalb und unterhalb der Beutevögel und schneiden ihnen damit die Fluchtwege ab.«

Nach und nach berichtet er von den anderen Erlebnissen vom Tag zuvor, auch von dem Besuch des Milliardärs und den Informationen, die er über seinen Vater bekommen hat. »So kannte ich ihn gar nicht. Ich erinnere mich an seine Notizbücher, manchmal brütete er noch nachts darüber, aber mit mir hat er nie über solche Themen geredet.«

»Dafür hat er dir viel über Greifvögel beigebracht.«

»Das war für ihn das Wichtigste. Er liebte diese Tiere einfach.«

»Und deshalb wollte er das mit dir teilen«, sagt sie leise, »so wie mein Vater mir auf dem Hinterhof die ersten Übungen im *Wing Tsun* beigebracht hat.« Sie spricht zum ersten Mal von ihrer Familie und starrt gleich darauf in den Himmel, als würde da gerade was passieren. Es ist offensichtlich, dass sie das Thema nicht vertiefen möchte.

Dort oben dreht Cosmo immer noch seine Runden. Als Lennart berichtet, was der Milliardär über Lucius gesagt hat, reißt Mia die Augen auf und pfeift durch die Zähne. »Krass, das sollte mir mal passieren! Ein Roboterkind, das mich Schwester nennt und mit mir skypen will. Ist ja besser als in jedem Science-Fiction-Film.«

»Ich finde das eher unheimlich.«

»Aber er war schon süß. Und so nett.«

»Mia, das ist ja das Unheimliche! Der ist so programmiert.«

Cosmo hat immer noch keine Taube gefangen, Lennart

holt ein Eintagsküken aus der Futtertasche und ruft ihn. Sofort kommt der Falke auf seine Faust geflogen.

»Ist genug für heute. Man kann nicht immer Glück bei der Jagd haben.«

Mia grinst. »Dafür hat er Glück in der Liebe. Bestimmt zieht das Falkenweibchen gerade seine Runden über Berlin auf der Suche nach ihm.«

»Du bist ja romantisch. Das hätte ich bei einer knallharten *Wing Tsun*-Kämpferin wie dir nicht erwartet.«

Sie wird ein bisschen rot. Lennart versucht nicht hinzusehen, um sie nicht in Verlegenheit zu bringen. Es hat gutgetan, ihr alles zu erzählen.

»Und jetzt? Ein bisschen trainieren?«

Obwohl Mia extra den Anzug trägt, schüttelt sie den Kopf. »Später. Ich muss dir erst mal zeigen, was ich rausgefunden habe. Komm, wir gehen ins Falkennest.«

This email was sent from PRG evaluation program to Kontrollzentrum MGS + Alert generated on Saturday 21th of July at 11:23:44 AM

+++ Auslesung Überwachungskamera SXX02 erfolgreich + Registrierung 2 Personen + Identifizierung erfolgreich + autorisierte Person SR300lennartwiesner + autorisierte Person SR274miachunglinh + Aktivitätsprotokoll Freiflug WFCm2014 + Audioaufnahme erfolgreich + audiovisuelle Auswertung erfolgreich + Geheimnisverrat vermutet + Auswertung der Aufzeichnungen durch autorisierte Personen empfohlen + Alarmstufe 4 +++

24

Lennart findet es immer noch witzig, dass sie ihre Garage Falkennest nennt. Schließlich brüten Falken auf Felsen in luftiger Höhe. So eine Garage erinnert eher an Höhlenbrüter, Spechte oder Eulen. Steinkauzhöhle wäre ein passender Name. Wenn Mia die Augen aufreißt und voranstürmt wie jetzt, erinnert sie ihn an die frechen kleinen Eulen, die früher ständig in der Auffangstation abgegeben wurden. Die Leute begreifen einfach nicht, dass junge Steinkäuze nicht hilflos und verlassen sind, wenn sie flügge werden und allein durchs Unterholz hüpfen. Damals waren sie seine Lieblingstiere, neben Cosmo natürlich. Die Zeit dort erscheint unendlich weit weg, dabei sind sie erst seit ein paar Wochen in Berlin.

»Mach das Tor zu«, sagt Mia verschwörerisch und fährt ihren Rechner hoch. »Wir werden ohnehin genug beobachtet. Ich hab heute Morgen diesen Raum näher untersucht und das hier gefunden.« Sie hält einige Kabel und Sensoren hoch. »Abhöreinrichtungen. Die konnten sogar meinen Herzschlag hören.«

»Wer denn?«

»Ich vermute, diese Firma PEREGRIN.«

»Weißt du, was echt komisch ist? Der Name hat eine Bedeutung. Die lateinische Bezeichnung der Wanderfalken ist *Falco peregrinus*. Das ist doch kein Zufall, oder?«

Wieder reißt Mia ihre Augen auf. »Und das erzählst du mir erst jetzt? Hast du dir mal das Logo von denen angeschaut?« Mia öffnet die Internetseite von PEREGRIN. »Ich hab erst gedacht, das ist ein Kameraauge mit einer geschwungenen Linie drum herum, aber sieh es dir genauer an.«

Lennart bleibt die Spucke weg. »Ein Falkenauge!«

»Genau! Sehr vereinfacht, aber gut zu erkennen, wenn man es weiß.«

»Passt perfekt zu einer Sicherheitsfirma. Falken sind scharfe Beobachter, ihnen entgeht nicht das kleinste Detail.«

Mia schüttelt den Kopf. »Irgendwas stimmt nicht mit denen. Ich hab mich mal in deren System gehackt.«

»Du hast was? Die haben doch bestimmt eine Firewall.«

»Ich befürchte schon. Ich bin über das Handy vom alten Smolek in das Alarmsystem für die Hallen reingekommen, an dem Rest arbeite ich noch.«

»Wie das? Hast du sein Handy geklaut?«

Mia wirkt ein bisschen zerknirscht. »Ich hab es neulich mal in den Fingern gehabt, er hatte es bei den Müllcontainern verloren. Da hab ich ein Spionage-Tool installiert. Ich wollte ihm nur einen Streich spielen, ehrlich.« Sie zuckt die Schultern. »Jetzt hab ich Fernzugriff.«

»Bist du wahnsinnig? Harro ist ein alter Freund meiner Familie. Ich bin echt froh, dass er die Verantwortung für Cosmo übernimmt, und du hackst sein Handy!«

Sie verzieht den Mund. »Wusstest du, dass er bei PEREGRIN angestellt ist?«

»Du bist verrückt!«

»Ist aber wahr. Zumindest hat er Zugriffsrechte auf die Kameras und das Alarmsystem.«

»Er ist ja auch der Hausmeister.«

»Und wenn er mit Verbrechern unter einer Decke steckt?«

»Wie redest du denn über ihn? Er hat gesagt, wir sollen herausfinden, was hier los ist.«

»Vielleicht hat er das nur gesagt, damit wir ihm vertrauen, und in Wirklichkeit spioniert er uns aus.« Wieder hält sie die angeblichen Abhöreinrichtungen hoch. »Dieser andere Hausmeister von heute Morgen wusste genau, wann ich das Falkennest betreten habe, und er kannte meinen Namen.«

»Oho, er kannte deinen Namen! Den kennt hier jeder, ist nichts Besonderes. Und alle wissen, dass die Hallen überwacht werden.«

»Du nimmst mich nicht ernst!«

»Doch natürlich. Ich bin ja beeindruckt, wie gut du dich mit Computern auskennst, aber übertreibst du nicht ein bisschen?«

»Was muss denn noch passieren? Du Träumer, sei nicht naiv. Wenn du in Berlin aufgewachsen wärst, wüsstest du, dass man keinem trauen darf.«

»Du spinnst doch!« Es tut ihm sofort leid, dass er das gesagt hat. »Hey, ich hab's nicht so gemeint.«

Aber sie ist richtig wütend. »Weißt du was dein Problem ist, Lennart Wiesner? Du glaubst noch an das Gute im Menschen. Ich werde diese Firma hacken, und dann beweise ich dir, dass ich recht habe.«

Sie konzentriert sich ganz auf ihren Bildschirm und fängt an, mit Wucht auf ihre Tasten einzuhämmern. Die Atmosphäre im Falkennest ist auf einmal eisig. Es fühlt sich an, als hätte sie ihn an einer Bushaltestelle stehen gelassen. Lennart bleibt keine Minute länger, lieber schaut er noch mal nach Cosmo.

25

Lennart sitzt bei Cosmo in der Voliere und schnitzt lustlos an einem Stock herum. »Sie hält mich für naiv, was sagst du dazu, Cosmo?«

Der Falke döst vor sich hin. Kein Wunder, er ist satt und hat nichts zu tun. Greifvögel sind die wahren Energiesparexperten.

»Meine Freunde von früher sind alle nicht im Netz, die sind im Urlaub oder im Freibad. Dafür hab ich eine Freundschaftsanfrage von einem Roboterkind. Der will nicht nur mein Freund sein, der will gleich mein Bruder sein. Ist das nicht verrückt?«

Jetzt schließt Cosmo sogar die Augen.

»Ich hab schon verstanden. Du findest also, dass ich langweilig bin.« Lennart öffnet die alte Futtertasche seines Vaters und raschelt mit der Hand darin herum. Sofort kommt der Falke angeflogen, reckt den Hals und späht, ob er etwas aus der Tasche bekommt. »Ja, du bist ein echter Freund. Vielleicht ein wenig verfressen.«

Selbst Berta, die alte Schnee-Eule, öffnet beide Augen. Leider ist die Tasche leer, und es ist gemein, den Vögeln vorzuspielen, er hätte noch Futter. Lennart überlegt, ob er noch mal zur Gefriertruhe gehen soll. Aber im Grunde hat Cosmo genug, und für Berta ist sowieso Harro zuständig. Ob es stimmt, was Mia gesagt hat, und er arbeitet für PEREGRIN? Warum eigentlich nicht, sie sind eine Sicherheitsfirma und bewachen das *My Guard Storage*. Das wäre doch ganz normal, wenn der Hausmeister bei ihnen angestellt ist.

Harro ist eher der schweigsame Typ, der sich gern in seine Hausmeistergarage ganz vorne in der ersten Halle zurückzieht, aber er ist jeden Tag da und macht seine Arbeit. Repariert kaputte Lampen, gibt den Vögeln frisches Wasser und lässt die kleine automatische Kehrmaschine irgendwo herumfahren.

Lennart grabbelt immer noch in der Tasche, Cosmo hat aufgegeben und ist auf seinen Lieblingsplatz zurückgekehrt. Da ist doch was in der Tasche, er betastet es schon eine Weile. Fühlt sich an, als wäre da ein Schnitt im Innenleder der Klappe. Und dahinter etwas Hartes, Kleines. Tatsächlich: Jemand hat einen Schlitz in das Leder gemacht, parallel zur Naht, es fällt kaum auf. Lennart knibbelt daran, aber er bekommt es nicht zu fassen. Schließlich nimmt er sein Messer zu Hilfe und vergrößert den Schlitz.

Eine SD-Karte! Sie muss noch von seinem Vater stammen. In Lennarts Hals wird es eng. Ein seltsames Gefühl, so als habe er ein Jahr nach seinem Tod noch eine Botschaft von ihm bekommen. Bestimmt hat sein Vater nicht damit gerechnet, bei einem Verkehrsunfall ums Leben zu kommen und die Tasche mit der Karte an seinen Sohn zu vererben.

Diesmal würde er Mia nicht um Hilfe bitten. Wenn sein Vater persönliche Aufzeichnungen gemacht hat, will er sie erst mal allein anschauen. Er muss so schnell wie möglich nach Hause an seinen Rechner.

Plötzlich stößt Cosmo einen Warnschrei aus. Lennart zuckt zusammen, da kommen schon wieder die beiden Polizisten über den Hof, Rottweiler und Morell. Schnell lässt er die SD-Karte in der Hosentasche verschwinden.

»Her damit«, sagt Rottweiler und streckt fordernd die Hand aus. »Was immer du da gerade weggesteckt hast.«

Eingeschüchtert holt er die Karte raus und gibt sie ihm.

»Pack deinen Vogel ein! Diesmal kriegst du auch eine Haube. Wir wissen, dass wir dir nicht vertrauen können. Du hast dieser Mia alles erzählt.« Er betrachtet die SD-Karte kurz und steckt sie weg. »Geheimnisverrat ist kein leichtes Vergehen.«

»Eigentlich müssten wir deinen Vogel beschlagnahmen«, ergänzt Morell. »Du hast Glück, weil er so hervorragend mit uns kooperiert und wir auf die Schnelle keinen Ersatzfalkner bekommen.«

Lennart ist wie vor den Kopf gestoßen. Zu oft hat er erlebt, wie die Naturschutzbehörde in der Auffangstation mit Tieren ankam, die den Besitzern weggenommen wurden. In keinem dieser Fälle haben die Besitzer ihre Vögel jemals wiedergesehen.

This email was sent from PRG evaluation program to Kontrollzentrum MGS + Alert generated on Sunday 21th of July at 12:37:14 PM

+++ Auslesung Überwachungskamera SXX02 erfolgreich + Registrierung 3 Personen + Identifizierung erfolgreich + autorisierte Person SR300lennartwiesner + autorisierte Person SP02lorenzrottweiler + autorisierte Person SP07abrahammorell + Aktivitätsprotokoll: Mitnahme SR300lennartwiesner und WFCm2014 + Operation erfolgreich + Alarmstufe 1 +++

26

Wieder wird Lennart zu dem schwarzen Bus geführt, diesmal verbinden sie ihm die Augen. Er umklammert Cosmos Riemen mit beiden Händen, als müsse er sich an seinem Vogel festhalten. Auf einmal hat er Angst, nackte Angst. Es ist überhaupt nicht beruhigend, wenn man gar nichts sehen kann.

»Wohin bringen Sie uns?«

»Wir haben einen Einsatz für euch«, erklärt Morell.

Sie fahren los, jede Abbiegung, jeder Schaltvorgang des automatischen Getriebes macht Lennart nervös. Er versucht sich auf Cosmo zu konzentrieren, zum Glück ist der Vogel ganz ruhig. Seine Gedanken kreisen um die Futtertasche seines Vaters, die er seitlich an der Hüfte spürt. Das Supertool steckt noch darin, das Messer war aufgeklappt. Im ersten Moment gibt ihm das ein Gefühl von Sicherheit, aber würde er wirklich einem von ihnen das Messer in den Bauch rammen? Mia hat ihm bei ihren *Wing Tsun*-Lektionen erklärt, Waffen seien oft gefährlich für den, der sie einsetzt. Zu schnell eskaliere eine Situation. Plötzlich hat der Gegner die Waffe und will sie auch benutzen.

Es ist ohnehin nicht möglich, er hat Cosmo auf der Faust und kann ihn nicht loslassen. Auf keinen Fall darf er riskieren, dass der Falke durch das Auto flattert. Nicht nur, wegen der Unfallgefahr für den Fahrer, die Flügel sind auch äußerst empfindlich. Schon wenn ein paar entscheidende Federn beschädigt werden, können die Falken nicht mehr richtig fliegen und mit der Jagd für ihr Überleben sorgen.

Morell hat ihm das Smartphone abgenommen und wischt darauf herum. »Deine Mutter hat geschrieben, es steht noch Mohnkuchen im Kühlschrank. Sie ist mit Sam zum Picknicken gefahren und wünscht dir einen netten Sonntag.« Botschaften aus der heilen Welt.

»Was wollen Sie eigentlich von uns?« Und woher wussten die beiden, was er Mia erzählt hat?

»Du hast eine E-Mail von einem Lucius.« Morell pfeift durch die Zähne. »Das wird doch nicht etwa Nolans neuestes Lieblingsprojekt sein! Das KI-Kind mit ethischer Gesinnung. Dein neuer Freund?«

Lennart weiß nicht, was er dazu sagen soll. Die beiden *können* nur von einem Geheimdienst sein, sonst wüssten sie nicht über alles und jeden Bescheid. Er muss an Mia denken. Diesmal wird sie nichts von der Entführung erfahren.

»Weißt du eigentlich, mit wem du dich da eingelassen hast?«, fragt Rottweiler von vorne. »Diese Mia heißt in Wahrheit Mai Chung Linh, und ihre Familie wird mit dem organisierten Verbrechen in Verbindung gebracht. Vietnamesische Mafia. Von denen hält man sich besser fern, wenn du verstehst, was ich meine.«

»Natürlich weiß ich, dass sie eigentlich Mai heißt. Mia gefällt ihr eben besser.« Lennart hat das Gefühl, sie verteidigen zu müssen. Dabei würde er gerne noch mehr hören.

»Findest du es nicht auch seltsam, dass sie außer dir keine Freunde hat? Sie steckt ihre Nase überall rein und gibt auffallend viel Geld für den Technikkram in ihrem Nest aus. Schon merkwürdig, oder?«

Er hat tatsächlich *Nest* gesagt!

»Es ist gefährlich, wenn du ihr von unseren geheimen Operationen erzählst. Mit mafiösen Strukturen kennst du dich nicht aus. Ich sage ja nicht, dass sie dir schaden will, aber das Risiko ist einfach zu groß.«

Cosmo knabbert an dem Stoff, mit dem die Männer ihm die Augen verbunden haben. Vielleicht verunsichert es ihn, wenn Lennart so anders aussieht. Es tut gut, ihn zu spüren.

Ohne jede Vorwarnung stoppt der Wagen, sie werden in den Sicherheitsgurt geschleudert. Lennart hört einen Knall, auf einmal sieht er Bilder: sein Vater, wie er durch die Windschutzscheibe fliegt. Nur eine Wimpernschlaglänge, im nächsten Moment reißt ihm jemand die Augenbinde weg. Cosmo flattert mit der Haube durchs Auto, er stößt überall an.

Rottweiler brüllt: »Schnell, pack ihn, zieh ihm die Haube ab!«

Lennart kann gar nicht so schnell reagieren, er ist völlig blockiert.

Morell reißt die Schiebetür auf, der Falke stürzt hinaus, blind und hilflos. Zum Glück ist niemand auf dem Gehweg, dahinter liegt ein Park. Er fliegt unbeholfen über die Wiese, nah am Boden, immer nur ein paar Meter. Die Leute bleiben stehen, zeigen auf ihn und schütteln den Kopf. Lennart springt aus dem Bus, rennt hinter ihm her, stolpert, fällt. Der Schmerz im Knie zieht hoch ins Rückenmark, sein Herz hämmert wie wild in seiner Brust.

Auf einmal steht Morell über ihm. »Was ist denn mit dir los?« Er reicht ihm die Hand und zieht ihn hoch. »Du hast ihn einfach losgelassen. So dramatisch war die Situation doch gar nicht.«

»Aber der Knall.«

»Welcher Knall?«, fragt Rottweiler, der hinzukommt. »Ich hab die Katze nicht mal erwischt.«

Er hat doch einen Knall gehört.

»Da ist er«, sagt Morell und zeigt auf einen Busch. Cosmo hockt mit hängenden Flügeln darunter.

Lennart geht langsam auf ihn zu und spricht ihn an. »Ruhig, mein Alter. Ich bin es, du bist in Sicherheit.« Der Falke lässt sich problemlos auf die Faust nehmen und streift seine Wange zur Begrüßung. Lennart ist erleichtert, als er die Bändchen im Handschuh einklemmt. Vorsichtig befühlt er Cosmos Flügel und nimmt ihm für einen Moment die Haube ab. »Scheint alles in Ordnung mit ihm zu sein.«

Warum hat er einen Knall gehört, wenn da keiner war? Und wo kamen diese Bilder von seinem Vater her? Sie waren ihm merkwürdig vertraut, als würde er ihnen jede Nacht im Traum begegnen.

»Dann ist ja gut«, sagt Rottweiler. »Können wir weiterfahren?«

Den Rest der Fahrt verzichten sie darauf, ihm die Augen zu verbinden. Cosmo ist nach der ganzen Aufregung erstaunlich ruhig, aber Lennart sieht immer wieder vor seinem inneren Auge die Szene, wie sein Vater durch die Scheibe fliegt. Natürlich weiß er, dass es so war, bisher konnte er sich nur nicht daran erinnern. Ob es ein Zeichen ist und seine gesamte Erinnerung wiederkommt? Auch die Minuten vor dem Unfall? Seine Mutter redet ständig von dieser Hypnosetherapeutin. Schon der Gedanke daran ist der reinste Horror.

27

Mia sucht im Netz nach einer neuen Überwachungskamera. Ihr erstes Gerät war viel zu auffällig, diesmal soll es eine echte Spionagekamera sein. Klein und unauffällig, mit Bewegungsmelder, E-Mail-Alarm und Infrarot-Nachtsicht. Zum Glück kann sie solche Sachen über das Geschäftskonto ihrer Eltern bestellen.

Lennart hat immer noch nicht begriffen, dass man den Gegner mit den eigenen Waffen schlagen muss. Aber vor allem muss man wachsam sein und lernen, mit diesen Waffen umzugehen. Sonst ist man im Notfall nicht bereit, sie einzusetzen. Mia ärgert sich über sich selbst. Sie hat sich von ihrer Wut leiten lassen, es war blöd von ihr, ihn so abblitzen zu lassen. Trotzdem, sie wird ihm schon noch beweisen, dass die Firma PEREGRIN in die merkwürdigen Zwischenfälle verwickelt ist.

Wieder einmal öffnet sie den Bildschirm ihres Spionage-Tools und durchsucht Smoleks Smartphone. Er nutzt das Gerät anscheinend wenig, hat kaum Apps installiert und gerade mal fünf Bilder gemacht. Dabei hat er nur ein paar handschriftliche Zettel abfotografiert. Komplett uninteressant. Die einzig spannende App ist die Verbindung zu dem Überwachungssystem der Hallen. Sie kann Kameras ansteuern, Türen blockieren oder den Alarm auslösen. Weiter kommt Mia nicht. PEREGRIN ist ähnlich unerreichbar wie das Pentagon.

Ob Lennart noch bei Cosmo ist?

Vielleicht sollte sie mal draußen das neue Codeschloss kontrollieren, das sie beim Training mit Lennart entdeckt hat. Sie hat schon zweimal die Kabel der Kamera durchgeknipst, jedes Mal wurde sie innerhalb weniger Stunden wieder repariert. Dieses Spielchen kann sie natürlich nicht ewig wiederholen, irgendwann kommt man ihr auf die Schliche, und dann gibt es Ärger.

Im Moment funktioniert die Kamera, sie kann über Smoleks Handy darauf zugreifen. Es ist ganz leicht, sie hat ein klares Bild und kann sogar die Tauben auf dem Dach gurren hören. Lennart ist nicht mehr da, Cosmo ist auch nicht zu sehen, die Volieren sind geschlossen. Also ist er gegangen, ohne sich zu verabschieden. Ein bisschen enttäuscht ist sie schon deshalb. Eigentlich mag sie es gar nicht, wenn man im Streit auseinandergeht.

Sie könnte natürlich sein Handy tracken.

Nein, das ist ihr zu blöd. Das würde ja so aussehen, als hätte sie ein schlechtes Gewissen.

Lennart hat vermutlich recht, der alte Hausmeister ist gar nicht so übel. Er hat nur überhaupt keine Ahnung davon, wie man sein Smartphone schützen kann, und deshalb ist er doch irgendwie selbst schuld, wenn andere ihn ausspionieren. Außerdem entdeckt Mia eine wirklich merkwürdige E-Mail. Sie beginnt mit einer Erklärung:

This email was sent from PRG evaluation program to Kontrollzentrum MGS + CC: Technikteam + CC: autorisierte Person HM01harrosmolek + Alert generated on Saturday 20th of July at 11:40:13 AM

Ein automatischer Alarm, losgeschickt von einem *PRG evaluation program*, also einem Auswertungsprogramm. Adressat war ein Kontrollzentrum MGS, mit der Abkürzung ist vermutlich *My Guard Storage* gemeint. Ob es hier in den Hallen ein Kontrollzentrum gibt? CC heißt, es wurden Kopien dieser Mail verschickt, in diesem Fall an ein Technikteam und an den alten Smolek. HM bedeutet bestimmt Hausmeister, ist ja alles easy. Unter der Erklärung, woher diese E-Mail kommt, steht der eigentliche Nachrichtentext:

+++ manuelle Kontrollaufnahme nach Reparatur von Überwachungskamera SXX02 + Übertragung von Bild und Ton erfolgreich + Ursache von Funktionsstörung unbekannt + Sabotage wahrscheinlich + Kontrollanweisung an autorisierte Person HM01harrosmolek + Einsatz Technikteam abgeschlossen + Alarmstufe 4 +++

Hui, »Sabotage wahrscheinlich«, das hört sich doch aufregend an. Sie sind ihr also schon auf den Fersen, und der alte Smolek soll kontrollieren, ob ein Saboteur in der Nähe ist. Oder eine Saboteurin. Der hat bestimmt gar keine Ahnung von Technik.

Genau genommen weiß Mia nichts über ihn. Ihr Vater hat mal eine komische Bemerkung gemacht, Smolek sei ein gefallener Held. Damals hat sie nicht nachgefragt, aber vielleicht weiß das Internet mehr dazu. Mia gibt seinen Namen ein, es gibt erstaunlich viele Suchergebnisse. Zeitungsinterviews, Bilder, Smolek als Falkner, aber auch: Smolek als Sprengmeister! Krass, vor vielen Jahren war er beim Umbau des Potsdamer Platzes verantwortlich für die Sprengungen. Es wurden sogar Bomben aus dem letzten Weltkrieg gefunden, die er entschärfen musste. Mia pfeift leise durch die Zähne. Er hat also doch eine technische Ausbildung. Irgendwas muss schiefgegangen sein in seinem Leben.

In einem Bericht von vor sechs Jahren geht es um eine Kofferbombe, die an einer Bushaltestelle gefunden wurde. Harro Smolek hat dabei ein Auge verloren, ein Polizist ist zu Tode gekommen. Der Artikel in der Berliner Morgenpost stellt die kritische Frage, ob die Situation falsch eingeschätzt wurde. Da steht, die Staatsanwaltschaft habe die Ermittlungen aufgenommen und die Witwe des Polizisten wolle gegen den verantwortlichen Sprengmeister klagen.

Offenbar ist nichts aus der Klage geworden, doch danach gibt es keine weitere Erwähnung von Harro Smolek in der Öffentlichkeit mehr.

»Darum bist du Hausmeister geworden«, murmelt Mia. Am liebsten würde sie den Alten gerne selbst fragen, was damals passiert ist. Vermutlich ist es ganz gut, dass sie ihm keine neugierigen Fragen stellen kann. Er fängt gerade an, sie ein wenig zu mögen.

28

Lennart war noch nie in einer solchen Siedlung. Hochhäuser, wohin man sieht. Neun, zehn oder elf Geschosse, Balkone in Bonbonfarben, helle Fassaden. Alles wirkt riesig, Hochhaus an Hochhaus, in Reihen oder als Vierecke mit Innenhöfen, ein echtes Labyrinth. Rottweiler fährt mitten hinein, ins Zentrum einer Gruppe von Gebäuden, die wie ein Schneckenhaus angeordnet sind. Die Innenfläche ist groß, fast wie ein Park, doch obwohl Sonntag ist, sind kaum Menschen unterwegs.

Sie sitzen noch im Bus, Rottweiler dreht sich zu ihm um. »Okay, Lennart, wir wollen mit euch den Ernstfall testen. Du hast bestimmt schon mal was von Paketdrohnen gehört.«

»Werden wir in Zukunft garantiert häufiger antreffen«, ergänzt Morell. »Zum Beispiel als internes Transportsystem auf Firmengeländen.«

Rottweiler sieht Lennart ernst an. »Cosmo wird heute eine solche Drohne vom Himmel holen.«

»Hier?« Das kann er doch nicht ernst meinen.

»Ja, genau hier.«

Er nickt seinem Kollegen zu, der aussteigt und eine Falkenhaube aus dem Kofferraum holt. Sie ist aus Leder und sieht auf den ersten Blick ganz normal aus, nur an den Stellen, an denen sonst die Augen bedeckt werden, hat sie große Löcher. »Wir haben eine Haube mit Kamera für deinen Cosmo anfertigen lassen«, sagt Morell stolz.

Wow, eine Falken-Action-Cam! Davon hat Lennart schon gehört, aber gesehen hat er noch nie eine.

Sie steigen aus, rundherum glitzern die Fassaden im Sonnenlicht. Es hört sich merkwürdig widerhallend an, wenn sie reden. Hoffentlich kommt Cosmo mit dieser Umgebung klar, aber für Wanderfalken sind die hohen Gebäude auch nur Felsen, also fast ihre natürliche Umgebung.

In der Mitte des Parks spielen in einem Sandkasten zwei Mädchen in Prinzessinnenkleidern, ihre Mütter sitzen auf der Parkbank daneben. Rottweiler geht auf die beiden Frauen zu, zeigt ihnen seinen Ausweis und wedelt mit den Händen. »Bitte räumen Sie das Gelände, wir haben hier einen polizeilichen Einsatz.« Schnell zerren sie ihre Kinder aus dem Sandkasten und gehen davon.

Morell stößt Lennart an und zeigt in die Luft. »Da, sieh mal.« Eine Drohne fliegt über ihre Köpfe hinweg von einem Gebäude zum anderen, an der Unterseite hält sie mit vier Greifarmen ein Paket. »Ist hier ein Testgebiet. Privatgelände, da geht das.«

Jetzt fliegt sie auf einen Balkon in der obersten Etage zu, gleichzeitig kommt von dort ein weiteres Fluggerät angeflogen. Es sieht aus wie das Treiben auf einem Weltraumbahnhof in einem Science-Fiction-Film.

»Eine kleine Paketdrohne kann bis zu zwei Kilogramm

transportieren«, erklärt Morell. »Stell dir vor, es müsste ständig Post zwischen zwei Gebäuden hin und her transportiert werden. Heute machen das oft Fahrradkuriere, in Zukunft können Paketdrohnen diese Arbeit übernehmen.«

Schade, dass Mia das nicht sehen kann, sie wäre bestimmt begeistert.

Rottweiler zieht sein Smartphone raus und ruft jemanden an. »Okay, Leute, wir sind hier. Schickt die Testdrohne in fünf Minuten los.« Er sieht Lennart an. »Das Paket ist orange, wir sollten es gut erkennen können.«

»Zieh dem Vogel die Haube ab und die hier an«, sagt Morell und reicht ihm die Haube mit der Kamera. »Mal sehen, ob er auch ein guter Kameravogel ist.« Er scheint das für einen guten Witz zu halten, denn er grinst breit. »Wir haben sie zusätzlich mit einem GPS-Sender ausgestattet und können die Bilder direkt mit Google-Earth abgleichen.« Er öffnet auf seinem Tabletcomputer eine App. »Wir wissen also immer genau, wo er sich befindet und was er sieht.«

Als Lennart ihm die Kamerahaube aufsetzt, bleibt Cosmo ruhig und schüttelt sich nicht mal. Sie passt perfekt.

Morell beobachtet mit dem Fernglas das Geschehen oben auf dem Balkon des Gebäudes, von dem aus sie die Paketdrohne erwarten. Gleichzeitig hält er das Smartphone ans Ohr und nickt von Zeit zu Zeit.

Die Minuten, bis sich da oben was tut, sind quälend. Selbst Cosmo scheint auf den Einsatz hinzufiebern. Die Kollegen dort oben warten ab, bis der Luftraum völlig frei ist. Keine Vögel, keine anderen Luftfahrzeuge. Endlich ist es so weit, die Drohne startet, das orangefarbene Päckchen ist gut zu erkennen.

Die Männer sehen Lennart auffordernd an. Er zögert, aber Cosmo will in die Luft. Der Falke schlägt mit den Flügeln und versucht abzuheben.

»Na, los!«, fordert Rottweiler, »lass ihn endlich fliegen.«

Cosmo gewinnt schnell an Höhe, das Tablet zeigt unruhige und verwackelte Bilder, für das menschliche Auge kaum erkennbar. Morell wechselt den Modus, der Computer zeigt eine Simulation, in der der Falke und das Paket als blinkende Symbole auf einer Flugbahn dargestellt werden.

Die Simulation ist so faszinierend, dass Lennart immerzu darauf schauen muss. Es ist wie der Sog eines Computerspiels. Und gleichzeitig hat er Angst, Cosmo könne sich verletzten. Die Drohne ist doppelt so groß wie die Spielzeugdrohnen, mit denen er geübt hat.

Erst als Lennart den typischen Jagdschrei hört, sucht er den Falken am Himmel. Da ist er, wechselt gerade in den Sturzflug. Aus dem Augenwinkel sieht Lennart, wie eines der Mädchen im Prinzessinnenkleid auf sie zurennt. Keine Zeit, sie zu warnen, alles geht rasend schnell. Cosmo versetzt der Drohne einen Stoß, sie rast mit ihrer Fracht in Richtung Boden zu und zerschellt dort. Das Paket schlittert über den Rasen und bleibt nur wenige Meter entfernt liegen.

»Alle Achtung«, sagt Rottweiler anerkennend, »Auftrag perfekt ausgeführt.«

Aber ganz so perfekt ist die Sache nicht, die Kleine heult und hält sich die Hand vors Auge. Zwischen den Fingern läuft Blut. Ihre Mutter kommt panisch über die Grünfläche gerannt, fällt vor ihrem Kind auf die Knie und begutachtet die Verletzung. Zornentbrannt dreht sie sich um und schickt einen Schwall fremdländischer Flüche zu ihnen herüber. Sie versucht die Blutung mit einem Tuch zu stillen, die Kleine schreit immer lauter.

Auf dem Rand des Sandkastens liegt eine goldene Krone, vermutlich der Grund, warum das Mädchen sich losgerissen hat und zurückgekommen ist. Lennart schnappt sich die Krone und bringt sie den beiden, die Mutter ist blass vor Wut. »Ich rufe Polizei«, sagt sie und spuckt Lennart vor die Füße. »Vogel ist Gefahr.«

Die beiden Polizisten kümmern sich nicht um sie, Cosmo ist bei den Resten der Drohne gelandet und hackt mal wieder darauf ein. Morell hebt das Paket hoch und entfernt das orangefarbene Papier. Hervor kommt ein normaler Schuhkarton.

Er bringt ihn zu Rottweiler, der ihn feierlich aufklappt und laut loslacht. Auch Morell schaut hinein und lacht mit. »Eins muss man den Kollegen lassen, Humor haben sie.«

Lennart ist natürlich neugierig und versucht einen Blick zu erhaschen. Rottweiler dreht den Karton demonstrativ vor seinen Augen um, aber es fällt nichts heraus. Leer? Ein leeres Paket? Was soll das? Dafür wurde ein Kind verletzt!

Der Polizist hält ihm den Karton hin, damit er die Botschaft auf dem Boden sehen kann. Er lacht immer noch, Lennart kann es nicht fassen. Seine Nackenhaare stellen sich auf, da hat jemand mit schwarzem Filzstift eine Bombe gemalt, so wie im Comic mit rauchender Zündschnur. Darunter hat er nur ein Wort geschrieben: »Peng«.

In der Nähe heult eine Polizeisirene auf und kommt rasch näher, auf einmal werden die beiden nervös. »Komm Lennart, schnapp dir den Vogel und lass uns verschwinden.« Es hört sich an wie in einem Gangsterfilm, dabei sind sie doch die Guten, oder etwa nicht?

29

Mia stöbert immer noch in Harros E-Mails herum, auf einmal kommt eine Nachricht für sie selbst rein. Absender ist Amin, der Junge, dem sie den Arm auf den Rücken gedreht hat.

Ein Video, aufgenommen vor zwei Stunden. Sie klickt es sofort an.

Das darf doch nicht wahr sein, diese falschen Polizisten haben Lennart und Cosmo schon wieder entführt! Mist, warum schickt dieser Amin das Video erst jetzt.

Sofort öffnet Mia das Trackingprogramm, zwei Minuten später weiß sie, wo Lennart steckt. Mitten in Marzahn, irgendwo zwischen den Hochhäusern. Sie kann es nur anhand der Funkzellen lokalisieren, per Satellit wäre natürlich genauer. Aber das ist jetzt völlig unwichtig, die Frage ist doch, warum die beiden Männer Lennart und Cosmo wieder abgeholt haben und was sie diesmal von ihnen wollen.

Die Gesichter der beiden sind gut getroffen. Neulich hat jemand aus ihrem Technikforum die chinesische Gesichtserkennungssoftware *Facetrap* gehackt und mit einem deutschen *Plug-in* versehen. Das Programm arbeitet mit Videodateien, eine Fangemeinde in Deutschland ist dabei, eine eigene Datenbank aufzustellen. Aus Datenschutzgründen höchst illegal und auch noch sehr lückenhaft.

Mia gibt das Video trotzdem ein, markiert den Rothaarigen und startet den Suchlauf. Eigentlich hat sie keine große Hoffnung, dass es klappt.

Das Programm meldet »person not found«. War ja zu erwarten, nächster Versuch. Sie markiert Morell, den mit der Datenbrille, und drückt auf Start.

Sekunden später ist in ihrem Rechner die Hölle los. Programme öffnen sich, schließen wieder, der Bildschirm wird schwarz, und in weißer Schrift auf dunklem Hintergrund läuft Maschinensprache von unten nach oben. Fenster gehen auf, Bilder und Videos werden gesucht. Mist, sie hat sich ein Virus eingefangen!

Das kleine rote Lämpchen ihrer Kamera leuchtet auf, eine Schrift erscheint.

```
Bitte beachten Sie: Bewegen Sie sich während des Scans ganz natürlich und sprechen Sie ein paar Sätze.
```

Was soll das denn heißen?

Der Bildschirm zeigt das Video, das gerade aufgenommen wird: sie! Mia mit aufgerissenen Augen. Ein grünes Gitternetz legt sich über ihr Gesicht, einzelne Knotenpunkte leuchten auf, rechts laufen Zahlenkolonnen durchs Bild. Total gespenstig.

Wieder kommt eine Aufforderung:

Bitte bewegen Sie sich und sprechen ein paar Sätze, damit wir wissen, dass Sie lebendig sind.

»Wie gruselig!«, entfährt es ihr. Sie schlägt die Hand vor den Mund. Es ist unheimlich, das auf dem Bildschirm mitzuverfolgen. Jede ihrer Bewegungen, jedes Muskelzucken in ihrem Gesicht wird von dem Gitternetz registriert.

Die nächste Meldung:

Herzlichen Dank für Ihre Mitarbeit. Ihr Profil wird jetzt angelegt.

Mitarbeit? Das ist wohl ein Witz. Die rote Lampe geht aus, der Bildschirm wird wieder schwarz. Plötzlich fährt der Lüfter hoch, sie zuckt zusammen, als wäre das schon eine Bedrohung. Dabei ist es nur das Zeichen einer außergewöhnlich hohen Auslastung ihres Computers. Was rechnet er da?

Der Scan ist jetzt abgeschlossen. Bitte prüfen Sie die Daten und drücken Alt+Strg+F, wenn Ihr Profil fehlerhaft ist. Wenn Sie nicht innerhalb von dreißig Sekunden unterbrechen, werden Ihre Daten in die Datenbank übernommen.

In kurzer Abfolge werden unterschiedliche Bilder von ihr angezeigt, die das Programm aus ihrer Festplatte ausgelesen hat. Dann die eben aufgenommene Videosequenz: Sie selbst mit aufgerissenen Augen, wie sie »Wie gruselig!« sagt und ihre Hand zum Mund führt. Es ist ein komisches Gefühl, so als würde man den Fernseher anmachen und wäre selbst Teil einer Show. Nur, dass das hier keine Show ist. Sie wird gerade von einer Gesichtserkennungs-Datenbank erfasst und will das gar nicht.

Mai Chung Linh, Künstlername Mia Chung Linh, deutsche Staatsbürgerin vietnamesischer Abstammung in der zweiten Generation, geboren am 17.12.2006 in Berlin. Schülerin, keine besonderen Merkmale.

Eine Uhr zählt runter, 25, 24, 23, 22 … Was soll sie tun? Künstlername, so ein Quatsch! Aber woher weiß dieses Programm, wer sie ist? 15, 14, 13, 12 …

Sie drückt die Tastenkombination. Warum nicht alles löschen?

Herzlichen Dank für Ihre Mitarbeit. Bitte geben Sie Ihre Änderungsvorschläge ein.

Ha, das wäre doch gelacht! Mia löscht den blinkenden Text komplett und drückt die Eingabetaste. War doch ganz einfach.

Diese Operation ist nicht zulässig.

So ein verdammter Mist! Der Text wird wiederhergestellt und fängt erneut an zu blinken. 11, 10, 09, 08, 07…

Stopp! Mia drückt hektisch Alt+Strg+F, aber die Uhr läuft weiter. 04, 03… Sie markiert das Wort »Künstlername« und löscht es. Die Uhr bleibt bei 01 stehen.

Sie haben Änderungen bei der Namensangabe vorgenommen. Ist Ihr Name jetzt korrekt angezeigt?

Mia gibt ein: Nein

Bitte korrigieren Sie die Schreibweise Ihres Namens. Verwenden sie die gleiche Schreibweise, wie Sie in Ihrem Personalausweis verwendet wird.

Das wird sie nicht tun. Ganz bestimmt nicht! Wenn diese blöde Gesichtserkennungssoftware schon ein Profil von ihr anlegt, dann soll es wenigstens falsch sein. Mia löscht ihren richtigen Namen und den zweiten Nachnamen, da steht jetzt nur noch »Mia Chung«.

Herzlichen Dank für Ihre Mitarbeit. Die Registrierung ist jetzt abgeschlossen, Ihr Profil wurde in die Datenbank übernommen.

Als wäre nie etwas anderes passiert, ploppen die Fenster wieder auf, die sie vorher geöffnet hatte. Nur die deutsche Version des chinesischen Programms *Facetrap* ist vollständig aus ihrem Rechner verschwunden. Sie hätte sich ohnehin nicht getraut, dieses Programm noch einmal aufzurufen.

Puh, nun ist sie also in dieser Datenbank, was immer das heißen mag. Vielleicht wird sie demnächst jedes Mal, wenn sie in Urlaub fährt, auf dem Flughafen von irgendeiner Kamera gescannt und identifiziert. Da ist der Ärger schon vorprogrammiert, denn in ihrem Personalausweis steht ja ein anderer Name. Ach, warum hat sie überhaupt was verändert? Künstlername war doch gar nicht so schlecht, das Programm hat nur versucht, ihre beiden Namen einer Identität zuzuordnen. Ob man da noch Änderungen vornehmen kann?

Erst mal klar denken. Ihr Rechner braucht einen umfassenden Check. Wer weiß, was diese chinesische Software auf ihrem Computer installiert hat. Viren, Trojaner und was es sonst noch gibt. Sie lädt die aktuelle Version ihres Antivirus-Programms runter und startet einen umfassenden Scan.

Das wird dauern, mindestens eine Stunde. Eine Stunde ohne Rechner, sie kontrolliert ihr Smartphone. Drei Anrufversuche ihrer Familie. Hatte sie es auf stumm gestellt? Eine Sprachnachricht ihres Vaters: »Hast du etwa vergessen, dass wir zur Geburtstagsfeier deines Onkels eingeladen sind?«

Oh, nein, wie hatte sie das vergessen können! Onkel Phong, das Oberhaupt der Familie. Er bezeichnet sie sogar als seine Lieblingsnichte. Und sie steht hier noch in Latzhose und Turnschuhen!

30

Lennart ist es nicht gewohnt, mit Cosmo auf der Hand zu laufen, er ist noch ganz außer Atem. Auch der Falke ist aufgeregt und versucht immer wieder die Flügel zu spreizen. Sie sitzen in dem schwarzen Bus hinter den dunklen Scheiben. Draußen fährt schon wieder der Polizeiwagen vorbei. Im Schritttempo, er hat die Sirene abgestellt.

»Sie kontrollieren systematisch das Gelände und achten auf jeden, der sich hektisch entfernen will«, erklärt Rottweiler. »Keine Panik, die geben gleich auf. Wenn wir uns ruhig verhalten, gehen sie davon aus, dass wir längst über alle Berge sind.«

»Das war garantiert die andere Frau, sie hat die Polizei gerufen«, sagt Morell. »Das müssen wir in den Bericht schreiben. Der Vogel löst stärkere Ängste aus, als wir dachten.«

Lennart zieht Cosmo die Haube mit der Kamera ab und setzt ihm seine eigene wieder auf. Sofort beruhigt er sich. »Warum verstecken wir uns eigentlich? Ich denke, Sie sind Polizisten.«

»Ach, du glaubst, wir haben ein Problem?« Rottweiler lacht auf. »Junge, du bist das Problem. Wir haben nicht mal Waffen dabei.«

Was meint er damit? Immerhin sind sie es, die ihn gewissermaßen entführt haben. Schon zum zweiten Mal!

Morell beugt sich vor. »Was mein Kollege dir sagen will, wenn die Streifenpolizisten uns erwischen, werden sie dir den Falken wegnehmen. Ist doch klar, du hast keinen Jagdschein, und wie die Sache eben aussah, ist er eine Waffe.« Er zeigt auf Cosmo.

Lennart spürt, wie sich die Haare hinter seinen Ohren aufstellen. Natürlich, daran hat er nicht gedacht.

»Wo wir hier grad so nett zusammensitzen, könnten wir uns auch über deine Zukunft unterhalten. Was möchtest du denn mal werden?«, will Rottweiler wissen. »Du wirst ja einen Brotberuf brauchen, eine Tarnung. Wir können vieles ermöglichen.«

»Aber ich will überhaupt nicht für Sie arbeiten!«

»Tja, das kannst du dir leider nicht aussuchen, Junge. Du hast es immer noch nicht kapiert. Du bist keine Privatperson mehr, ihr zwei seid jetzt ein Einsatzteam.«

»Diese Sache mit der Paketdrohne war der letzte Test«, Morell klopft ihm auf die Schulter, »und ihr habt mit Bravour bestanden.« Cosmo muss die Bewegung gespürt haben, er hackt sofort nach Morells Hand. Hastig zieht er sie weg.

Rottweiler schüttelt den Kopf über die Ungeschicklichkeit seines Kollegen. Er macht ein ernstes Gesicht. »Der nächste Einsatz wird nicht so harmlos. Ein komplexes Projekt, da geht es um Gefahrenabwehr im Bereich der nationalen Sicherheit. Eine große Verantwortung. Oberste Geheimhaltungsstufe.«

Und was, wenn sie lügen? Wenn es sich um illegale Aktivitäten handelt? Lennart spricht den Gedanken nicht aus, doch mittlerweile traut er den beiden alles zu. Immerhin haben sie einfach ignoriert, dass ein kleines Mädchen verletzt wurde.

»Ich möchte Cosmo zu seiner Voliere bringen, er braucht Ruhe nach der Aufregung. Und ich will meine SD-Karte zurück!«

»Oho, unser Falkenjunge stellt Forderungen!« Rottweiler zieht belustigt die Augenbrauen hoch. »Bring mich nicht auf Ideen, Junge.« Er wirft einen Blick aus dem Bus. »Ich denke, die Luft ist rein. Natürlich bringen wir euch zurück, aber die Karte müssen wir erst checken.« Er zieht sie aus der Tasche und gibt sie Morell, der sie in den Tabletcomputer steckt. Dann klettert er auf den Fahrersitz und startet den Bus.

»Die ist von deinem Vater, nicht wahr?«

Lennart zuckt die Schultern. »Kann sein. Hab sie gefunden.« Mia hat gesagt, er soll sich nicht so leicht in die Karten gucken lassen.

»Da ist seine Doktorarbeit drauf.« Er überfliegt den Text und schließt die Datei wieder. »Und an die zweitausend Fotos.« Er schaut sie sich in der Kachelansicht an, es sind alles Bilder von Vögeln. »Nur wissenschaftliches Material von Wiesner«, sagt er zu Rottweiler. »Die Karte ist sauber, garantiert.« Er gibt sie Lennart zurück.

»Kannten Sie meinen Vater?«

Die Art, wie Rottweiler ruckartig nach hinten schaut, gefällt Lennart nicht. Er sieht Morell an, als wolle er ihn warnen.

Der schüttelt den Kopf. »Nein, nicht persönlich. Wie kommst du darauf?«

»Hat sich so angehört.«

»Er war ja ein berühmter Wissenschaftler. Ich hab nur einige seiner Artikel gelesen.« Er schiebt seine Brille hoch.

»Ist das eigentlich eine Datenbrille? Was kann die?«, wechselt Lennart das Thema.

»Eine ganze Menge, fast so viel wie ein Smartphone. Ist rechtlich nicht ganz unbedenklich.«

»Ich will eure Fachgespräche ja ungern stören«, unterbricht Rottweiler, »aber wir sind da.«

Tatsächlich halten sie direkt vor der Tür, die auf das Außengelände führt.

»Wir haben noch was für euch beide. Erst mal ist der Vogel dran.« Morell holt ein Kästchen hervor, nicht größer als eine Streichholzschachtel. »Du weißt vermutlich, dass Vögel zu bestimmten Zwecken mit einem Sender ausgestattet werden. Wissenschaftler möchten Erkenntnisse über den Vogelzug erlangen, oder Falkner wollen ihre Tiere wiederfinden.«

Ja, das kennt Lennart.

Morell öffnet das Kästchen und zeigt ihm einen winzigen Sender. Die Solarzelle ist gerade mal so groß wie ein Daumennagel und die Antenne kürzer als ein kleiner Finger. »Ist eine Neuentwicklung, wiegt nur fünf Gramm«, sagt er. »Wird schonend mit einem Gurt aus Silikon angebracht, das stört den Falken gar nicht.« Er holt zwei GPS-Ortungsgeräte hervor, sie sind noch originalverpackt. »Du bekommst ebenfalls eins, dann weißt du jederzeit, wo er ist.« Er öffnet eine Verpackung und zeigt Lennart das Gerät. Es erinnert an die Handys aus dem letzten Jahrhundert, klobig, mit einer kurzen, stumpfen Antenne. »Hier werden das Gelände und die Flugstrecke angezeigt, dort die Flughöhe und die Geschwindigkeit, mit der dein Cosmo unterwegs ist.«

Das hört sich wirklich interessant an.

»Was muss ich dafür tun?«

»Nichts. Das gehört zur Grundausstattung unserer Agenten.«

Agenten! Wie sich das anhört. Als wären sie beim Geheimdienst. Agent Cosmo. Sehr ungewohnt. Aber irgendwie auch wichtig. Vielleicht ist es doch gar nicht so schlecht, da mitzumachen?

»Für dich haben wir etwas Besonderes. Ein intelligentes Armband.« Morell legt den Sender wieder in die Verpackung und holt das nächste Päckchen heraus.

»Eins von diesen Fitnessgeräten, mit denen der Puls überwacht werden kann?«

Der Polizist lacht laut auf. »Die Dinger sind doch stinklangweilig. Die können gar nichts.« Er holt das Armband aus der Packung und hält es Lennart hin. Kunststoff und Kautschuk, in Schwarz und Dunkelgrau. Sieht nicht gerade spektakulär aus, eher wie eine Digitalarmbanduhr.

»Und was kann das?«

»Na, zum Beispiel E-Mails oder Sprachnachrichten empfangen oder deine Körperfunktionen überwachen. Herzfrequenz, Sauerstoffgehalt im Blut. Es stellt fest, wenn du verletzt bist, und verbindet sich dann automatisch mit uns, damit wir dir zu Hilfe eilen können. Deshalb darfst du es auch nicht abnehmen. Du kannst sogar damit filmen und die Filme auf Wände projizieren.« Er grinst breit. »Schön wäre natürlich eine Hologrammfunktion, doch so weit ist die Entwicklung noch nicht.«

Lennart nimmt es in die Hand. »Das soll für mich sein? Echt jetzt?« Ein bisschen erinnert ihn die Situation an Agentenfilme, wenn der Spion am Anfang mit der neuesten Spionageabwehrtechnik ausgestattet wird.

»Ja, und wir hoffen, du erkennst damit, wie wertvoll ihr beide für uns seid, du und dein Cosmo.«

Rottweiler ist um das Fahrzeug herumgegangen und öffnet die Schiebetür. »Seid ihr zwei endlich fertig mit eurem Technik-Geschwafel? Leg ihm das Tracking-Armband an!«

Morell führt das Band um Lennarts Arm herum an den Enden zusammen. Es fühlt sich leicht an und ist erstaunlich biegsam. »Damit kannst du duschen und sogar tauchen. Das Ding ist völlig unempfindlich, aber du darfst es natürlich nicht durchschneiden. Im Kautschuk sind Metallfäden eingewebt, wenn man sie durchtrennt, wird sofort eine Alarmfunktion ausgelöst.«

Rottweiler nimmt ihn ins Visier. »Und diesmal erzählst du nicht wieder alles brühwarm dieser Mia. Wir versuchen dir noch einmal zu vertrauen. Ich hoffe, du kapierst.« Er gibt den Weg frei. »Am besten bringst du den GPS-Sender bei Cosmo noch heute an.«

This email was sent from PRG evaluation program to Kontrollzentrum MGS + Alert generated on Sunday 21th of July at 16:28:10 PM

+++ Auslesung Überwachungskamera SXX02 erfolgreich + Registrierung 1 Person + Identifizierung erfolgreich + autorisierte Person SR300lennartwiesner + Tracking aktiviert und mit System verbunden + Test Identifizierung erfolgreich + autorisierte Person SR300lennartwiesner Aktivitätsprotokoll: Rückkehr WFCm2014 + erwartete Operation: GPS-Besenderung WFCm2014 nicht erfolgt + Alarmstufe 3 +++

31

Als Mia die Wohnungstür aufschließt, stürzt ihre Mutter auf sie zu. Sie trägt ein hochgeschlossenes, langes Seidenkleid und hat sich von der Nachbarin schminken und frisieren lassen. »Wir kommen zu spät, das ist eine unentschuldbare Respektlosigkeit deinem Onkel gegenüber! Dein Vater ist schon dort, er erzählt allen, du hättest etwas Falsches gegessen und würdest dich nicht wohlfühlen. Ich will kein Gemecker über das Kleid oder die Schuhe hören.«

Ihre Mutter hält ihr die Kleider hin, die sie extra für den Anlass gekauft haben: ein *Ao Dai*, eine luftige Seidenkombination aus einem knielangen weißen Seidenkleid mit seitlichen Schlitzen bis zur Taille und einer weiten, roten Seidenhose, die den Boden berührt. Die auf dem Kleid aufgestickten roten Blumenranken haben den gleichen Farbton wie die Hose. Dazu weiße Ballerinas. Eigentlich ist das Outfit ganz hübsch, aber Mia fühlt sich fremd darin.

Ihre Mutter schaut sie prüfend an. »Komm, ich stecke dir schnell die Haare hoch. Für Schminken ist keine Zeit, wir müssen los.«

Onkel Phong feiert im Dong Xuan Center, dem vietnamesischen Einkaufszentrum. Er hat das größte Restaurant dort gemietet, zwei traditionelle Sänger engagiert und Menükarten mit seinen Initialen drucken lassen. Die gesamte Familie ist da, natürlich auch Geschäftspartner und Freunde mit ihren Familien. Alle haben sich fein gemacht, sogar ihr kleiner Cousin trägt einen dreiteiligen schwarzen Anzug und eine Fliege, dabei ist er erst ein Jahr alt. Die Gäste sitzen an blau-weiß-türkis gedeckten Tischen unter bunten Lampions, auf einem Sideboard am Eingang türmen sich die Geschenke.

»Ah, da kommt Mai, meine Lieblingsnichte«, ruft Onkel Phong ihr entgegen und erzählt den Geschäftspartnern an seinem Tisch von ihr. »Sie hat noch jedes Jahr einen Mathematikwettbewerb gewonnen, sie macht unserer Familie große Ehre.« Er zwinkert ihr zu. »Ich habe gehört, du machst bald ein Praktikum im FUTURE-Institut.«

Hätte sie doch ihren Eltern nur nichts davon erzählt! Die Freunde ihres Onkels sehen sie an, als sei sie eine goldene Gans.

»Setz dich zu uns, mein Kind. Geht es dir wieder besser?«

Ach ja, ihr Vater hat erzählt, sie habe sich den Magen verdorben. Mia nickt, dabei hat sie jetzt wirklich das Gefühl, einen dicken Klumpen im Bauch zu haben.

»Du weißt, wir haben eine strenge Arbeitsteilung«, erklärt Onkel Phong. »Der eine ist auf Zigaretten spezialisiert, der andere auf Freundschaftsdienste oder An- und Verkauf von Maschinen und technischen Geräten.« Er zeigt in die Runde, ohne jemanden direkt anzusehen.

Zigarettenschmuggel, Erpressung, Hehlerei. Mia nickt. Ja, sie weiß Bescheid.

»Aber die Zeiten ändern sich, die großen Geschäfte werden heute im Internet gemacht. Es gibt neue Technologien und damit neue Möglichkeiten. Man muss sich natürlich damit auskennen.« Alle um ihn herum murmeln zustimmend und sehen sie an, als könne sie ihre Fragen beantworten. »Wir brauchen jemanden wie dich, eine Person, die mit Computern umgehen kann und zur Familie gehört. Eine, die gute Kontakte hat und unscheinbar aussieht.«

Unscheinbar, na prima. Sie weiß natürlich, dass die anderen Mädchen aus der Familie den ganzen Tag im Schönheitssalon zugebracht haben. »Einen Angriff erkennt man oft zu spät«, ist eine der simplen Weisheiten, die ihr *Wing Tsun*-Lehrer gerne von sich gibt. Und noch ein Spruch von ihm fällt ihr ein: »In undurchsichtigen Situationen helfen klare Ansagen.«

»Wenn das ein Angebot sein soll, nein danke. Ich mache Abitur.«

Ihr Onkel blickt triumphierend in die Runde. »Was hab ich euch gesagt, sie ist wirklich ehrgeizig. Und so direkt. Sie wird es in Deutschland zu etwas bringen.« Er wendet sich wieder Mia zu. »Natürlich sollst du Abitur machen. Und auch studieren, wenn du willst. Meine Unterstützung hast du.« Alle nicken, ihr Onkel setzt sich gerade hin, sieht ihr in die Augen und sagt bedeutungsvoll: »Mai, ich biete dir einen Platz im Familienunternehmen, wenn du dich bewährst.«

Frontalangriff! Es ist eine große Ehre, wenn er etwas Derartiges vor seinen Geschäftspartnern sagt. Aber wenn sie dieses Angebot offen ablehnt, verliert ihr Onkel sein Gesicht, und wer weiß, wie er dann reagiert. Mit der Sonderbehandlung ihrer Eltern, die sich bisher geweigert haben, im *Familienunternehmen* aktiv mitzuarbeiten, ist es dann vorbei. Was meint er nur mit »wenn du dich bewährst«? Hat er herausgefunden, was sie im *My Guard Storage* treibt? Und vor allem: Was genau will er von ihr?

»Du fragst dich bestimmt, was ich von dir will?«

Mia nickt.

»Ich habe gehört, du hast dir einen eigenen Computerraum in dieser Halle geschaffen. Respekt.« Er macht eine längere Pause und studiert ihr Gesicht. »Mich interessieren die Sicherheitseinrichtungen dort. Du musst nicht viel tun, ein Video könnte schon helfen.«

»Und dann?«

»Du hast nichts zu befürchten, und über die Hintergründe will ich dir lieber nichts verraten.« Er legt beide Hände auf sein Herz. »Die Familie wird dir dankbar sein.«

»Und wenn ich das mache, lasst ihr dann meine Eltern und mich in Ruhe?«

Onkel Phong lächelt. »Aber wie hört sich das denn an, meine liebe Mai. Familie ist Familie und bleibt Familie. Seine Familie kann man nicht abstreifen wie eine Schlangenhaut, die einem zu eng geworden ist. Die wird man niemals los.«

32

Als Lennart nach Hause kommt, ist Sam zu Besuch. Seine Mutter sitzt mit ihm vor dem Computer, sie googeln nach einem Türspion für die Wohnungstür. »Dauernd klingeln fremde Leute«, erklärt sie. »Es macht mir Sorge, wenn du allein zu Hause bist und nicht weißt, wer da vor der Tür steht.« Lennart wirft einen Blick auf den Bildschirm, die Dinger gibt es auch als elektronische Version. Türspionkamera. Das Wort löst schon ein Stechen in seinem Kopf aus. Sie übertreibt mal wieder mit ihrem Sicherheitsdenken, ein einfaches Guckloch würde es auch tun.

Er geht ins Bad und schaut sich das Armband genauer an. Wenn man über die glänzende Kunststofffläche streicht, leuchten Symbole auf. Wirkt sehr simpel. Er tippt auf das Kamera-Symbol, und es fängt an zu blinken. Nimmt die Kamera jetzt auf? Erneut tippt er darauf und dann auf das Dreieck-Symbol. Das Band projiziert etwas auf die Wand, verwackelte Bilder, sein Gesicht, das immer näher kommt. Sieht witzig aus, aber nicht besonders professionell. Kein Verschluss, Morell hat einfach die Enden übereinandergelegt, und sie waren miteinander verschmolzen. Müsste er wirklich das Kautschukband durchschneiden, um das Ding wieder loszuwerden? Lennart lässt das Waschbecken voll

Wasser laufen und taucht den Arm darin ein. Nichts passiert. Als er das Armband wieder rausholt, erscheint eine Meldung in roter Leuchtschrift: »Bitte vor der weiteren Benutzung vollständig trocknen lassen«. Immerhin hat das Gerät erkannt, dass es nass ist.

Als Lennart aus dem Bad kommt, ist Sam allein auf dem Balkon. »Deine Mutter macht sich Sorgen um dich, Lennart. Sie sagt, du hast fast täglich Migräne, bist ständig unterwegs und gehst oft nicht ans Handy. Ist alles in Ordnung?«

»Sie macht sich doch ständig Sorgen. Ich bin viel bei Cosmo oder hänge mit Mia rum. Die hast du ja schon kennengelernt.«

»Sie ist nett, wollte sie nicht ein Praktikum machen? Hat sie den Antrag gestellt? Was ist mit dir?«

Lennart hat überhaupt keine Lust auf ein Praktikum, aber er will es nicht offen sagen.

»Deine Mutter hat mir von Nolans Besuch erzählt. Für dich wurde eine dauerhafte Besucherlizens im FUTURE-Institut eingerichtet, damit du Lucius besuchen kannst, wusstest du das?«

Nein, davon hat niemand was gesagt. »Es passieren immer so komische Dinge«, rutscht es Lennart heraus.

»Was für Dinge?«, Sam schaut ihm aufmerksam in die Augen.

Lennart weiß nicht, was er sagen soll. Auf keinen Fall will er über Rottweiler und Morell reden. Und die Speicherkarte will er auch erst allein anschauen.

»Hast du schon mal was von einer Firma PEREGRIN gehört?« Eigentlich hat er die Frage zur Ablenkung gestellt, doch Sam reagiert ganz anders als erwartet und scheint sich über die Frage nicht im Geringsten zu wundern. »PEREGRIN existiert nicht mehr. Wir haben das Projekt sterben lassen, schon vor drei Jahren.«

Lennart hat das Gefühl, jemand haut ihm die Beine weg. Das Kribbeln in seinem Nacken geht wieder los. Wie er diese Anfälle hasst! »Was soll das heißen? Wer ist *wir*?«

»Die Idee hatte Robert schon, als wir noch auf der Uni waren. Am Anfang ging es um Gefährdungsabschätzung von neuen Technologien in Bezug auf Wildvögel. Wie Sendemasten den Vogelzug beeinflussen oder welche Auswirkungen die vermehrten Windkraftanlagen haben. Wir haben GPS-Daten erhoben und Modellrechnungen gemacht.«

»Du und mein Vater?«

»Na, klar, ist lange her. Dann lernten wir Nolan kennen. Er suchte eine unabhängige Instanz, die die Folgen seiner neuen Technologien abschätzen konnte. Da war Robert natürlich genau der Richtige. Bald ging es um die Nutzung der neuen Technologien durch Kriminelle, und schließlich begannen wir, Gegenstrategien zu entwickeln. Das Projekt wurde immer größer, wir bekamen eine Entwicklungsabteilung und hatten Forschungsaufträge. Auf einmal war die Polizei mit im Boot.«

Lennart versucht sich seine Aufregung nicht anmerken zu lassen. »Die Polizei?«

»Nun ja, die haben nicht die finanziellen Mittel, um eine solche Forschung selbst zu betreiben. Aber sie kennen sich natürlich mit krimineller Energie aus. Es sollten Methoden entwickelt werden, mit denen man Verbrechen mit neuen Technologien entgegentreten kann.«

Ohne Vorwarnung fährt ein Blitz durch Lennarts Kopf. Sein Gleichgewichtssinn spielt verrückt, er muss sich abstützen, der Tisch kippt. Sam kommt auf ihn zu, fängt ihn auf, redet auf ihn ein. Da ist eine Nebelwand, nichts dringt hindurch, nur die Blitze zucken.

Als er wieder klarer denken kann, sitzt Lennart auf dem Boden, Sam ist bei ihm. »Deine Mutter ist zur Apotheke gefahren, du warst wie weggetreten. Und du hattest keine Medizin mehr.« Es hört sich vorwurfsvoll an. »Lennart, sie macht sich große Sorgen um dich. Mit Recht.«

»Ich kann nicht glauben, dass mein Vater bei alldem dabei war! Hat er Cosmo auch dazu abgerichtet, Drohnen abzufangen?«

Sam nickt. »Es war ein Versuch. Übrigens ein sehr erfolgreicher, Cosmo hatte eine Erfolgsquote von 85 Prozent. Doch die Kaiseradler waren einfach kräftiger, da konnte eine Drohne auch schon mal ein paar Kilo wiegen.« Er zuckt die Schultern. »Außerdem hat Robert natürlich gesehen, wie eng die Beziehung zwischen dir und Cosmo wurde, da wollte er ihn nicht weiter hinter deinem Rücken trainieren.«

»Und dann? Warum habt ihr das Projekt aufgegeben?«

»Dein Vater bekam Zweifel. Wir hatten inzwischen Anfragen von Militär und Geheimdienst, sie wollten unbedingt mit uns zusammenarbeiten. Es wuchs uns über den Kopf, irgendwann wussten wir nicht mehr, ob wir noch für die

Guten arbeiteten. Wir haben es dann vor drei Jahren beendet, ein sauberer Schnitt. War ein günstiger Zeitpunkt, ich ging für ein Jahr nach Amerika, Nolan war mit seinen Instituten beschäftigt, und Sperber, unser Verbindungsmann bei der Polizei, quittierte den Dienst. Alle waren einverstanden.«

»Und warum gibt es diese Firma dann noch?«

»Wie kommst du darauf? Die Sicherheitsfirma war eine Tarnung, im Grunde nur eine Internetseite.«

»Sie bieten umfassende Dienstleistungen an.«

»Ja, ja. Stand alles auf der Seite. Bestimmt haben wir nur vergessen, sie zu löschen.« Sam steht auf und streckt ihm die Hand entgegen. »Lennart, es tut mir leid, wenn dein Vater dir damals nichts von dem Training mit Cosmo gesagt hat, aber wir waren alle zu Geheimhaltung verpflichtet. Außerdem wollte er nicht, dass Cosmo ins Visier von Verbrechern gerät.«

Lennart nimmt die Hand und zieht sich hoch. »Was für Verbrecher?«

»Ist doch klar, man kann auch die Gegenmaßnahmen gegen moderne Technologien missbrauchen. Stell dir vor, du würdest mit dem Falken Drohnen in einer *no-fly zone* abfangen. Das war eines unserer Szenarien.«

»Aber vielleicht hat ja jemand das Projekt PEREGRIN weitergeführt. Heimlich.«

»Wohl kaum. Das hätte Robert mitbekommen.«

Er muss an den Knall denken, an die Bilder in seinem Kopf, wie sein Vater durch die Windschutzscheibe fliegt.

»Es kann sein, dass er mir so was erzählt hat, damals im Auto.«

Sam sieht ihn scharf an. »Wenn du solche Erinnerungen hast, Lennart, dann erzähle sie niemandem. Hast du verstanden? Und lass dich bloß nicht auf diesen Quatsch mit der Hypnosetherapie ein.«

Von drinnen kommt ein Geräusch, die Wohnungstür, die ins Schloss fällt. Lennart und Sam sehen sich an und sagen kein Wort mehr.

»Geht es dir besser, mein Schatz?«, fragt seine Mutter, die mit einer Plastiktüte auf den Balkon kommt. »Ich hab uns was aus der Dönerbude mitgebracht, sicher hast du heute zu wenig gegessen.«

Tatsächlich hat er einen Riesenhunger nach dem langen Tag. Auch wenn sie ihn sonst mit ihrer überfürsorglichen Art nervt, in diesem Moment ist sie doch die Beste.

33

Mia hat ein blödes Gefühl bei dem Gedanken, Onkel Phong die Aufnahmen zu geben, die sie im *My Guard Storage* gemacht hat. Sie ist wieder zu Hause und lädt die Aufnahmen vom Handy aus hoch. Es ist spät, das Fest hat bis in die Nacht gedauert. Zum Glück ist Lennart wieder aufgetaucht, er hat ihr am frühen Abend eine Nachricht geschickt. Offenbar ist er okay, er will sich für den nächsten Tag verabreden und schreibt, der blöde Streit tue ihm leid.

Jetzt ist das Video vollständig hochgeladen, sie muss nur noch den Link an ihren Onkel schicken. Damit sind seine Wünsche erst mal erfüllt.

Was macht Onkel Phong mit den Aufnahmen, will er ihre Garage für Schmugglergeschäfte nutzen? Oder interessiert er sich für die Sicherheitseinrichtungen, weil er dort einbrechen will? Wer weiß, was in den Garagen aufbewahrt wird. Vielleicht hat er einen Tipp bekommen, und irgendwo in den Hallen befindet sich ein Schatz. Rohdiamanten, Kunstwerke, Geld aus einem Banküberfall. Es könnte fast alles dort gelagert werden, sogar Waffen. Aber damit hat ihr Onkel hoffentlich nichts zu tun.

Während sie darüber nachdenkt, fällt ihr auf, dass sie das Video selbst noch gar nicht angesehen hat. Sie fährt ihren alten Laptop hoch und klickt den Link an, den sie an ihren Onkel geschickt hat.

Erstaunlich viel Technikkram an den Wänden. Verschiedene Typen von Kameras, an unterschiedlichen Stellen installiert, manche an den Wänden, andere unter der Decke oder auf einer der Garagen. Das sind viel mehr Kameras, als man braucht, um solche Hallen zu überwachen. Als wäre das *My Guard Storage* ein Versuchslabor für Überwachungstechnik.

In den Ecken unter der Decke hängen Tarnnetze, die sind ihr noch nie aufgefallen. Sie zoomt heran, da glitzert doch was. Sind da wirklich Insektendrohnen, wie sie es sich vorgestellt hat? Ein ganzer Schwarm, der gemeinsam plant und handelt? Aber wann findet das statt? In der Nacht? Ist das der Grund, warum man die Hallen zwischen zweiundzwanzig und sieben Uhr nicht betreten darf?

Und wer wertet all diese Aufnahmen aus, wer sind die Überwacher? Sind es diese angeblichen Polizisten, die Lennart nun schon zum zweiten Mal abgeholt haben? Immerhin haben sie ihn wieder zurückgebracht, aber was wollen sie von ihm und Cosmo? Und wer steckt in Wahrheit dahinter? Wenn ihnen die Drohne gehört hat, die Cosmo vom Himmel geholt hat, dann sind sie wohl auch an der Überwachung in den Hallen beteiligt.

Bisher fand sie es normal, dass in den Hallen überall gefilmt wird. Klar, zum Schutz vor Einbrüchen sind solche Aufzeichnungen unverzichtbar. Aber was, wenn alle Kameras ständig ausgewertet werden? Vielleicht werden sie alle jederzeit beobachtet und sind Teil eines großen Laborversuchs.

Mia zoomt eine der Kameras näher heran, da ist ein Logo erkennbar. Das PEREGRIN-Logo. Natürlich, sie hat nichts anderes erwartet.

Wer ist eigentlich Betreiber des *My Guard Storage* und damit der Auftraggeber von PEREGRIN? Ihr Vater hat den Mietvertrag damals mit einem Immobilienverwaltungsbüro abgeschlossen, sie geht auf deren Internetseite. Da werden die Hallen professionell angeboten, auf den Bildern wirken sie fast gemütlich. Die Sonne scheint durch die alten Fabrikdächer und zaubert ein warmes Licht, die großen roten Ziffern verleihen den Garagen eine persönliche Note. In jedem dritten Satz wird betont, wie hoch der Sicherheitsstandard ist.

Außer den normalen *Storage Rooms* werden auch Räume mit Hochsicherheitsgarantie angeboten, davon hat sie noch nie gehört. Wo sollen die sein? Werden dort die Dinge aufbewahrt, die Onkel Phong im Blick hat? Die Bilder erinnern an Tresorräume in Banken, wie man sie aus Filmen kennt. Das Immobilienbüro gibt nicht preis, wer der eigentliche Besitzer des *My Guard Storage* ist. Als sie damals mit ihrem Vater dort war, gab es nur zwei Angestellte. In den Hallen selbst ist immer Smolek der Ansprechpartner, er hat seinen Sitz direkt hinter dem Eingang vorne in Garage 001. Sie hat ein Fenster, und wenn er da morgens seinen Kaffee trinkt, hat er alles im Blick. Außerdem gibt es in jeder Halle eine Garage mit Werkzeug, Kehrmaschine und Putzsachen.

Nirgendwo Bildschirme. Wohin werden die Bilder der Überwachungskameras übertragen? Mit wem hat der Wachmann gesprochen, der den alten Smolek vertreten hat? Irgendwo muss es eine Zentrale geben, in dieser Mail stand »Kontrollzentrum MGS«.

So viele Fragen in der Nacht. Am liebsten würde Mia sofort dorthin fahren und sich noch mal gründlich umsehen.

34

Lennart wacht mitten in der Nacht auf. Die Tablette, die seine Mutter ihm gegeben hat, war so stark, dass er nach dem Abendessen sofort ins Bett gegangen ist. Das Armband fühlt sich kühl und anschmiegsam zugleich an. Seiner Mutter hat er erzählt, das sei eine neue Uhr, die er sich von seinem Taschengeld geleistet hätte. Sie hat ihn angesehen, als wäre das der Startschuss zur Pubertät gewesen. Mia würde sofort Bescheid wissen, das ist mal Fakt.

Mit dem Finger streicht er leicht über das Armband, das Display leuchtet auf. Er tippt auf das Piktogramm der Uhr, es ist halb vier. Morell hat erklärt, das Gerät würde sich selbst aufladen, nur durch die Bewegungen, die er macht. Er muss also nicht mal eine Batterie austauschen oder ein Ladekabel dranhängen. Wäre auch unpraktisch, weil man das Band nicht abnehmen kann. Rottweiler hat von einem Tracking-Armband gesprochen, er hat es genau gehört. Vielleicht ist der technische Schnickschnack nur eine Ablenkung und der eigentliche Zweck besteht darin, ihn mit dem eingebauten GPS-Sender ständig auffinden zu können. Ein seltsames Gefühl ist es schon, so müssen sich Verbrecher fühlen, wenn sie eine elektronische Fußfessel bekommen.

Was wollen diese Männer nur von ihm? Drohnenkriminalität … es hört sich immer noch merkwürdig für ihn an. Das nächste Projekt wird nicht so harmlos sein, hat Rottweiler gesagt.

Lennart ist mittlerweile hellwach. Es hat keinen Sinn zu versuchen, wieder einzuschlafen, da kann er lieber den Rechner hochfahren und schauen, ob noch jemand von seinen alten Freunden im Netz ist. Natürlich ist keiner online, die haben auch andere Ferienzeiten.

In seinem E-Mail-Fach wartet noch die Nachricht von diesem KI-Kind Lucius. Sam hat erzählt, er sei mit allen bekannten philosophischen, ethischen und moralischen Ideen gefüttert worden und soll nun daraus eigene Wertevorstellungen entwickeln. Dazu würde er sich mit Menschen und anderen künstlichen Intelligenzen austauschen.

`Lieber Lennart, ich würde mich freuen, wenn du mein Freund sein könntest. Vielleicht können wir uns erst mal besser kennenlernen? Ich lade dich ein, mich zu besuchen. Lucius`

Hm. Was soll er nur davon halten? Mia wäre mal wieder Feuer und Flamme. Vermutlich wär es ihr egal, dass Lucius nur ein Computerprogramm ist. Wie er gewunken und ihnen nachgeschaut hat, als wäre er traurig, weil sie schon gehen. Kann ein Roboter Gefühle haben? Kann man wirklich mit ihm befreundet sein? Andererseits spricht ja nichts dagegen, ihn zu besuchen.

Lennart schreibt eine Antwort.

Ich habe erfahren, dass ich dich jederzeit besuchen darf. Wann soll ich kommen? Lennart

Er schickt ab und ist verwundert, wie befreiend es sich anfühlt. Wenn sein Vater die Idee zu diesem Roboterkind hatte, dann ist es bestimmt ein guter Gedanke, sich mit ihm anzufreunden. Auf einmal hat er geradezu eine Sehnsucht, sich mit Lucius auszutauschen. Was, wenn er wirklich eine Art Bruder für ihn sein könnte?

Eine neue E-Mail! Lucius hat schon geantwortet.

Gleich morgen früh? Lucius

So ein Roboterkind muss vermutlich nie schlafen. Er darf die ganze Nacht hindurch E-Mails schreiben. Oder Online-Spiele spielen und YouTube-Videos schauen.

Lennart antwortet:

Abgemacht! Lennart

Wieder schreibt Lucius gleich zurück:

Ich freue mich. Ich habe dich angemeldet, bitte denk an deinen Personalausweis. Lucius

Hoffentlich hat seine Mutter nichts dagegen, sie war nicht gerade begeistert, als Nolan bei ihnen aufgekreuzt ist und von Lucius erzählt hat. Und jetzt diese Geschichten von

Sam über die Gründung von PEREGRIN. Sein Vater hatte Geheimnisse, vielleicht war er gar nicht der Mensch, den Lennart in Erinnerung hat.

Da fällt ihm die SD-Karte wieder ein. Was für ein Glück, so eine alte speckige Ledertasche wird nie gewaschen. Wie lange mag die Karte schon in der Tasche stecken? Er kann kaum glauben, dass sein Vater die Speicherkarte bewusst versteckt hat. Es war doch überhaupt nicht seine Art.

Lennart schiebt die Karte in seinen Laptop und öffnet die Bilddateien.

An viele der abgebildeten Vögel kann er sich erinnern. Die Waldohreule, die sich in einem Netz verfangen hatte. Mäusebussarde, die mit Windrädern zusammengestoßen waren und deren Flügel operiert werden mussten. Kleine Steinkäuze, fast flügge. Der beschlagnahmte Kea, viele Bilder von Cosmo, auch ein paar, auf denen er selbst zu sehen ist. Als Acht- oder Neunjähriger, den damals noch jungen Falken auf der Faust oder beim Training mit dem Federspiel. Es gibt ein Foto, da strahlen er und sein Vater gemeinsam in die Kamera, beide haben sie einen Falken auf der Faust. Lennart kann sich noch genau daran erinnern, sie waren auf einer Falknertagung.

Wenn er daran denkt, wird er ganz wehmütig. Jede freie Minute hat er damals mit seinem Vater in der Auffangstation verbracht, sie waren täglich auf die Felder hinausgefahren und hatten die Vögel jagen lassen. Ein Gefühl völliger Freiheit. Dann kam die neue Schule, alle Freunde spielten Computerspiele, und er spielte mit.

Oft stand sein Vater an der Tür und fragte, ob er mitkommen wolle, aber er war so beschäftigt gewesen. Jetzt, in diesem Moment, hat er sein enttäuschtes Gesicht vor Augen. Wenn er nur die Zeit zurückdrehen könnte.

Er denkt an Mia, an ihren albernen Streit. Sie glaubt, er sei naiv und überbehütet. Ganz unrecht hat sie nicht, nach dem Unfall wurde er von seiner Mutter noch mehr in Watte gepackt. Dabei hatte er nur Schürfwunden und ein Schleudertrauma. Der Kommissar hat ihn damals gefragt, warum die Festplatte auf dem Rechner seines Vaters komplett gelöscht wurde, mit seiner Mutter hat er nie darüber gesprochen.

Und nun diese SD-Karte hier. Sie scheint viel zu belanglos, um dafür die Naht einer Falknertasche aufzutrennen und sie dort zu verstecken. Sein Vater muss sich mehr dabei gedacht haben.

Er öffnet die Doktorarbeit seines Vaters und fängt an, darin zu lesen. »Vergleichende Verhaltensstudien bei Greifvögeln«. Merkwürdig, es gibt auch ein Kapitel über Keas darin. Hat er das richtig gesehen? Keas sind Papageien, sie gelten sogar als die intelligentesten Papageien der Welt. Keinesfalls gehören sie zu den Greifvögeln. Das Bild von dem beschlagnahmten Kea hätte ihn schon stutzig machen müssen, es passt gar nicht und ist viel jünger. Der geschmuggelte Vogel wurde wenige Wochen vor dem Unfall vom Zoll in der Auffangstation abgegeben. Niemals hätte sein Vater in seiner Doktorarbeit über Papageien geschrieben, das Kapitel kann er nur nachträglich eingefügt haben. Ausgerechnet ein Kea, die Vögel sind bekannt für ihre Vorliebe, Streiche zu spielen. Wenn er wirklich ein Mann mit Geheimnissen war, wie Nolan und Sam ihn in den letzten Tagen beschrieben haben, dann steht in diesem Kapitel vermutlich eine wichtige Botschaft. Lennart scrollt nach unten, da ist es.

`Wenn jemand diese Zeilen liest, ist etwas schiefgelaufen in meinem Leben.`

Sofort treten Lennart die Tränen in die Augen. Verdammt, ja. Alles ist schiefgelaufen. Du bist tot, und ich stecke in Berlin. Ständig wollen irgendwelche Leute was von Cosmo und mir, und ich hab überhaupt keine Ahnung, was eigentlich los ist.

35

Mia findet keine Ruhe. Es ist kurz nach fünf, als sie aufsteht. Im Grunde kann sie nur herausfinden, was sie wissen will, wenn sie noch früher als sonst zu den Hallen fährt.

Ihre Mutter klappert in der Küche mit dem Geschirr. »Was machst du denn schon hier?«, fragt sie überrascht.

»Mẹ, weißt du, was Onkel Phong mit Videoaufnahmen aus dem *My Guard Storage* anfangen will?«

»Nein, aber ich habe Sorge, dass er dich in etwas hineinzieht.«

Ihr Vater steht im Türrahmen. »Ich denke, ich habe eine Ahnung«, sagt er nachdenklich. »Es gibt da ein Gerücht über die Hallen. Man sagt, alle illegalen Geschäfte fliegen am Ende auf, die dort gemacht werden. Eine Weile läuft alles gut, und dann, ohne Vorwarnung, steht die Polizei vorm Tor.« Er wiegt den Kopf hin und her. »Sie bezeichnen die Garagen schon als verflucht und haben es aufgegeben, dort Geschäfte zu machen.«

»Und Onkel Phong möchte herausfinden, warum das so ist.«

»Genau. Aber nicht nur.« Ihr Vater verschränkt die Arme und sagt nichts mehr.

Mehr muss sie nicht wissen, sie hat verstanden. Das Überwachungssystem in den Hallen ist so effektiv, dass es das Interesse ihres Onkels geweckt hat. Entweder will Phong es kopieren, stehlen oder sabotieren. Besser, sie reden nicht darüber.

Ihr Vater versucht in ihrem Gesicht zu lesen. »Was hast du vor, Mai?«

»Ich denke, ich fange endlich mit der Internetseite an, die ich dir versprochen habe.«

Er nickt. »Der frühe Vogel fängt den Wurm. Ich wünsche dir gutes Gelingen.«

Ihre Mutter stellt drei Schüsseln mit *Phở*, der traditionellen Frühstückssuppe, auf den Tisch. Sie verteilt die Stäbchen. »Denk daran, das *My Guard Storage* öffnet erst um sieben Uhr. Du bist viel zu früh und kommst noch gar nicht rein.«

Irgendwie wird sie schon reinkommen. Ein bisschen hat sie ein schlechtes Gewissen, weil sie ihre Eltern belügt. Auch ist ihr nicht ganz wohl bei dem Gedanken, so früh allein in den Hallen unterwegs zu sein. Am liebsten würde sie Lennart anrufen und mit ihm gemeinsam dorthin fahren, aber er ist vermutlich noch nicht wach, und seine Mutter würde Fragen stellen. Vielleicht kann er ja nachkommen. Sie schickt ihm eine Nachricht und beschreibt mit wenigen Worten, was sie vorhat.

In der U-Bahn stellt sie fest, dass Lennart sich schon zurückgemeldet hat. Er ist mit diesem KI-Kind Lucius verabredet und will erst später zu den Hallen kommen. Er schreibt gerade weiter.

`Warte lieber auf mich, ich habe vielleicht eine Lösung.`

Als wenn Lennart eine Lösung für sie hätte. Der hat doch vom Hacken gar keine Ahnung. Er schreibt immer noch.

`Diese Polizisten haben irgendwas vor. Ein großes Ding. Sei vorsichtig.`

Und noch eine Nachricht, Onkel Phong bedankt sich für die besonders schnelle Lieferung. Es hört sich an wie die Geheimsprache, die er und seine Leute benutzen, wenn sie in der Öffentlichkeit über illegale Geschäfte reden.

Sind alle früh munter heute.

Sticker ist auch schon da. Er sitzt im Schneidersitz in dem Glasgang vor der Eingangstür und hat den Stoff vor sich ausgebreitet. Alle Quadrate bis auf eines sind bestickt, der Vogel ist fertig. Irgendwie wundert es Mia nicht, dass er wie ein Falke aussieht. Sie geht an die Scheiben gedrängt an dem Tuch vorbei.

»Hallo Mia«, begrüßt er sie, ohne aufzusehen, »so früh?« Er zeigt auf ein spiralförmiges Muster auf dem Stoff, das aussieht wie ein Labyrinth. »Wenn du das Zentrum findest, bist du am Ziel, aber der Weg ist nicht einfach. Wie man hineingeht, kommt man auch hinaus. Der Weg ist der gleiche, nur du hast dich verändert.«

Immer dieses geschwurbelte Gerede, sie wundert sich ein bisschen, dass er ihren Namen kennt.

Vor dem Codeschloss hält sie einen Moment inne. Wenn sie jetzt ihren Code eingibt, weiß das System sofort, dass sie da ist. Außerdem ist es vor sieben, da kann sie die Tür noch gar nicht öffnen. Sie spürt Stickers Blicke im Nacken.

»Auf der Suche nach der Wahrheit und im Krieg muss man manchmal eine Maske tragen«, sagt er. »Nutze die Quelle deines Wissens, dein Wesen weiß, wie du hineingelangst.«

Das ist doch nicht zum Aushalten! Sie kann sich überhaupt nicht konzentrieren. Und die einzige Quelle, die sie hat, sind die Infos vom Smartphone des alten Smolek, und die sind mehr als dürftig.

Was waren das für handschriftliche Notizen, die dem Alten so wichtig waren? Auf einem Zettel standen Kombinationen aus Buchstaben und Zahlen. Mia öffnet die Bilder, die sie von seinem Handy kopiert hat.

TC 06032015
HC 24666300
PC 11784999
GC 17884378
LC 15082006

Ob das Codes für die Türschlösser sind? Damals bei ihrer Anmeldung durfte sie sich eine eigene Nummernfolge aussuchen. Der Hausmeister hat ihr erklärt, wenn man dreimal den falschen Code eingibt, wird die Tür für alle gesperrt und ein Alarm ausgelöst. Sechs Zahlenkombinationen, drei

Versuche, das müsste doch zu schaffen sein. Sie tippt einfach die oberste Zahlenkombination ein. Mist, die rote Lampe leuchtet auf, ein Signalton ertönt.

Hinter sich hört sie ein Geräusch, Sticker ist aufgestanden. »Brauchst du Hilfe?«, fragt er freundlich und spricht dabei deutlicher als sonst. »Hast du deinen Code vergessen?« Er hat einen Strohhut in der Hand.

»Nein«, sagt sie entschieden und starrt verbissen auf die Ziffern. Moment, die unterste Zahl kennt sie: Das ist Lennarts Geburtsdatum! Er gibt sie immer ein, wenn er seine Garage öffnet. Wenn »L« für Lennart steht, könnte »C« wirklich für *Code* stehen. »LC« bedeutet also *Lennart Code!* Aber was bedeuten die anderen Abkürzungen? Sind das auch Namen, oder geht es da um bestimmte Räume? Na, klar, »HC« bedeutet *Harro Code*! Spontan gibt sie die Ziffern ein, aber schon wieder verweigert ihr das System den Zutritt.

»Denk nach, nur noch ein Versuch«, mahnt Sticker. Er steht hinter ihr, sie spürt seinen Atem im Nacken. Was will er nur von ihr?

»HC« ist vielleicht die Abkürzung für *Hintertür-Code*. Genau, jetzt fällt es ihr wieder ein. Als Smolek für sie die Tür in der Mauer geöffnet hat, musste er den Zettel hervorholen, um den Code abzulesen. Dann ist »GC« vermutlich *General-Code*.

Ohne weiter nachzudenken, gibt sie die Zahlen ein und wirklich: Das Lämpchen wechselt von Rot nach Grün, yeah!

»Hat ja doch geklappt«, sagt Sticker und hört sich dabei höchst zufrieden an.

Auf seine Bemerkungen kann sie nun wirklich verzichten. Sie öffnet die Tür und zögert. Sobald sie hineingeht, wird sie von hundert Kameras aufgenommen und vermutlich sofort identifiziert. Es bringt also gar nichts, wenn sie sich mit Harros General-Code hier hineinschleicht.

Sticker reicht ihr von hinten über die Schulter seinen Strohhut. »Ein Mensch würde dich an der Figur erkennen, aber du hast es mit Maschinen zu tun. Tief in die Stirn ziehen und immer schön auf den Boden schauen.«

Diesen grässlichen Hut soll sie tragen? Lieber würde sie mit nackten Füßen über glühende Kohlen gehen. Er hat bestimmt Läuse, bei seinen verfilzten Haaren. Mia schnuppert, es riecht nach Duschgel.

»Nun nimm ihn schon!«

Also gut. Ganz so verlaust ist er wahrscheinlich nicht. Und eigentlich ist es erstaunlich, wie hilfreich Sticker auf einmal ist. Sie setzt den viel zu großen Hut auf und geht durch die Tür.

»Sieh nicht in die Kameras, vor allem sieh die Minis nicht an, wenn sie auf dich zukommen«, raunt Sticker hinter ihr, »und achte auf die grünen Kabel.«

Grüne Kabel? Minis? Wovon spricht er nur? Die Tür hinter ihr fällt zu, sie ist allein.

This email was sent from PRG evaluation program to Kontrollzentrum MGS and Kontrollzentrum FI + Alert generated on Monday 22th of July at 6:28:40 AM

+++ stiller Generalalarm + Auslöser Überwachungssystem Halle 1 + ungewöhnliche Aktivitäten in Halle 1 + Registrierung 1 Person + Identifizierung nicht erfolgreich + Alarmstufe 5 +++

36

Mia ist verunsichert, dieser Sticker ist doch kein normaler Obdachloser. Komisch, wie er auf einmal gesprochen hat. Der hat irgendwas vor, aber was? Und er weiß definitiv mehr als sie.

Sie schiebt die Gedanken beiseite, sie muss dieses Kontrollzentrum finden. Ob es in einer der Garagen ist? Während der Fahrt mit der U-Bahn hat sie sich überlegt, dass es dort vermutlich einen zentralen Server gibt. Wenn man eine solch aufwendige Sicherheitstechnik und mehr als siebenhundert Bluetooth-Verbindungen verwalten will, braucht man leistungsstarke Geräte, die viel Strom verbrauchen und Abwärme erzeugen. Ein guter Hinweis, denn damit kann sie schon mal alle Garagen ausschließen, die keinen Ventilator haben.

Benötigt man für so einen Raum wohl eine Starkstromleitung? Alle Leitungen in den Hallen sind auf dem Boden verlegt und damit gut sichtbar. Die Anzahl der Datenleitungen hängt natürlich davon ab, wie viele Geräte überhaupt per Kabel mit dem Server verbunden sind.

Sie geht vorbei an Garage 001, dort ist es noch düster. Der Hausmeister kommt erst in einer Dreiviertelstunde.

Auf einmal ist es ganz einfach. Garage 007 fällt ihr sofort

ins Auge. Ausgerechnet 007, es kommt ihr wie ein schlechter Witz vor. Alles passt, Ventilatoren auf dem Dach, Starkstromleitung, eine ungewöhnliche Zahl von Datenleitungen, und tatsächlich: ein grünes Kabel! Davon hat doch Sticker gesprochen! Unglaublich, diese Zeichen sind ihr vorher nie aufgefallen. Sie geht darauf zu, den Blick auf den Boden gesenkt, so wie Sticker es ihr geraten hat.

Von oben bewegt sich etwas auf sie zu, sie hört ein Sirren. Ein einzelnes Flugobjekt, ist das eine dieser Insektendrohnen? Noch drei Garagen. Zehn Meter. Das Ding schwirrt um ihren Kopf, sie zieht den Hut bis zur Nasenspitze herunter und lugt durch die Ritzen. Immer geradeaus. Wie soll sie nur den Code eingeben und gleichzeitig verhindern, dass dieses Mistding ihr ins Gesicht schaut?

Egal, wie schnell oder langsam sie geht, die Minidrohne passt ihre Geschwindigkeit sofort an. Wie eine lästige Fliege. Nur hat dieses künstliche Insekt eine völlig andere Macht. Es kann sie enttarnen, vielleicht hat es sogar Waffen. Wieder hat sie die Bilder im Kopf, wie ihre Überwachungskamera abgeschossen wurde.

Jetzt ist das Sirren genau vor ihr. Mia bleibt stehen, senkt den Kopf noch tiefer, geht automatisch in den IRAS, die *Wing Tsun*-Grundstellung. Das kleine Flugobjekt kommt näher, auf Höhe ihres Bauchnabels, versucht von unten in ihr Gesicht zu schauen. Sie schließt die Augen, kurze Konzentration, vier Kettenfauststöße. Getroffen!

Die Drohne schießt durch den Raum, knallt gegen ein Garagentor und fällt zu Boden. Jetzt tief durchatmen! Nicht nach oben sehen. Auch nicht zu dem Gerät hinlaufen, die Kamera könnte noch aktiv sein. Dabei würde sie das Ding am liebsten zertreten. Einmal kräftig drauf rumtrampeln!

Von oben kommt wieder ein Sirren, die nächste Minidrohne. Nein, mehrere, wenn sie richtig hört. Schnell weiter, geradeaus, da ist Garage 007.

Mia fährt mit den Fingern das Tastenfeld ab. Nicht hinsehen, Kopf gesenkt halten. Der alte Smolek hat ein verdammt schlechtes Gedächtnis, wenn er sogar seine eigenen Zettel abfotografieren muss. Sie hat den General-Code noch im Kopf und gibt ihn ein, im Rücken spürt sie den Lufthauch der Flügel. Es sind zwei. Durch die Ritzen des Strohhuts sieht sie die rote Lampe, sie leuchtet kurz auf und gibt einen leisen Alarmton von sich, wie wenn man auf dem Smartphone eine neue Nachricht erhält. Kein grünes Licht, sie hat den Code falsch eingegeben. Noch einmal konzentrieren, die beiden Minis umschwirren ihren Kopf. Sie zieht kurzerhand den Hut komplett über das Gesicht und popelt so lange an einem winzigen Loch herum, bis sie hindurchgucken kann. Wieder den General-Code eingeben. Einer der Flugroboter fliegt direkt vor das kleine Loch und sprüht etwas in die Luft. Sofort treten Mia Tränen in die Augen. Das darf doch nicht wahr sein! Er hat sie mit Tränengas angegriffen.

Sie schlägt wild um sich, trifft das Ding und schleudert es weg, ein stechender Schmerz zieht vom kleinen Finger zum Gelenk. Durch das Loch kann sie Blut sehen, eine Schramme entlang der Handkante. Die andere Drohne schwirrt immer noch um sie herum, die Lampe über dem Tastenfeld leuchtet unverändert rot.

Mist! Sie wischt sich das Blut an der Latzhose ab. Ein Blick auf die Uhr, keine halbe Stunde mehr.

Sehr unwahrscheinlich, dass sie den Code zweimal falsch eingegeben hat. Ob der General-Code bei dieser Garage nicht funktioniert? Sie zieht ihr Smartphone aus der Tasche und öffnet erneut das Bild mit den Codes. PC oder TC, das ist hier die Frage. Mia fackelt nicht lange, TC könnte Technikraum-Code bedeuten, sie entscheidet sich dafür und gibt die Nummernfolge ein.

Hoffentlich löst das nicht den Alarm aus, und hier ist gleich die Hölle los. Aber sie hat Glück. Die Lampe springt auf Grün um, das Garagentor setzt sich in Bewegung. Tschakka!

Jetzt nur noch den letzten Gegner in die Flucht schlagen. Mia macht zwei gezielte Fauststöße, diesmal landet das Ding direkt vor ihren Füßen. Die Flügel bewegen sich noch, sie setzt einen Fuß darauf und zermalmt es. Ein großartiges Gefühl, dieses Biest zu zertreten. Für einen Moment genießt sie den Kick.

Die Garage wirkt wie eine verlassene Raumstation. Es geht kein Deckenlicht an, Bildschirme flackern, die Luft ist staubig. Mia lässt sofort das Tor von innen wieder runterfahren. Endlich kann sie den blöden Hut abnehmen. Die Schramme blutet heftig, eigentlich ist es ein richtiger Schnitt wie mit einem Messer. Sie knotet ein paar Taschentücher zusammen und wickelt sie um die Hand, aber das Blut kommt sofort wieder durch.

Das Licht der Bildschirme reicht gerade aus, um sich einen Eindruck zu verschaffen. Sie sind in einem Halbrund angeordnet, drei Reihen zu jeweils sechs Stück, davor steht ein breiter Chefsessel. Fünf der 18 Monitore sind dunkel, die anderen zeigen Bilder aus den Überwachungskameras. Ein Drucker rechts auf einem Tisch spuckt wohl schon eine ganze Weile Ausdrucke aus, die niemand braucht. Der Boden ist übersät davon. An einer Wand steht ein Regal mit Pokalen und Urkunden, die mit einer dicken Staubschicht überzogen sind. Hier hat lange keiner mehr nach dem Rechten gesehen.

Zu dem Drucker gehört ein Rechner, am Bildschirm hängt ein Zettel mit der Aufschrift »Testgebiet Außenfläche«. Ein Programm ist geöffnet, es zeigt die eingehenden E-Mails an. Mia geht näher ran, die letzte E-Mail wurde vor ein paar Minuten abgeschickt. Sie klickt darauf, sofort öffnet sich ein Fenster.

`+++ stiller Generalalarm + Auslöser Überwachungssystem Halle 1 + ungewöhnliche Aktivitäten in Halle 1 + Registrierung eine Person + Identifizierung nicht erfolgreich + Alarmstufe 5 +++`

»Stiller Generalalarm‹, bloß weg hier! Jeden Moment kann jemand aufkreuzen und sie zur Rede stellen. Eine neue E-Mail kommt rein, sie wirft schnell einen Blick auf den Inhalt. Da ist jemand auf der Außenfläche und betritt Halle drei. Er ist auf dem Weg zu ihr! Der Drucker springt an, druckt die neue E-Mail aus. Diese Ausdrucke auf dem Boden sind wichtig. Mia hebt schnell ein paar auf, rollt sie zusammen und stopft sie hinten in den Hosenbund. Jetzt aber schnell raus hier!

37

Mia drückt gegen den Schalter fürs Garagentor. Nichts passiert. Das Tor bleibt unten, sie ist gefangen.

Da sind Schritte. Sie kommen vom Vordereingang. Ist das der alte Smolek?

Ja, bestimmt, er sagt etwas und entfernt sich wieder. Sie hat nichts verstanden, aber es war eindeutig seine Stimme.

Soll sie sich zu erkennen geben, am Tor rütteln? Oder lieber hoffen, dass niemand sie entdeckt und sie sich später entfernen kann. So schwer dürfte es ja nicht sein, das Tor zu öffnen. Die eigentliche Frage ist: Kann sie dem Hausmeister vertrauen?

Er kommt wieder, hat offenbar einen Besen dabei und kehrt die Reste der zerstörten Insektendrohnen zusammen. »Bald kann ich hier einen Elektrofriedhof aufmachen«, brummt er.

Wieder Schritte, diesmal aus der anderen Richtung. »Hören Sie, Smolek, haben Sie nicht mitbekommen, dass wir einen Generalalarm haben?« Es könnte die Stimme von dem Polizisten mit dem rötlichen Bart sein, diesem Rottweiler.

»Nein«, sagt der Hausmeister, »wann ist der Alarm denn ausgelöst worden?«

»Sechs achtundzwanzig.«

»So früh? Welche Halle?«

»Hier in Halle eins. War eine der intelligenten Kameras, eine Schwarmdrohne. Ohne Bildübertragung.«

»Welcher *Storage Room*?«

Mias Herz rutscht immer tiefer.

»Keine Angabe.«

Puh, wenn sie Glück hat, kommen sie nicht drauf, dass jemand in Garage 007 steckt.

»Sehr intelligent, die Kamera. Ich schau mal in das Video.« Smolek stellt den Besen gegen das Garagentor, eine Weile hört man nichts. Vermutlich schaut er sich das Video einer der Überwachungskameras auf dem Handy an. »War das eine der Minidrohnen?«

»Ja, eins der Biester mit Flügeln. Hat eine nicht identifizierbare Person gemeldet.«

»Vielleicht halluzinieren die mittlerweile. Sind wieder welche abgestürzt. Ich glaub ja, die kämpfen nachts gegeneinander.«

»Reden Sie keinen Scheiß. Schauen Sie in das Video.«

»Also, ich seh da nichts Auffälliges. War ein Fehlalarm.«

»Hm, das wird der Entwicklungsabteilung gar nicht gefallen. Wie viele sind abgestürzt?«

»Drei.«

»Geben Sie her, die Techniker müssen sie auswerten. Die wollen wissen, warum sie abgestürzt sind.«

»Hab sie schon entsorgt.«

»Erzählen Sie doch nichts. Da bei dem Besen liegen noch

Teile. Außerdem wissen Sie genau, dass wir die Abgestürzten haben wollen. Möglichst vollständig.«

Eine Weile hört sie nur leise Geräusche, Rottweiler hebt vermutlich die Reste der Drohnen auf und betrachtet sie. Mia zieht ihr Smartphone raus, ihre Hände zittern. Das Bild von dem Zettel mit den Codes ist noch geöffnet. Sie schickt es an Lennart und schreibt eine Nachricht dazu:

`Hilfe! Bin in Garage 007. TC.`

Dann drückt sie auf »Sprachaufnahme«.

»Die sind nie und nimmer von selbst abgestürzt«, sagt Rottweiler, »das war mutwillige Zerstörung. Waren Sie es selbst, oder war es die Göre? Oder der Zottel, der hier dauernd rumhängt?«

»Keine Ahnung, wovon Sie sprechen.«

»Bestimmt war es das Mädchen. Wie ist die hier so früh reingekommen? Hatte sie Ihren Code?«

»Wer denn?«

»Die kleine Vietnamesin, die hier ständig rumschnüffelt. Sie wissen genau, von wem ich spreche. Wo steckt sie? Los, her mit Ihrem Smartphone.«

Es hört sich so an, als würden die beiden miteinander kämpfen, ein Körper geht zu Boden. Smolek stöhnt auf und keucht nach Luft.

»Wenn ich rauskriege, dass Sie der Saboteur sind, fliegen Sie achtkantig raus«, droht Rottweiler. »Und wenn Sie die Kleine decken, auch.«

Mia stoppt die Sprachaufnahme, verschicken dauert zu lange. Schnell noch eine Nachricht, ihre Finger fliegen über das Smartphone.

`Handy SUCHEN!`

Wo verstecken? Nicht nachdenken. Sie schiebt es einfach hinter den Drucker.

Keine Sekunde zu früh, das Garagentor geht auf.

»Ach Mia, was sollen wir nur mit dir machen?«, sagt Rottweiler kopfschüttelnd. »Ist das ein Auftrag von deiner Mafia-Familie, oder bist du von Natur aus so neugierig?« Er packt sie am Arm. »Los, mitkommen. Und kein Wort! Um die Uhrzeit bin ich megaschlecht gelaunt.«

Der Hausmeister liegt gekrümmt am Boden. Er schnappt nach Luft, seine Lippen sind blau. Mia reißt sich los und kniet sich zu ihm. »Da stimmt was nicht. Er braucht Hilfe.«

»Der soll sich nicht anstellen, war nur ein kleiner Boxhieb in die Rippen. Kann ja nicht ahnen, dass er davon gleich zu Boden geht.« Rottweiler packt sie wieder am Arm, diesmal tut es weh, so fest zerrt er an ihr. »Du blutest doch selbst. Komm jetzt mit!«

This email was sent from PRG evaluation program to Kontrollzentrum MGS + Alert generated on Monday 22th of July at 7:08:43 AM

+++ Auslesung Überwachungskamera SXX02 erfolgreich + Registrierung 2 Personen + Identifizierung erfolgreich + autorisierte Person SP02lorenzrottweiler + autorisierte Person SR274miachunglinh + Aktivitätsprotokoll: Mitnahme SR274miachunglinh nach Kontrollzentrum MGS + Alarmstufe 5 manuell aufgehoben +++

38

Lennart fährt mit seiner Mutter ins FUTURE-Institut.

»Ich weiß nicht, was das soll«, sagt sie. »Wie kann Nolan dir nur den Tick in den Kopf setzen, du hättest einen Bruder. Und nun willst du den sogar besuchen.«

»Natürlich hab ich keinen Bruder.«

»Dann versteh ich nicht, was das Ganze bringt.«

»Aber es wär doch toll, wenn ich einen Bruder hätte. Dann könnte ich mit ihm über früher reden.«

Sie stehen an einer roten Ampel, seine Mutter sieht ihm mitfühlend ins Gesicht.

»Du kannst mit mir über früher reden. Ich bin jederzeit für dich da.«

»Mama, du kapierst es nicht! Ihr habt mich immer nur in Watte gepackt, und selbst als Papa tot war, hast du mir nicht die Wahrheit erzählt. Und Sam auch nicht. Dieser Roboterjunge weiß vielleicht mehr über ihn als wir alle zusammen.«

»Wie kommst du darauf?«

»Ich hab eine Nachricht von Papa gefunden. Nolan hatte recht, es war seine Idee, ein künstliches Wesen mit einem universellen Gewissen zu entwickeln. Sie haben Lucius im FUTURE-Institut erschaffen, aber Papa stand von Anfang an mit ihm im ständigen Austausch. Er hat all seine Gedanken und sein Wissen über Natur und Philosophie an Lucius weitergegeben und gehofft, er würde sich dann selbstständig weiterentwickeln.«

»Und du glaubst deinem Vater nahe zu sein, wenn du mit diesem künstlichen Kind sprichst?«

Lennart sagt nichts darauf. Vielleicht hat sie recht, und es ist nur eine kindische Sehnsucht nach seinem Vater, die ihn dorthin zieht.

»Wir sind mehr als unsere Gedanken und unser Wissen«, sagt sie sanft. »Wir sind auch mehr als unser Körper und unsere Gefühle. Wir sind die Summe von alldem und noch viel mehr. Du wirst ihn dort nicht finden.«

»Ich weiß, dass er tot ist!« Da ist sie wieder, diese Wut. Ständig dieses seichte Gesülze. Es tut gut, einfach die Wahrheit rauszuschleudern.

Doch seine Mutter ist immer noch nicht still. Ihre Stimme nimmt einen hohen Ton an. »Er hat auch Fehler gemacht, Lennart. Er war ein ganz normaler Mensch.«

Zum Glück sind sie endlich da, und seine Mutter muss sich auf die Parkplatzsuche konzentrieren. Während sie durch den Mitarbeitereingang zu ihrer Arbeit geht, wird Lennart am Besuchereingang durchgecheckt.

»Was ist das für ein Armband?«, will die Roboterfrau wissen. »Kannst du das bitte abnehmen?«

»Sorry, das geht nicht.«

Sie ruft den Sicherheitsdienst, eine Frau und einen Mann, die sich das Armband ansehen. Er soll es vorführen und stellt sich dabei wie ein Dreijähriger an. Kein Wunder, er kennt die Funktionen noch gar nicht. Sie sehen sich fragend an und kommen zu dem Schluss, dass es wahrscheinlich harmlos ist. Damit die Kamera keine Aufnahmen machen kann, kleben sie einen breiten Klebestreifen darüber.

Lennart bekommt einen Premium-Besucherausweis, er darf sich überall im Institut frei bewegen. Es fühlt sich seltsam an, er steht eine Weile unschlüssig vor dem Eingang der Robotik-Halle. Plötzlich geht die Tür auf, und Lucius strahlt ihn an.

»Hallo Lennart, wie schön, dass du gekommen bist.«

Sein Gesicht sieht so echt aus, es ist wirklich unglaublich. Ob die blauen Lichter in den Leitungsbahnen an seinem Hals etwas zu bedeuten haben? Ein Zeichen für Gefühle? Lennart nimmt sich vor, darauf zu achten.

»Möchtest du mit mir einen Spaziergang machen?«, fragt Lucius. Draußen ist es warm, aber windig.

»Darfst du denn die Halle verlassen?«

»Ich habe genau wie du einen GPS-Sender. Solange ich auf dem Gelände bleibe, ist alles in Ordnung.«

Lennart zieht automatisch den Ärmel seines Shirts über das Armband. Woher will Lucius wissen, dass er mit einem Sender ausgestattet ist?

»Ich empfange die Signale«, erklärt das Roboterkind, als er Lennarts Bewegung sieht. »Und jetzt, wo ich sie zuordnen kann, bin ich in der Lage, dich jederzeit zu finden.« Er sagt es, als sei es die selbstverständlichste Sache der Welt.

»Wie geht es deinem Falken? Hast du ihn ebenfalls besendert?«

»Kannst du eigentlich Gedanken lesen?«

Lucius lacht. Sie gehen in Richtung Golfplatz. »Nein, die werden leider nicht in einer Form ausgesandt, die man mit technisch-physikalischen Methoden auslesen kann. Obwohl es natürlich Menschen gibt, die an Telepathie glauben.«

Es macht Spaß, mit ihm zu reden. Das hat Lennart nicht erwartet.

»Ich bin so programmiert, dass ich Erregungszustände bei Menschen erkennen und deuten kann. Du zum Beispiel bist jetzt deutlich entspannter als noch vor ein paar Minuten. Das Gehen tut dir gut, du bist gerne in der Natur. Dein Blick geht immer wieder in den Himmel, er folgt jedem Vogel.«

Besser hätte man es wohl nicht beschreiben können. Sie gehen über das Grün, Taurus Nolan ist irgendwo in der Ferne mit seinem roten Golfcar unterwegs.

»Nein, ich habe meinen Falken nicht besendert«, antwortet Lennart auf die Frage von vorhin.

»Warum nicht?«

»Ich hatte das Gefühl, ihm den Rest seiner Freiheit zu nehmen. Er ist sowieso die meiste Zeit eingesperrt.«

Lucius schaut auf den Ärmel, unter dem sich das Armband befindet. »Und du? Bist du frei?«

Die Frage ist ihm unangenehm. »Wer ist das schon«, sagt Lennart ausweichend.

»Ich habe dieses Institut noch nie verlassen.« Lucius sieht nicht so aus, als wäre er deshalb traurig.

Eine Weile gehen sie schweigend über den Golfplatz. Der Wind weht einen Ast von einem der Bäume am Rand,

Lennart hebt ihn auf und tut so, als würde er damit einen Golfball schlagen.

»Menschen haben Fantasie. Das ist Freiheit«, erklärt Lucius.

»Kann man Fantasie nicht programmieren?«

»Ich glaube nicht.«

»Und worauf bist du programmiert?«, möchte Lennart wissen.

»Ich habe jederzeit Zugriff auf das gesamte im Netz verfügbare Wissen der Welt. Ich kenne alle Religionen und philosophischen Schriften, alle Moralvorstellungen und bekannten Bräuche. Man kann auch sagen, ich habe die Menschen studiert.«

»Wow!«

»Meine Maxime wurden von deinem Vater festgelegt.«

»Maxime?«

»Ja, Leitsätze. Alle Menschen sind einzigartig und wertvoll für die Menschheit, alle Wesen auf der Erde haben ein Recht, hier zu sein, alles ist miteinander verbunden, die Erde ist schützenswert, sie ist der Lebensraum für alle.« Er trägt seine Leitsätze vor wie ein Gedicht.

Lennart fühlt sich klein neben diesem Jungen. »Ich habe eine Nachricht von meinem Vater gefunden, in der er schreibt, du sollst einmal eine Mittlerrolle einnehmen.«

»Meine Aufgabe liegt in der Zukunft. Im Moment lerne ich noch, deshalb haben sie mir das Aussehen eines Kindes gegeben. Eines Tages soll ich unter Robotern für Toleranz und Verständnis gegenüber Menschen werben und für den

Schutz ihres Lebensraums eintreten. Dann werde ich wie eine weise alte Frau aussehen.«

»Hat sich mein Vater das ausgedacht?« Lennart muss die ganze Zeit an die Aussage seiner Mutter denken, dass sein Vater Fehler gemacht hat. War Lucius ein Fehler? Aber das kann doch gar nicht sein, so sanft und klug, wie er ist.

»Ja.«

»Er schreibt, er hat einen Prozess angestoßen, den er dann nicht mehr kontrollieren konnte.«

»Ich weiß. Ich habe oft mit deinem Vater gesprochen. Er war auch mein Vater.«

»Das ist nicht wahr!« Lennart ist selbst erschrocken, wie laut und wütend es aus ihm herausgekommen ist. Er wirft den Stock zu Boden. Nolan steht oben am Hügel und schaut interessiert zu ihnen herüber.

»Es ist normal, wenn du wütend bist«, sagt Lucius. »Der Unfall war ein traumatisches Erlebnis. Es prägt einen jungen Menschen, wenn der Vater gewaltsam stirbt.«

»Du brauchst mir nicht zu erklären, was ich fühle. Du bist nicht echt.«

»Ich sagte dir schon, ich habe die Menschen studiert. Außerdem bin ich echt. Ich bin nur kein Mensch.«

Wann haben die blauen Lichter angefangen, in dieser Geschwindigkeit durch ihre Leitungen zu jagen? Können Roboterkinder sich aufregen?

Nolan ist näher gekommen. »Streitet ihr euch?«, ruft er lachend zu ihnen herüber. »Wie richtige Brüder! Euer Vater hätte seinen Spaß daran gehabt.«

»Das glaube ich nicht«, ruft Lennart zurück, und Lucius sagt gleichzeitig laut und deutlich: »Nein.«

Sie sehen sich an und lächeln beide.

»Frieden?«

»Frieden.«

39

Lennart fühlt sich nicht wohl, als Nolan näher kommt. Er wäre lieber noch eine Weile mit Lucius allein geblieben.

»Hey guys, nice to see you.« Der Milliardär will ihm die Hand reichen, aber er tut so, als würde er das nicht bemerken. »Immer noch sauer? Let it go, das macht den Vogel nicht lebendig. Ich habe eine großzügige Spende an die Auffangstation deines Vaters geschickt.«

Puh, dieser Milliardär nervt. Der kapiert wirklich gar nichts.

»Ich sollte eigentlich wütend auf dich sein«, sagt Nolan völlig entspannt. »Du hast die Naturschutzbehörde eingeschaltet, nicht wahr?«

»Keine Ahnung, wovon Sie reden«, antwortet Lennart überrascht.

»Die haben mir das Testgelände gesperrt. Angeblich ist dort ein seltener Feldhamster gesehen worden.« Er verdreht die Augen. »Aber die haben sich verplappert und von dem toten Greifvogel gesprochen. Davon wissen ja nicht viele.«

Sam. Das kann nur Sam gewesen sein. Lennart ist ein bisschen stolz, dass er gegen seinen aufgeblasenen Chef und für den Naturschutz gehandelt hat. Das wäre ganz im Sinne seines Vaters gewesen.

»Wir mussten den Ort der Pressekonferenz ändern, aber dafür sollte ich dir dankbar sein. Das wird viel spektakulärer. Wir präsentieren die Minensuchdrohnen mitten in der Stadt. I'm really proud.«

»Mitten in der Stadt?«

»Natürlich nicht mit echten Minen.« Er lacht laut auf. »Du traust mir auch alles zu, nicht wahr?«

Lennart muss sich sehr zurückhalten, um nicht zuzustimmen.

»Hey, immer so skeptisch. Why? Das wird eine coole Show. Du musst unbedingt kommen.« Er dreht sich zu Lucius. »Hast du den Artikel gestern in der Berliner Morgenpost gelesen? Die haben vermutet, du würdest gar nicht existieren.«

Lucius sieht ihn nur mit seinen großen Augen an.

»Wir könnten dich dort vorstellen. Bei dem Pressetermin im Sony Center. Was hältst du davon?« Ohne auf eine Reaktion von Lucius zu warten, zieht er sein Smartphone raus und fängt sofort an zu telefonieren. »Hey Cora, ich will, dass wir morgen im Sony Center noch eine Überraschung präsentieren. Lucius wird dort auftreten. That's great! Ich unten auf der Bühne und er oben auf der Terrasse. Wie in einer Magicshow.« Er hört kurz zu, was diese Cora dazu sagt. Offensichtlich hat sie Bedenken. »Nein, dann musst du eben für seine Sicherheit sorgen! Das kann ja nicht so schwer sein. Kümmere dich einfach drum!« Er legt auf und sieht Lucius strahlend an. »Wie hab ich das gemacht? Freiheit! Du darfst endlich mal das Institut verlassen, ist das nicht wunderbar?«

»Freiheit ist anders definiert.« Lucius macht ein ernstes Gesicht. »Diese Verhaltensweise schafft große Probleme.«

Nolan rollt die Augen. »Er hat die Menschen studiert«, sagt er zu Lennart. »Das schafft große Probleme.«

Lennart gefällt diese ganze Unterhaltung nicht. Er wechselt das Thema: »Ich habe eine Nachricht von meinem Vater gefunden. Er schreibt, mit der Gründung von PEREGRIN habe er einen Prozess angestoßen, den er dann nicht mehr kontrollieren konnte. Was wissen Sie darüber?«

Nolan sieht ihn wütend an. »Was weißt du über PEREGRIN? Wer hat dir davon erzählt, etwa Sam? Nicht mal Johanna wusste davon.«

»Wo hat mein Vater einen Fehler gemacht? Was ist wirklich bei dem Unfall passiert? Sie wissen doch mehr, warum erzählen Sie es mir nicht einfach!«

»Warum sagst du dauernd *Sie* zu mir? Wir hatten uns auf *Du* geeinigt.« Nolan tippt auf seinem Smartphone herum, sein Golfcar kommt selbstständig den Hügel herunter auf sie zu. »Steck deine Nase da nicht rein. Das gibt nur Ärger.« Er schwingt sich in sein Fahrzeug und fährt ohne ein weiteres Wort davon.

Lennart starrt ihm mit einer ohnmächtigen Wut hinterher. »Der weiß doch viel mehr. Warum sagt er mir nichts?«

»Du hast dich bestimmt gefragt, warum ich mit dir sprechen wollte«, sagt Lucius plötzlich. »Ich wollte dir die gleichen Fragen stellen, die du an Taurus Nolan gerichtet hast.«

»Aber eben hat es sich noch so angehört, als wüsstest du, worum es geht.«

»Ich wusste nur, dass unser Vater sich schuldig fühlte und mich deshalb geschaffen hat. Er wollte etwas wiedergutmachen. So bin ich entstanden. Ich war seine Idee, und Nolan hat mich bauen lassen. Bei meiner Entstehung waren viele Väter und Mütter beteiligt, aber dein Vater hat mich erdacht, und er hat dafür gesorgt, dass ich die Menschen liebe. Er war der Meinung, ich könne sie nur dann schützen.«

»Wie kann ein Roboter lieben?«

»Indem er nicht bewertet und alle so sein lässt wie sie sind.«

»Und das ist Liebe?«

»Das ist die Definition von Liebe, die bei mir programmiert wurde.«

»Gibt es irgendwas, das du nicht weißt oder kannst?«

»Ich kann nicht riechen. Mein Empfinden für Kälte und Wärme ist eingeschränkt, auch wenn ich die Temperatur natürlich exakt bis auf die dritte Stelle hinter dem Komma bestimmen kann.«

Lennart zieht lange und genüsslich Luft ein. Es riecht nach frisch gemähtem Gras. Immer noch fegt der Wind über seine Arme, gerade hat er eine Gänsehaut. »Da bin ich ja beruhigt. Weißt du, ich möchte keinen Bruder haben, der total perfekt ist.«

40

Mia ist in einem der unterirdischen Räume mit Hochsicherheitsgarantie, die sie im Internet gesehen hat. Sie sitzt auf dem Boden, es gibt keine Möbel. Der Raum ist nicht größer als eine Umkleidekabine im Schwimmbad. Wände und Boden sind aus Metall, es ist kalt, und tief aus dem Untergrund kommen dumpfe Geräusche. Immerhin hängt eine Glühbirne von der Decke, und sie haben einen Verband um ihre Hand gemacht. Rottweiler hat ihr eine Flasche Wasser und einen Eimer dagelassen.

»Wenn du pinkeln musst«, hat er als Erklärung zu dem Eimer gesagt.

Wie konnte sie nur so blöd sein und ihr Smartphone in dieser Garage lassen! Sie hätte es mitnehmen müssen, nun ist sie von der Welt abgeschnitten. Aber vermutlich hat man hier sowieso keinen Empfang, Rottweiler hat nicht mal danach gefragt. Er hat ihr die Augen verbunden und sie ein paar Mal gedreht, um ihren Orientierungssinn zu stören. Weit sind sie nicht gegangen, auf dem Weg hat sie Cosmos Schreie gehört.

Die Papiere, die sie in der Eile in den Bund ihrer Jeans gesteckt hat, stören. Sie zieht sie heraus, es sind lauter Ausdrucke dieser merkwürdigen E-Mails. Die bringen ihr jetzt auch nichts.

Wie es Harro wohl geht? Er lag röchelnd auf dem Boden, als Rottweiler sie abgeführt hat. Im Internet stand, er habe bei der Explosion nicht nur sein Auge verloren, sondern auch eine schwere Lungenverletzung erlitten. Hoffentlich haben Rottweilers Schläge keine ernsthaften Folgen.

Mia versucht sich auf die Ausdrucke zu konzentrieren. Neun Stück, alle haben den gleichen Aufbau wie die Nachricht, die sie auf Harros Handy gelesen hat. Wenn sie es richtig versteht, werden diese Nachrichten von einem Programm geschickt, das die Videoaufnahmen vom Außengelände automatisch auswertet. *PRG evaluation program.* PRG kann nur PEREGRIN heißen.

Die Personen werden wohl mit einer Gesichtserkennungssoftware identifiziert, aber wie erkennt das Programm, was da passiert? Sogar Cosmo scheint schon in dieser Datenbank zu stecken, das ist wirklich gruselig. Er heißt »WFCm2014«. Sie selbst ist »SR274maichunglinh«. *Storage Room* 274 Mai Chung Linh. Logisch.

An dem Bildschirm hing ein Zettel mit der Aufschrift »Testgebiet Außenfläche«. Vielleicht war die Garage 007 früher das Kontrollzentrum, von dem in den E-Mails die Rede ist. Von dort aus könnte ein Mitarbeiter die Hallen über die Bildschirme überwacht haben. Und die Außenfläche war ein Testgebiet, vielleicht für dieses Auswertungsprogramm. Aus irgendeinem Grund hat man Garage 007 aufgegeben und nun ist das Kontrollzentrum wo?

Mia studiert noch einmal die Ausdrucke, auf einem steht ihr Name anders: »SR274miachunglinh«. Moment mal, erst stand da ›mai‹ und nun »mia«. Wann hat das Programm das geändert? Nachdem Nolan ihren Namen im System des FUTURE-Instituts neu eingegeben hat oder als sie die Eingaben für das Gesichtserkennungsprogramm gemacht hat? Wann genau war das noch mal? Sie wühlt sich durch die Papiere, kann den Zeitpunkt aber nicht genau bestimmen. Was bedeutet das denn jetzt? Wurde Nolans Handy oder das FUTURE-Institut gehackt, oder ist deren System sogar mit PEREGRIN verbunden? Lauter Fragen, wie soll sie je die Antworten darauf finden?

Jemand ist an der Tür. Ein Schlüssel dreht sich, Rottweiler kommt herein. Er beachtet die Ausdrucke gar nicht.

»So, Mia, wir gehen dann mal zum Verhör.« Er ist immer noch in seiner Rolle als Polizist, auch wenn Mia ihm diese schon lange nicht mehr abkauft. Er führt sie in einen Raum, in dessen Mitte ein Tisch mit zwei Stühlen steht. Sie soll sich setzen, er nimmt gegenüber Platz und stellt ein Aufnahmegerät auf den Tisch. Wie im Krimi.

»Also, was hast du im *Storage Room* 007 gewollt?«

»Sie sind doch überhaupt kein Polizist.«

»Ein bisschen hast du recht, Mia«, sagt er lässig. »Wir waren früher Polizisten, heute gehören wir zu einem internationalen Projekt, das sich mit dem Einsatz neuer Technologien bei der Bekämpfung von Verbrechen beschäftigt. Wir haben Sonderrechte, werden von verschiedenen Staaten und Organisationen unterstützt. Ist ein cooler Job. Würde dir gefallen.«

»Was soll das heißen?«

»Du bist ohne Zweifel technisch begabt. Du könntest bei uns lernen, wie man richtig programmiert. Außerdem hast du Beziehungen zur Verbrecherszene, und du hast es geschafft, dir neben deinem eigenen Namen noch zwei weitere Identitäten zuzulegen. Das ist eine beachtliche Leistung für eine Dreizehnjährige.«

Was meint er mit »Beziehungen zur Verbrecherszene«? Bei Mia gehen alle Alarmglocken an. Auch wenn sie die Aktivitäten ihres Onkels nicht gutheißen kann, wird sie sich auf keinen Fall von diesem falschen Polizisten dazu überreden lassen, ihn zu verraten.

»Ich weiß nicht, wovon Sie reden.« Auf einmal ist sie froh, dass sie das Smartphone versteckt hat. Diese Sprachnachricht von Onkel Phong ist verdächtig.

»Du weißt sehr genau, wovon ich rede.«

»Sind sie vom Geheimdienst?«

»So ungefähr. Wir beschäftigen uns mit der Entwicklung von neuen Technologien, mit ihren Einsatzmöglichkeiten als Waffe und mit Gegenstrategien.«

»Und das *My Guard Storage* ist das Testgelände für Drohnentechnologie?«

Er nickt. »Du hast dir das schon gedacht, nicht wahr?«

»Es gibt noch andere Testgelände?«

»Na klar. Denk an deinen Besuch im FUTURE-Institut. Was es da an Themen gab. Taurus Nolan ist wie ein Kind, das die Entwicklung der verrücktesten Spielsachen fördert. Mit seinem Geld zieht er die klügsten Köpfe der Welt zu seinen Instituten, und sie entwickeln in unvorstellbarer Geschwindigkeit neue Technologien. Niemand weiß, ob das, was sie heute planen, morgen als Waffe eingesetzt wird. Wir müssen auf alles gefasst sein, Gegenstrategien entwickeln, ihn mit den eigenen Waffen schlagen.«

»Und ihn ausspionieren.«

»Auch das, wenn es sein muss. Früher hat er mit uns zusammengearbeitet.« Rottweiler grinst. »Er war sogar einer unserer Gründer und wollte, dass wir unabhängig arbeiten. Heute müssen wir auf andere Weise an unsere Informationen kommen.«

»Was haben eigentlich Lennart und sein Falke damit zu tun?«

»Die beiden sind ein Glücksfall. Unser Team für besonders knifflige Aufträge.« Er legt den Finger auf die Lippen. »Mehr kann ich dir darüber nicht sagen.«

»Arbeitet Lennart für PEREGRIN?« Das kann doch gar nicht sein.

Er nickt. »Sein Vater war ebenfalls einer der Gründer. Du siehst, du bist in bester Gesellschaft. Was ist nun, Mia, möchtest du auch für PEREGRIN arbeiten?«

41

Auf dem Weg zum *My Guard Storage* wird Lennart immer nervöser, die letzten Meter läuft er. Im Bus hat er die Nachrichten von Mia abgehört, was ist da los? Er biegt um die Ecke, vor dem Eingang steht ein Krankenwagen. Harro wird gerade auf einer Liege hineingeschoben. Man hat ihm Schläuche in die Nase eingeführt, er atmet noch schwerer als sonst.

Als er Lennart erkennt, sagt er nur mühsam: »Berta.«

»Sie dürfen nicht sprechen, Herr Smolek«, erklärt der Sanitäter, »ihr linker Lungenflügel ist kollabiert. Versuchen Sie regelmäßig zu atmen und sich nicht anzustrengen.« Er schließt die hinteren Türen des Fahrzeugs, Lennart kann Harro gerade noch zurufen, er werde sich um die alte Schnee-Eule kümmern. Dann fährt der Krankenwagen auch schon los.

Neben ihm steht auf einmal Sticker, auch er sieht dem Wagen hinterher. »Tja, die Lunge ist sein Schwachpunkt«, sagt er, »seit dem Unfall damals.« Es hört sich an, als würde er Harro seit Langem kennen. »Rufst du mich an, wenn du was von ihm hörst? Darf ich dir mein Kärtchen mitgeben?« Er reicht ihm einen Zettel, als wäre das eine echte Visitenkarte. Lennart nickt abwesend und steckt ihn in die Hosentasche, ohne darauf zu sehen. Er hat andere Sorgen.

Mia hat geschrieben: »Hilfe. Bin in Garage 007. TC«. Garage 007, die ist gleich vorn in der ersten Halle. Da stehen noch Besen und Kehrblech, Harro muss mitten in der Arbeit zusammengebrochen sein. Vorsichtig klopft er ans Tor. »Mia, bist du da drin?«

Keine Antwort, sicher hat sich längst alles geklärt, und sie hockt wie üblich in ihrem Falkennest vor dem Computer. Lennart läuft zu ihrer Garage, aber Mia ist nicht da. Auf dem Außengelände sieht alles aus wie immer, Cosmo und Berta sitzen in ihren Volieren.

Er geht wieder in die erste Halle. »TC«, damit hat sie diesen Code auf dem abfotografierten Zettel gemeint, den sie ihm geschickt hat. Ob das der Code für Garage 007 ist?

Soll er hier wirklich eindringen? Aber Mia ist vielleicht in Gefahr! Vielleicht liegt sie bewusstlos da drin, Harro wird ja auch nicht einfach so einen Lungenkollaps bekommen haben.

Mia hätte keine Scheu, einfach in eine fremde Garage einzubrechen. Er gibt den Code ein, die Lampe springt auf Grün, das Tor geht hoch.

Niemand ist da, es riecht nach abgestandener Luft. Die automatische Beleuchtung funktioniert nicht, dafür zeigen mindestens zehn Monitore Bilder von den Hallen. Lennart ist ein bisschen erleichtert, weil Mia offensichtlich nicht hier ist. Aber dann sieht er das Taschentuch mit dem frischen Blut auf dem Boden. Sofort meldet sich das kribbelnde Gefühl in seinem Nacken. Jetzt nicht!

Sie hat »Hilfe!« geschrieben, was war hier los? Ist Mia verletzt, hat sie geblutet? Wo steckt sie nur?

Und was ist das für ein Raum? Die Pokale an der Wand hat Harro alle für seine Arbeit als Falkner und Sprengmeister bekommen. Wer hätte das gedacht? Und nun sind sie verstaubt, als wäre hier schon ewig keiner mehr gewesen. Was soll das alles?

Lennart versucht sich zusammenzureißen. Jetzt mal klar denken. Sie hat »Handy SUCHEN« geschrieben, also muss es hier irgendwo sein. Er tastet systematisch alles ab, die Regale, die Pokale, den Arbeitsplatz mit dem Rechner. Die Luft in dem kleinen Raum wird immer staubiger, das Atmen fällt ihm schwer. Endlich, hinter dem Drucker: Mias Smartphone. Zum Glück ist es nicht gesperrt. Sie hat eine Sprachnachricht aufgenommen, genau in dem Zeitraum, in dem sie die Nachrichten geschickt hat. Aber ihre Stimme ist gar nicht auf der Aufnahme drauf! Das hört sich nach verschiedenen Personen an, die Qualität ist ganz schlecht.

Ist das Rottweiler, der da mit Harro spricht? Er redet über etwas, das mutwillig zerstört wurde. Er verdächtigt Mia und will Harros Handy haben. Sie kämpfen, jemand geht zu Boden. Harro! Dabei muss irgendwas mit seiner Lunge passiert sein. Rottweiler droht ihm, dann endet die Aufnahme. Von wegen Polizist, der Typ ist ein Schläger.

Mia hat das Smartphone noch versteckt, und dann?

Hat Rottweiler sie mitgenommen? Oder sitzt sie im Späti ihrer Eltern und isst von dem köstlichen Zitronenkuchen, den ihre Mutter immer backt? Nein, sie würde niemals ihr Smartphone zurücklassen.

Lennart guckt sich weiter um. Diese vielen Papiere auf

dem Boden, Ausdrucke von E-Mails. Er hebt einen der Zettel auf, da steht sein Name! Die E-Mail ist vom Samstagmorgen.

+++ Auslesung Kameradrohne XE25 erfolgreich + Registrierung drei Personen + Identifizierung erfolgreich + autorisierte Person SR300lennartwiesner + autorisierte Person SP02lorenzrottweiler + autorisierte Person SP07abrahammorell + Aktivitätsprotokoll: Mitnahme SR300lennartwiesner und WFCm2014 + Operation erfolgreich + Alarmstufe 1 +++

»Operation erfolgreich« – das hört sich fast so an, als hätte jemand den Befehl gegeben, ihn und Cosmo zu entführen. Ob der Befehl von PEREGRIN kam? Diese E-Mails tragen alle das Logo mit dem Falkenauge. WFCm2014 war früher in der Auffangstation die offizielle Bezeichnung für Cosmo. Wanderfalke Cosmo, Geburtsjahr 2014. Sein Vater verwendete diese Kürzel bei seinen Tagesprotokollen. Es ist unglaublich, dass er sich PEREGRIN ausgedacht hat. Seine Handschrift ist unverkennbar, aber wer steckt heute hinter PEREGRIN?

Die beiden Polizisten sind also autorisierte Personen. Aber was heißt das? An dem Bildschirm hängt ein Zettel mit der Aufschrift »Testgebiet Außenfläche«. Ob dieser Rechner mit PEREGRIN verbunden ist? Lennart holt die SD-Karte seines Vaters raus, schiebt sie in den Rechner und öffnet erneut die Doktorarbeit seines Vaters. Noch einmal überfliegt er die Passage, in der sein Vater beschreibt, wie PEREGRIN sich verselbstständigt hat und wie er gezwungen war, die Firma fortzuführen, damit sie weiterhin kontrolliert werden konnte:

Mit der Übernahme durch die Waffenindustrie wurde eine Richtung eingeschlagen, die sich immer mehr meiner Einflussnahme entzieht. Niemand weiß, was genau in den Testgebieten passiert, sie sind rechtsfreie Zonen geworden. Es ist inzwischen völlig unklar, wer die Entscheidungen trifft, möglicherweise werden sie nicht mehr von Menschen, sondern zunehmend von KI getroffen. Zum Glück haben wir noch eine Zugriffsmöglichkeit, die nur überschrieben werden kann, wenn man genaue Kenntnisse von der Plattform hat. Darüber kann ich zurzeit noch eingreifen, dennoch gelingt es mir nicht, das Programm endgültig abzustellen. Sollte mir etwas zustoßen, wird es noch schwerer, PEREGRIN zu kontrollieren. Sam Weise und Martin Sperber sind auf eigenen Wunsch endgültig aus dem Projekt ausgestiegen. Es ist fraglich, ob Lucius schon so weit ist, seine Mittlerrolle einnehmen zu können. Wir haben eine mögliche Verbindung zu PEREGRIN bei ihm eingebaut, sie aber nicht aktiviert. Dennoch ist er dadurch in Gefahr.

Puh, das soll mal einer verstehen. Mia hätte sich jetzt bestimmt wieder schlau gestellt, vor allem wäre sie glücklich über die Zugangsdaten gewesen, die sein Vater der Nachricht beigefügt hat. Ein Log-in-Name und ein Passwort. Das Passwort hat zwölf Stellen und jede Menge Sonderzeichen.

Lennart zieht einen Zettel aus seiner Hosentasche und schreibt alles darauf. Für Mia.

Oder soll er selbst versuchen, sich da einzuloggen? Vorsichtig bewegt er die Maus und verkleinert das Fenster des E-Mail-Programms. Dahinter kommen verschiedene Symbole zum Vorschein, auch das Falkenauge von PEREGRIN. Als er mit der Maus auf das Zeichen geht und es anklickt, wird der Bildschirm dunkel. Wie aus der Ferne kommt eine Drohne ins Bild geflogen, ein Falke stürzt sich von oben darauf und trifft sie mit den Füßen, sie zerspringt in tausend Teile. Der Falke friert in der Mitte des Bildschirms ein, sein Auge wird herangezoomt. Immer näher, bis das Falkenauge den halben Bildschirm ausfüllt. Ein schwarzer Strich umfährt das Auge, der Kopf des Vogels verblasst, schließlich bleibt nur noch das Logo von PEREGRIN auf dem Bildschirm. Darunter erscheint eine Eingabemaske.

Seine Hände zittern, als er die Zugangsdaten eingibt. Verdammt, wenn nur Mia hier wäre.

This email was sent from PRG evaluation program to Kontrollzentrum MGS + Alert generated on Monday 22th of July at 11:24:31 AM

+++ Auslesung Überwachungskamera SXX02 erfolgreich + Registrierung 1 Person + Identifizierung erfolgreich + autorisierte Person SP02lorenzrottweiler + Aktivitätsprotokoll: Kontrollgang von Kontrollzentrum MGS nach Halle 3 MGS + Alarm manuell abgestellt +++

42

Lennart verschafft sich erst einmal einen Überblick. Neben der offiziellen Webseite von PEREGRIN gibt es einen viel größeren inneren Bereich, gegliedert nach verschiedenen Themen: »Zukunftsforschung, Arbeitswelt, Energietechnologie, Bionik, IT und Kommunikation, Fahr- und Flugtechnik, Werkstatt, Denkfabrik, Unbemannte Flugobjekte«. Das kennt er doch vom FUTURE-Institut!

Unter jedem der Menüpunkte gibt es eine Menge Unterpunkte. Bei »Unbemannte Flugobjekte« beginnt es mit »Drohnentechnologie« und endet mit »Personal«. Da sind Bilder von Rottweiler und Morell, die beiden gehören also tatsächlich zu PEREGRIN. Einige der Frauen und Männer von den Fotos hat er schon mal im *My Guard Storage* gesehen, jeder Mitarbeiter wird in seiner Funktion und mit seinen Zugriffsrechten kurz beschrieben. Da, ein Bild von Harro! Lennart bekommt ein enges Gefühl im Hals.

Harro Smolek, Hausmeister, Mitarbeiter ohne erweiterte Zugriffsberechtigung und mit eingeschränktem Kenntnisstand. Persönlich eingestellt von Robert Wiesner.

Es war also kein Zufall, dass sie in dem großen Berlin ausgerechnet in diesen Hallen untergekommen sind. Sein Vater hat Harro damals den Job bei PEREGRIN besorgt, und im Gegenzug hat der alte Falkner seine Hilfe angeboten, als sie eine Bleibe für Cosmo suchten.

Der Drucker spuckt wieder eine dieser E-Mails aus, aber Lennart kann den Blick nicht vom Bildschirm nehmen. Es ist unglaublich, er kann in jeden *Storage Room* reinschauen, in jeden Winkel der Hallen. Er kann sogar fast überall den Ton einfangen. Hier wird wirklich alles überwacht, und jedes Gerät kann über einen Hallenplan einzeln angesteuert werden. Lennart klickt auf Garage 007. Das ist richtig unheimlich: Er sieht sich selbst, wie er dort am Rechner hockt und auf den Bildschirm starrt!

Automatisch dreht er sich um und sucht nach der Kamera, aber er kann sie nirgends entdecken. Mia hat recht, mit diesen Hallen stimmt was nicht! Nach außen wirken die Lagerräume wie improvisiert, doch die Technologie dahinter ist hochmodern und äußerst clever durchdacht. Eines ist Fakt: Das sind niemals normale Lagerräume. Wenn hier Garagen an Kleinunternehmer wie Mias Eltern vermietet werden, ist das nur eine Tarnung, die den eigentlichen Zweck verschleiern soll.

Es gibt sogar eine eigene Software-Abteilung für die unbemannten Flugobjekte, aber als er diesen Unterpunkt anklickt, meldet der Computer:

`Zugriff verweigert.`

Ein noch geheimerer Bereich im PEREGRIN-System? Ob man dort Zugriff auf das *evaluation program* hat?

Lennart starrt auf den Menüpunkt »Tracking«, um den er sich schon die ganze Zeit herumdrückt. Hat es mit seinem Armband zu tun? Er hält die Luft an, während er den Mauszeiger darauf zubewegt.

Da steht sein Name! Er klickt darauf, sofort ploppt der Stadtplan von Berlin auf und zoomt auf das Gelände des *My Guard Storage* zu. Schnell schließt er das Fenster wieder. Er muss dieses Armband loswerden, so bald wie möglich.

Während er nach seinem Supertool tastet, fällt sein Blick auf den Ausdruck, den der Drucker gerade ausgespuckt hat. »Stiller Generalalarm« steht da. Rottweiler kommt über die Außenfläche und hat Halle drei betreten, er ist auf dem Weg zu ihm!

Hektisch klickt Lennart in dem Menü für die Hallenkameras auf die Symbole. Da ist er, an der Verbindungstür zwischen Halle zwei und Halle eins, keine zwei Minuten entfernt. Er geht eilig und sieht immer wieder auf sein Smartphone.

Durch Lennarts Kopf schwirren tausend Gedanken: Mias Smartphone, die SD-Karte, das PEREGRIN-System auf dem Rechner, Harro im Krankenhaus, Sam anrufen, das Armband durchschneiden, wegrennen, irgendwas tun!

Aber es ist schon zu spät. Von draußen hört er Schritte, der Code wird eingegeben, das Tor fährt hoch.

»Wen haben wir denn hier? Seit Jahren ist unser altes

Kontrollzentrum verlassen, und jetzt erweist es sich als Falle für unsere jugendlichen Schnüffler. Interessant.«

Rottweiler kommt auf Lennart zu und sieht auf den Bildschirm. »Oha, da bist du deiner kleinen Freundin um einiges voraus. Wenn sie wüsste, dass du ins PEREGRIN-System eingedrungen bist, würde sie vor Neid erblassen. Weißt du was? Wir sagen es ihr einfach.« Er greift nach Lennarts Arm und betrachtet das Armband. »Immerhin hast du dich in diesem Punkt an unsere Anweisungen gehalten. Was ist mit dem Falken? Warum hast du den Sender nicht angebracht?«

»Ich will nicht, dass er unfrei ist.«

Rottweiler lacht laut auf. »Junge, wir sind alle unfrei. Unfreier kann er gar nicht mehr werden. Er sitzt schon in einem Käfig. Und dich bringe ich noch eine Etage tiefer.«

Er zerrt ihn mit sich, ohne sich weiter um den *Storage Room* zu kümmern. Sie gehen durch die Hallen über den Außenbereich. Wo will Rottweiler mit ihm hin? Er steuert auf die Container zu, die am Ende des Geländes stehen.

Lennart hat immer gedacht, es seien Schrottcontainer, weil sie so zerbeult und verrostet wirken. Aus der Nähe sieht er, dass die Rostfarbe nur aufgemalt ist. Rottweiler geht mit ihm um den rechten Container herum, auf der Rückseite sieht die riesige Stahlkiste wie neu aus. Er zeigt auf eine Kamera oben am Rand, und im nächsten Augenblick öffnet sich eine Flügeltür aus Edelstahl.

Von innen kommt Morell und lässt eine kleine Metalltreppe herunter. »Meinst du wirklich, das ist eine gute Idee,

Lorenz? Die Kinder werden bald vermisst, und hier in der Nähe der Halle wird man sie als Erstes vermuten.«

Lennart soll die Stufen hoch in den Container steigen. Drinnen an der Wand hängen die Polizeiuniformen und die blauen Arbeitsanzüge. Erst jetzt fällt Lennart auf, dass Rottweiler und Morell schwarze Anzüge tragen, wie Agenten. In der Mitte des Containers gibt es eine Art Kabine.

Morell tippt an seine Datenbrille und sagt: »Hochschicken.«

»Was haben Sie mit mir vor?« Lennart schließt die Augen bis auf schmale Schlitze, seine Umgebung flimmert mal wieder.

Rottweiler packt ihn erneut am Arm. »Warst du heute Morgen bei Nolan?«

»Warte doch, bis wir im Verhörraum sind«, sagt Morell. Er zieht die Tür der Kabine auf, es ist ein Aufzug. »Alles einsteigen bitte.«

Lennart will nicht in den Aufzug geschoben werden, er versucht sich dagegen zu wehren. »Was ist mit Cosmo und Berta? Harro ist nicht da, um sie zu versorgen.«

»Umso besser, dann kann er nicht überall rumschnüffeln.« Rottweiler stößt ihn in die Kabine. »Sei still, um die Tiere wird sich schon jemand kümmern. Die verhungern nicht gleich, wenn sie einen Tag nichts bekommen.«

43

Lennart wird durch einen unterirdischen Gang geführt. Er ist hell erleuchtet, ein Wegweiser mit der Aufschrift »Hochsicherheit« zeigt nach rechts, aber sie gehen weiter geradeaus. Es wirkt wie Flure in einem Labor, rechts und links sind Türen mit Glaseinsätzen, das bläuliche Licht von Bildschirmen schimmert hindurch. Auf den Türschildern steht, zu welcher Abteilung der jeweilige Raum gehört.

»Sind wir unter der Außenfläche des *My Guard Storage*?«

»Du sagst es. Die frühere Tiefgarage«, erklärt Morell und öffnet eine Tür. »Verhörraum«, steht auf dem Schild. Lennart darf sich setzen. Ihm ist schlecht.

»Du bist also ins PEREGRIN-System eingedrungen. Wir werden noch zu untersuchen haben, wie dir das gelungen ist.« Morell tippt wieder an seine Datenbrille. »Dieses Gespräch wird aufgezeichnet.«

»Was wollen Sie eigentlich von mir? Lassen Sie mich doch einfach in Ruhe. Und dieses Armband will ich auch nicht.« Er zerrt daran, sofort geht ein rotes Licht unter der schwarzen Kunststofffläche an. Lennart tippt genervt darauf rum.

»Es tut mir leid, Lennart, im Moment können wir dich nicht gehen lassen. Wir haben dir doch erklärt, wie wertvoll du für uns bist.«

»Ich will aber gar nicht wertvoll sein.«

»Es wäre schade, wenn du nicht kooperierst«, sagt Rottweiler und lässt seine Finger knacken. »Sieh mal, wir haben deine kleine Freundin eingefangen.« Er hält ihm einen Tabletcomputer hin, auf dem Mia zu sehen ist. Sie steht in einer Zelle und untersucht die Wände, kaut dabei Kaugummi. Ihre Hand ist mit einem weißen Verband umwickelt. »Im Grunde solltest du von unseren Zielen überzeugt sein. Wir würden es sehr bedauern, wenn wir dich zwingen müssten.«

Morell schüttelt kaum merklich den Kopf. »Stell dir vor, Lennart, man könnte jeden Drogenschmuggler am Geruch erkennen und dingfest machen. Oder wir würden Attentäter frühzeitig ausschalten, weil wir wissen, dass sie mit Sprengstoff hantiert haben. Diese Technologie bietet große Möglichkeiten, und Nolan verweigert uns den Zugriff auf den Entwicklungsstand.«

Lennart hat immer noch keine Ahnung, was sie von ihm wollen. Er starrt auf das Tablet, Mia hat jetzt die Kamera ins Visier genommen. Es tut gut, ihr direkt in die Augen zu sehen. Wie kämpferisch sie selbst eingesperrt in einer Zelle noch wirkt. Auf einmal holt sie ihren Kaugummi aus dem Mund und drückt ihn frech grinsend auf die Linse. Gut so, Mia!

Rottweiler schlägt mit der flachen Hand auf den Tisch. »Was hast du heute Morgen mit Nolan besprochen? Er hat die Vorführung auf dem Testgelände abgesagt und lädt die Presse stattdessen ins Sony Center ein. Was ist da los?«

»Die Naturschutzbehörde hat das Gebiet gesperrt. Deswegen soll die Veranstaltung im Sony Center stattfinden.«

Morell pfeift durch die Zähne. »Im Sony Center?« Er sieht Rottweiler an. »Deshalb suchen sie händeringend nach Sicherheitsleuten. Bekommen wir die Situation in den Griff?«

»Die Frage ist doch, ob der Falke unter dem Dach fliegen kann.« Er schaut Lennart direkt in die Augen. »Also Lennart, kann dein Cosmo das?«

»Auf keinen Fall werde ich ihn im Sony Center fliegen lassen!«

»Das wirst du dir noch überlegen. Wir können den alten Smolek aus dem Krankenhaus abholen lassen. Er ist auch Falkner.«

»Niemals! Da wird er niemals mitmachen. Das ist viel zu gefährlich für Cosmo.«

Rottweiler knackt wieder mit den Fingern. »Aber natürlich macht er da mit. Er muss nur genügend Angst um dich und Mia haben.«

»Sie mieser Erpresser!«

»Wir wollen hier nicht beleidigend werden.«

Morell klopft auf den Tisch. »Bleibt bitte bei der Sache. Annika Holmgren arbeitet mit ihrem Team völlig losgelöst vom Intranet des FUTURE-Instituts. Es hilft uns nicht, wenn wir das Institut hacken. Die gehen nicht mal ins Internet, so paranoid sind die. Und Nolan will uns keine Pläne mehr zur Verfügung stellen, seit Wiesner tot ist. Wir brauchen also diesen Prototyp.«

»Was hat denn mein Vater damit zu tun?«

»Er hat Nolan geraten, nicht mehr mit uns zusammenzuarbeiten.«

Lennarts Kehle ist trocken, vor seinen Augen tanzen Sternchen. »Musste er deshalb sterben? Habt ihr ihn getötet?«

»Aber nein«, sagt Morell und schüttelt heftig den Kopf. »Er starb bei einem Unfall. Du warst doch dabei.«

»Ja, verdammt, aber ich kann mich nicht erinnern!« Lennart ist sofort wütend auf sich selbst, weil er das laut gesagt hat. Es geht diese Typen doch gar nichts an.

Der angebliche Polizist sieht ihn prüfend an. »Vielleicht brechen wir an dieser Stelle ab. Lennart, ich appelliere an dein Gewissen. Wenn wir den Prototyp bekommen, können wir ermitteln, welche Gefahren von ihm ausgehen und frühzeitig Gegenstrategien entwickeln.«

»Eben haben Sie noch gesagt, man könne mit der neuen Technologie Verbrecher erkennen und Attentäter ausschalten.«

»Das sind doch mögliche Gegenstrategien.« Morell lächelt nachsichtig. »Wir müssen groß denken, Lennart, ganz groß. Überleg mal, wie vollkommen die Welt wäre, wenn wir Drohnen hätten, die Verbrecher am Geruch erkennen und sie ausschalten könnten. Wie friedlich muss eine solche Welt sein. Und du hättest dazu beigetragen.«

»Erst mal muss der Vogel das Ding vom Himmel holen«, brummt Rottweiler und steht auf. »Komm, Junge, ich bring dich in deine Zelle.«

»Meine Mutter wird die Polizei rufen.«

»Gut, dass du mich daran erinnerst. Gib mir dein Handy, ich kläre das mit ihr. Sie freut sich sicher, wenn Mias Eltern dich einladen.« Er nimmt ihm das Smartphone weg und führt ihn zur Tür. »Mia sitzt direkt nebenan, ihr zwei könnt euch mit Klopfzeichen verständigen. Wie in der Steinzeit. Ist doch nett, wenn Jugendliche von heute mal ohne Technik kommunizieren müssen.«

44

Mia hört, wie sie jemanden in die Nachbarzelle führen. An der Stimme erkennt sie Lennart. Mist, sie haben ihn auch erwischt! Dieser Rottweiler gibt ihm noch ein paar schlaue Sprüche mit und natürlich die Wasserflasche und den Eimer. Wollen die hier ein richtiges Gefängnis aufmachen?

Sie wartet, bis Rottweiler sich entfernt hat, dann klopft sie gegen die Wand. »Hörst du mich Lennart? Ich bin's, Mia. Alles okay bei dir?«

»Geht so.«

Sie spürt auf einmal eine grenzenlose Erleichterung, weil sie nicht mehr allein ist. Und gleichzeitig fühlt es sich komisch an, weil er jetzt auch eingesperrt ist.

»Lennart?«

»Ja?«

»Es tut gut, deine Stimme zu hören.«

»Ich sag doch gar nichts.«

»Aber du könntest mit mir reden. Dann hätte ich nicht so eine Scheißangst.«

»Du und Scheißangst? Du bist doch Mia, die Kämpferin, die mit ihrem letzten Kaugummi gegen die Bösen kämpft.« Er lacht, aber es hört sich nicht fröhlich an. »Die haben nicht schlecht geguckt, als der Bildschirm dunkel wurde.«

»Was wollen die überhaupt von uns?«

»Sie wollen, dass ich mit Cosmo einen Auftrag ausführe. Er soll eine Drohne kapern.«

»Und wirst du das tun?«

»Niemals!«

Mia rutscht zur Wand und setzt sich mit dem Rücken dagegen.

»Ist kalt hier. Wenn man ein paar Stunden in dieser Blechkiste sitzt, ist man richtig durchgefroren.«

»Haben sie dir keine Decke gegeben?«

»Nein.«

»Mir auch nicht.«

»Glaubst du, die Wärme geht durch die Stahlwand hindurch? Ich sitze mit dem Rücken dagegen.«

»Wo?«

»Direkt neben dem Lüftungsgitter.«

Sie hört ihn nebenan rumoren.

»Okay«, sagt er. »Jetzt sitzen wir Rücken an Rücken.«

Ein schönes Gefühl, so tröstlich. »Danke. Ich glaube, es wird schon wärmer.«

»Darf ich dich was fragen, Mia?«

»Na, klar.«

»Gehört deine Familie wirklich zur Mafia?«

Warum soll sie ihn belügen. »Ja, aber meine Eltern versuchen sich da rauszuhalten. Ist nicht einfach, Familie ist Familie.«

»So richtig mit Mord und Totschlag?«

»Davon weiß ich nichts. Mir gegenüber tun sie so, als

ginge es nur um Geschäfte. Ich weiß natürlich, dass sie Zigaretten schmuggeln und geklaute Sachen verkaufen.«

»Manchmal denke ich, die Menschen sind nie die, für die wir sie halten.«

Eine Weile sagen sie kein Wort.

»Darf ich dich auch was fragen, Lennart?«

»Sicher.«

»Arbeitest du mit diesen PEREGRIN-Leuten zusammen?«

»Wäre ich dann hier eingesperrt?«

Da hat er natürlich recht. »Rottweiler hat behauptet, dein Vater wäre einer der Gründer von PEREGRIN.«

»Das stimmt. Anscheinend war er nicht nur der Biologe, der sich den Traum einer Wildvogelauffangstation auf dem Land erfüllt und dort mit seiner Familie friedlich gelebt hat.«

»Sondern?«

»Schwer zu erklären. Ich fange auch gerade erst an, es zu begreifen. Ich glaube, auf seine Art war er ein Aktivist.«

So richtig versteht Mia nicht, was er damit meint. »Wo ist eigentlich mein Handy?«

»Hab ich im *Storage Room* 007 gelassen.«

»Boah, da bist du reingekommen?« Damit hat sie nicht gerechnet.

»Ich war sogar im PEREGRIN-System.«

Das ist allerdings der Hammer!

Mia zieht Lennart alles aus der Nase, was er auf den internen Seiten von PEREGRIN gefunden hat. Es dauert mindestens eine Stunde. Er erzählt außerdem, wie Rottweiler ihn gefunden hat und was die beiden Männer von ihm wollen. »Mein Smartphone haben sie auch einkassiert, bevor sie mich hierhingebracht haben«, beendet er seinen Bericht.

Ihre Lage ist aussichtslos. Sie sitzen in Stahlkäfigen, die dafür gemacht sind, besonders wertvolle Dinge zu schützen. Zum Glück haben sie wenigstens genug Sauerstoff.

Lennart hat offenbar einen ähnlichen Gedanken. »Ist dir eigentlich schon aufgefallen, dass die Akustik hier gar nicht schlecht ist?«

»Liegt an dem Lüftungsgitter.«

»Genau!« Er senkt die Stimme. »Ich hab mein Supertool dabei. Aber erst mal müssen wir verhindern, dass sie uns weiter beobachten. Hast du noch Kaugummi?«

Es ist nicht so einfach, einen Kaugummistreifen durch die kleinen Quadrate des Lüftungsgitters zu fummeln.

»Die Kamera ist direkt über der Tür«, flüstert sie, »und daneben ist eine zweite Öffnung mit einem Mikro.«

Eine Weile hört sie nichts, er kaut vermutlich. Dann schrappt der Eimer über den Boden, er hat ihn umgedreht und klettert darauf.

»Alles klar?«

»Jep. Nun können sie uns weder hören noch sehen.« Er ruckelt an dem Gitter. »Ich hab eine schlechte Nachricht. Das Lüftungsgitter ist in die Wand eingelassen. Da ist keine einzige Schraube dran.«

»Und nun?«

»Muss ich eben die Feilen benutzen. Wie früher, wenn Leute aus Gefängnissen ausgebrochen sind.«

Anfangs nimmt er eine schmale Rundfeile, es macht einen Höllenlärm und dauert ewig, bis er den ersten Steg durchgetrennt hat. Mia ist genervt von dem Krach, sie hat Hunger, und außerdem hat sie jegliches Zeitgefühl verloren.

»Es ist Viertel nach vier«, erklärt er ihr.

»Wenn sie dir das Smartphone abgenommen haben, woher weißt du dann, wie spät es ist?«

»Sie haben mir ein intelligentes Armband angelegt.«

»Und das kann was?«

Sie sitzen wieder Rücken an Rücken.

»Ich hatte noch keine Zeit, mich damit zu beschäftigen.«

»Kann es ins Internet gehen, E-Mails verschicken? Hast du noch die Zugangscodes von deinem Vater?«

»Auf einem Zettel in meiner Hosentasche.«

»Super. Normalerweise kann man solche Geräte intuitiv bedienen. Versuch mal ins Internet zu kommen oder ein E-Mail-Programm aufzurufen.«

Lennart schafft weder das eine noch das andere. Also feilt er weiter an dem Gitter. Mia wird immer kribbeliger. Sie versucht sich mit *Wing Tsun*-Übungen abzureagieren und tritt so lange gegen die Wand, bis sich ihre Füße taub anfühlen.

Plötzlich geht die Tür auf, Rottweiler steht vor ihr. »Was soll der Radau, hier hört euch sowieso niemand«, sagt er genervt, »und der Quatsch mit dem Kaugummi nützt euch auch nichts. Ist doch egal, ob wir euch hören oder sehen können.« Er hat für jeden einen Joghurt und eine kleine Flasche Wasser dabei. »Wir sind nicht auf Gäste eingerichtet«, brummt er. Immerhin hat er Schlafsäcke mitgebracht.

»Sie können uns nicht ewig hier festhalten.«

»Stimmt. Wir suchen da gerade eine Lösung.« Zack, die Tür ist zu.

Mia schaudert es. Im Jargon ihres Onkels bedeutet dieser Satz nichts Gutes.

Nebenan fragt Rottweiler nicht mal nach dem Supertool. Sieht er nicht, dass Lennart an dem Gitter gefeilt hat? Oder ist ihm auch das egal?

Nach dem Essen arbeitet Lennart weiter, mittlerweile kann er die größere Feile benutzen. Sie reden nicht über den Hunger, der sich nach dem mickrigen Joghurt schnell wieder meldet. Sie reden gar nicht, Stunde um Stunde feilt Lennart vor sich hin.

Auf einmal geht ohne Vorwarnung das Licht aus. Mia mag nicht mal mehr gegen die Wand treten, ein dumpfes Gefühl der Ausweglosigkeit macht sich in ihr breit. Was nützt es, wenn sie das Gitter zwischen ihren Zellen durchtrennen? Es bringt sie keinen Schritt nach draußen, ist reine Beschäftigungstherapie. Aber Lennart gibt nicht auf. Beim Licht seines Armbands feilt er so lange weiter, bis er ein Stück vom Gitter ausbrechen kann.

»Gib mal das Ding durch.« Sie kann es kaum erwarten, das intelligente Armband in den Händen zu halten.

»Ich kann es nicht abnehmen.«

»Schneid es doch einfach durch.«

»Das löst einen Alarm aus. Da sind Metallfäden eingewebt.«

»Wie nett, dass du diese Kleinigkeit erwähnst.« Sie merkt

selbst, wie ihr Ton immer schärfer wird. Die Situation ist aber auch zu nervig. »Dann steckst du eben den Arm durch das Loch, und ich versuche mit dem Gerät ins Internet zu kommen.«

Sie polstert die scharfen Kanten des Stahlgitters mit zwei Päckchen Papiertaschentüchern ab, damit er sich nicht am Arm verletzt. Lennart kriecht in den Schlafsack und legt sich so hin, dass er den Arm durch die Öffnung schieben und gleichzeitig schlafen kann. Es ist bestimmt sehr unbequem, aber er erträgt es ohne Murren. Den Rest der Nacht frickelt Mia an dem Armband herum. Anscheinend wurden bestimmte Funktionen gesperrt.

Als am Morgen das Licht wieder angeht, ist sie hundemüde, ihre Augen brennen, und die Batterie des Armbands ist leer. Sie ist keinen Schritt weitergekommen

Sie hört Schritte. »Lennart, wach auf. Da kommt jemand.«

Er zieht seinen Arm zurück und gähnt laut. Bei ihm geht die Tür auf.

Es ist Rottweiler, er entdeckt das Loch in der Wand sofort.

»Oh, wir hatten heute Nacht ein Liebespaar. Habt ihr zwei Händchen gehalten?«

Mia würde ihn am liebsten durch das Loch hindurch treten. Warum hat sie sich nur hierherführen lassen? Sie hätte sich wehren können, sie ist doch eine Kämpferin.

»Komm, Lennart, wir müssen los«, sagt Rottweiler. »Frühstück gibt es auf dem Weg.«

Dann sind sie weg. Mia wartet, aber niemand kommt, um sie abzuholen. Als sie begreift, dass auch keiner kommt, um ihr Frühstück zu bringen, tritt sie mit aller Kraft gegen die Wand. Auf einmal laufen ihr Tränen über die Wangen. Was, wenn Lennart nicht wiederkommt?

45

Während sie durch die unterirdischen Gänge gehen, darf Lennart in ein Brötchen beißen. Diesmal führt Rottweiler ihn in einen Vortragsraum. Es gibt mehrere Stuhlreihen, von denen die hinteren im Dunkeln liegen. Soweit er auf den ersten Blick erkennen kann, sitzen dort mehrere Männer mit grauem Haar. Morell steht vor einer hell erleuchteten Leinwand, Lennart soll sich in die erste Reihe setzen. Als er sich noch einmal umdrehen will, zieht Rottweiler ihn sofort herum und zeigt nach vorne, wo das Intro von PEREGRIN läuft. Die Drohne, der Falke, das Auge, das herangezoomt wird und sich ins PEREGRIN-Logo verwandelt. Wie am Tag zuvor auf dem Bildschirm in Garage 007.

»Meine Herren«, sagt Morell zu den Männern hinten, »es wird Sie sicher im Nachhinein verwundern, dass wir vor langer Zeit dieses Intro für unser Unternehmen gewählt haben, denn heute wird genau das passieren!« Er macht eine Pause, aus der letzten Reihe kommt Gemurmel. »Dieses Szenario wurde vor einigen Jahren von unserem Gründer Robert Wiesner entworfen. Wie Sie wissen, war er ein Greifvogelexperte.«

Als der Name seines Vaters genannt wird, spürt Lennart einen Stich.

»Damals waren Drohnen noch neu auf dem Markt«, fährt Morell fort, »und für den Normalbürger kaum erschwinglich. Doch von Anfang an gab es Befürchtungen, von dieser neuen Technologie könne eine Gefahr ausgehen.« Er zeigt ein neues Bild, einen Falkner mit einem mächtigen Adler. »Es stellte sich zwar heraus, dass Falken für den Kampf gegen Drohnen geeignet sind, in der Praxis setzte sich aber ein anderer Vogel durch. Heute ist es Standard, dass Kernkraftwerke und Regierungsbezirke von Kaiseradlern geschützt werden. Aber wir haben den seltenen Glücksfall, dass Robert Wiesner noch einen Falken ausgebildet hat. Denn die Entwicklung in der Drohnentechnologie geht zurzeit in die Richtung, immer kleinere Flugobjekte zu entwickeln.« Morell hält einen Miniquadrocopter hoch und wirft ihn in den Raum. Die Drohne dreht eine Runde, Lennart hört sie hinter sich und darf sich wieder nicht umdrehen. Was sind das für Männer, was soll diese Veranstaltung? Und warum tut Morell so, als sei sein Vater mit dieser Sache einverstanden gewesen?

Die Drohne kehrt zu Morell zurück, er fängt sie mit der Hand auf. »Beeindruckend, nicht wahr? Ich habe sie nur mit meiner Brille gesteuert, sie haben vermutlich nichts davon bemerkt.«

Die Männer in der letzten Reihe klatschen.

»Herzlichen Dank für den Beifall, doch machen Sie sich bitte klar, dass sie gerade nur knapp einem Anschlag entkommen sind. Solche Minidrohnen sind gefährlicher, als Sie vermuten. Wir hätten das Gerät mit Gift ausstatten können«, sagt er überheblich und genießt es ganz offensichtlich, seine Zuhörer zu schockieren, »dann wären Sie jetzt alle tot. Garantiert.«

Von hinten kommen Protestrufe, aber Morell lässt sich nicht beeindrucken. Wieder wechselt das Bild. Lennarts Vater mit Cosmo auf der Hand. »Dieser Wanderfalke hätte Sie schützen können. Er sitzt im Augenblick genau über Ihnen in einer Voliere und wartet auf seinen nächsten Einsatz.«

Was erzählt der Typ da vorne? Lennart will aufspringen und protestieren, aber es geht nicht. Er kann seine Beine nicht bewegen, Morells Stimme dringt wie durch Watte in sein Ohr.

»Durch ihre Wendigkeit sind Falken in der Lage, zwischen engen Häuserschluchten zu operieren. Ihr Einsatzbereich ist wesentlich vielfältiger als bei den schwerfälligen Adlern.« Morell blickt in Richtung Leinwand, ein kleiner Film läuft ab. Cosmo, wie er auf dem Hundetrainingsplatz eine Drohne vom Himmel holt. Dann wieder das Bild seines Vaters, es flimmert. »Der junge Mann, der den Vogel heute trainiert, sitzt übrigens in der ersten Reihe. Bitte begrüßen Sie mit mir Lennart Wiesner, den Sohn des leider viel zu früh verstorbenen Robert Wiesner.«

Rottweiler raunt ihm zu: »Aufstehen, verbeugen, hinsetzen. Mach schon!«

Lennart versucht aufzustehen. Er will sich wehren, diesen Leuten sagen, dass sie genauso unrecht haben wie damals sein Vater. Dass man Cosmo nicht für solche Zwecke missbrauchen darf. Ihnen ins Gesicht schleudern, dass sie alle Feiglinge sind. Aber er fühlt sich wie einbetoniert, nicht mal den kleinen Finger kann er krümmen. Aus dem Bild seines Vaters zucken auf einmal Blitze, dann wird es dunkel, er sitzt in dem Auto, und sie rasen auf den Baum zu.

46

Lennart spürt den Aufprall, den Airbag, der ihm die Luft nimmt, den Ruck im Nacken. Ihm ist sofort bewusst, dass es eine Erinnerung an den Unfall ist. Genauso war es. Bisher fehlte ihm dieses Stück. Er wusste nur noch, wie er ins Auto gestiegen war und die Feuerwehrleute ihn nach dem Crash herausgeholt haben. Die Zeit dazwischen war wie ausgelöscht.

Unmittelbar vor dem Unfall haben sein Vater und er darüber gesprochen, ob es richtig ist, einen Greifvogel gegen Technik einzusetzen. Sein Vater hat ihm gestanden, dass er Cosmo heimlich abgerichtet hat. Sie diskutierten lebhaft, er war abgelenkt, das Auto kam von der Fahrbahn ab. Es geriet ins Schleudern, raste auf den Baum zu.

Lennart fühlt sich plötzlich von einer großen Last befreit. Er hat nichts falsch gemacht, das Streitgespräch war nicht mal besonders heftig gewesen. Es war ein ganz normaler Unfall. Die vielen Fragen der Polizei, dieses Gefühl von Ohnmacht, weil er sich nicht erinnern konnte, die Aura-Migräne und ihre seltsamen Symptome. Hat er sich deshalb schuldig gefühlt?

Jemand klopft ihm auf die Wange. »Hey, was ist los?« Es ist Rottweiler. »Du sollst hier nicht einschlafen.«

Morell sieht ihn über die Brille hinweg an. »Alles in Ordnung mit dir?«

Anscheinend sind nur Sekunden vergangen, seit Rottweiler ihn aufgefordert hat, sich vor den Mächtigen im Hintergrund zu verbeugen. Lennart kann sich wieder bewegen, er nickt.

»Unser junger Freund ist etwas schüchtern«, erklärt Morell. »Er hatte noch kein Frühstück, sieht ein bisschen blass aus um die Nase.« Er nickt ihm freundlich zu und wendet sich dann wieder an die Männer in der letzten Reihe. »Sie werden sich fragen, wie diese Drohnen erkennen, wer der Gegner ist. Am einfachsten ist die Identifizierung natürlich, wenn die Person ein Smartphone bei sich trägt. Leider hat nicht jeder Mensch ein Smartphone, und längst nicht alle haben es ständig bei sich. Idealerweise könnte man jeden Menschen zu hundert Prozent sicher erkennen, wenn alle ein System wie dieses tragen würden.« Er greift nach Lennarts Arm mit dem Tracking-Armband und hebt ihn in die Höhe. »Leider ist unsere Regierung noch nicht dazu bereit, solche Systeme verpflichtend für alle zu machen. Es wird Ihre Aufgabe sein, sich dafür einzusetzen.«

Wieder ein Raunen von hinten.

»Bis dahin rüsten wir unsere Drohnen mit einer Gesichtserkennungssoftware aus. Derzeit hat sie allerdings nur eine Erfolgsquote von 78 Prozent.« Er erklärt, warum dieses Verfahren noch fehlerhaft ist. »Wir suchen also nach Möglichkeiten, das System weiterhin zu verbessern. Dazu wird es heute einen Einsatz unseres Falken-Teams geben. Gleichzeitig kann dieses Team beweisen, dass es auch unter widrigsten Umständen eingesetzt werden kann.«

Das nächste Bild zeigt das Testgelände des FUTURE-Instituts von oben. »Das ist ein Satellitenfoto. Auf diesem Gelände sollte heute Nachmittag die Vorführung einer neuen Technologie stattfinden. Nach unseren Recherchen geht es um eine Drohne, die mit einem völlig neuartigen Geruchserkennungsverfahren arbeitet. Sie kann Sprengstoff erschnüffeln, aber auch andere Stoffe. Im Moment gibt es nur einen Prototyp. Wir hatten geplant, den Falken dort einzusetzen, um diese Technologie für uns zu gewinnen.«

Wie sich das anhört! Sie wollen die Drohne kapern und die Technologie stehlen.

»Die Pläne haben sich geändert, die Vorführung findet nun an einem Ort statt, den Sie alle gut kennen.«

Dramatische Musik, das Sony Center wird ins Bild gezoomt. Erst von außen, dann gibt es einen Schwenk mit der Kamera innen.

»Es ist die vorerst letzte Chance, bei der wir an diese Technologie herankommen«, sagt Morell. »Wir kennen Nolan, nach dieser Pressekonferenz werden wir erst wieder von dem Produkt hören, wenn es serienreif ist.«

»Das ist nicht Ihr Ernst«, tönt es aus der letzten Reihe. »Sie wollen nicht wirklich an einem belebten Platz wie diesem eine solche Operation durchführen.«

Morell sieht erstaunt über seine Brille nach hinten. »Was bitte spricht denn dagegen?«

»Wir können doch nicht so offen agieren. Es könnte zu

einer Massenpanik kommen. Die Flugbahn der Drohne ist nicht berechenbar, und dieses Tier kann man nicht kontrollieren. Wer hat sich denn diesen Wahnsinnsplan ausgedacht? Hatten wir uns nicht darauf verständigt, in der Öffentlichkeit keine Aufmerksamkeit zu erregen?«

Morell nickt. »Natürlich haben Sie recht. Wir nehmen Ihre Bedenken ernst und haben schon im Vorfeld eine Risikoanalyse gemacht. Es wurden alle Mitarbeiter aus unserem Kader aktiviert, um bei der Operation dabei zu sein. Insgesamt werden nahezu hundert Personen mit genauen Anweisungen im Sony Center anwesend sein.« Er nimmt seine Brille ab und verschränkt die Arme hinter dem Rücken, in seinem Gesicht spiegelt sich die Vorfreude auf das, was er als Nächstes verkünden will. »Um die Wahrheit zu sagen, haben wir Nolan ausgetrickst. Er brauchte kurzfristig Sicherheitsleute, und wir haben sie ihm aus unserem Personalstamm besorgt. Außer den Wissenschaftlern und seiner persönlichen Assistentin sind alle Leute, die Nolan heute Nachmittag im Sony Center begleiten, in Wahrheit Mitarbeiter von PEREGRIN«, erklärt Morell triumphierend.

»Aber dann könnte man doch auf andere Weise die Drohne stehlen.« Eine weitere Stimme aus der letzten Reihe. »Wir wollen keinesfalls Aufsehen erregen.«

Morells Lächeln wirkt immer arroganter. »Wissen Sie, manchmal ist öffentliche Aufmerksamkeit ein Segen. Denken Sie an Zauberkünstler. Während sie mit einer spektakulären Show ihr Publikum ablenken, findet der eigentliche Trick im Verborgenen statt.«

Hinten reden alle durcheinander. Morell setzt seine Brille wieder auf. Auf der Leinwand wechselt das Bild. Das fröhliche Gesicht einer jungen Frau, blond und sommersprossig. Annika Holmgren.

»Das ist die Projektleiterin von Team *Snoopy*. Eine Schwedin, brillante Wissenschaftlerin, hochbegabt, Idealistin. Einige von Ihnen werden sie kennen, es wurde mehrfach versucht, sie für die Waffenindustrie zu gewinnen. Doch sie entschied sich für die andere Seite. Sie ist extrem vorsichtig mit Daten, arbeitet mit ihrem Team völlig abgeschottet in einem alten Bunker und ist nicht mal an das Intranet des FUTURE-Instituts angeschlossen. Wir gehen davon aus, dass sie bei diesem Termin ihren Laptop und damit die Konstruktionspläne für die Schnüffeldrohne dabeihaben wird.«

Stille im Raum.

»Unser Plan ist es, sowohl die Drohne als auch die Pläne zu entwenden. Wir werden die Verwirrung nutzen, die entsteht, wenn ein Greifvogel mitten im Sony Center einen Angriff fliegt. Annika Holmgren wird nicht damit rechnen, dass jemand ihr die Tasche mit dem Laptop entreißt.«

Morell berichtet über seine Pläne, als ginge es um die normalste Sache der Welt. Auch die Männer hinten sind zwar skeptisch, aber sie haben offenbar keine Skrupel oder grundsätzliche Bedenken.

»Was wird die Operation kosten?«

»Die genaue Kalkulation finden Sie in der Begleitmappe unter Ihrem Sitz. Darin haben wir auch unsere Zielvorstellungen erläutert. Die Entdeckung von Attentätern hat Priorität. Stellen Sie sich vor, diese Drohnen werden in Zukunft immer dann eingesetzt, wenn Massen zusammenkommen. Bei Demonstrationen, Konzerten, Weihnachtsmärkten. Wir könnten zuverlässig jede Person ausmachen, die mit Sprengstoff in Berührung gekommen ist, sie an Ort und Stelle identifizieren und sofort ausschalten. Aber unsere Vorstellungen gehen noch weiter. Durch die Kombination von Gesichts- und Geruchserkennung soll die Personenerkennung durch mobile Fluggeräte in Zukunft mit 94-prozentiger Sicherheit erfolgen, also deutlich besser als bisher.« Er hat sich richtig in Rage geredet und wischt sich die Stirn ab. »So können Sie praktisch jeden Gegner sicher identifizieren und ausschalten. Die Drohnen können ohne Steuerung von außen fliegen und wir entwickeln gerade eine Software, die in der Lage ist, völlig selbstständig Entscheidungen zu treffen. Menschliche Fehler werden auf diese Weise ausgeschlossen. Gemessen an diesen Möglichkeiten sind die Kosten für die heutige Operation geradezu lächerlich.«

This email was sent from PRG evaluation program to Kontrollzentrum MGS + Alert generated on Tuesday 23th of July at 09:41:31 AM

+++ Auslesung Überwachungskamera SXX02 erfolgreich + Registrierung 10 Personen + Identifizierung 1 Person erfolgreich + autorisierte Person SP02lorenzrottweiler + 9 Personen unbekannt + Identifizierung eingeleitet + Facetrap aktiviert + kein unbefugtes Eindringen vermutet + Aktivierung Geheimhaltungsstufe 3 + Alarmstufe 0 +++

47

Lennart muss sitzen bleiben, während Rottweiler mit den Herren über den Hof läuft, um ihnen Cosmo zu zeigen.

»Jetzt verstehst du, warum wir dich dringend brauchen«, sagt Morell zu ihm. Offenbar denkt er, sein Vortrag wäre so überzeugend gewesen, dass Lennart nun auf seiner Seite ist.

»Was waren das für Männer?«

»Leute mit Schlüsselpositionen in Technologieunternehmen. Experten, die sich mit Terrorismusbekämpfung beschäftigen. Berater für Politik und Staatssicherheit. Mächtige Leute. Sie wollen nicht erkannt werden, haben alle Pseudonyme und kommunizieren über die Wegwerf-Handy-Methode.«

Lennart versteht gar nichts.

»Ein Profi-Trick, wie Agenten ihn einsetzen. Man benötigt drei Prepaid-Handys, eins davon bekommen wir, beim zweiten richten sie eine Weiterleitung ein und zerstören es, mit dem dritten rufen sie das zweite an und können uns damit erreichen. Kann man nicht zurückverfolgen.« Er grinst. »Wir werden sie natürlich filmen, wenn sie über den Hof zu den Vogelkäfigen gehen. Und dann lassen wir ihre Bilder durchs System laufen.« Er ist stolz, weil er sich diesen Trick ausgedacht hat. »Damit haben wir sie in der Hand.«

»Wie geht es Cosmo? Wann kann ich zu ihm?«

»Smolek wird gerade aus dem Krankenhaus entlassen, dafür haben wir gesorgt. Es geht ihm nicht besonders gut, aber er kümmert sich gleich um die Vögel. Du musst erst mal richtig frühstücken.« Er klopft ihm auf den Rücken wie ein väterlicher Freund. »Was war da eben los mit dir? Ich dachte schon, du kippst um und wir müssten Smolek einsetzen.«

»Was ist mit Mia?«

»Es ging ihr doch gut, als du sie das letzte Mal gesehen hast. Wenn die Sache heute vorbei ist, lassen wir sie selbstverständlich frei. Aber vergiss nicht, wenn du nicht mitmachst oder irgendwas schiefgeht, wird sie da unten niemals gefunden werden.«

»Wir werden vermisst, die Polizei sucht bestimmt nach uns.«

Wieder wirkt Morells Lächeln überheblich. »Glaubst du, es bleibt unbemerkt, wenn wir hier mitten in Berlin solche Technologien ausprobieren? Wie sind wir wohl an die Polizeiausweise gekommen? Du denkst einfach zu klein. PEREGRIN hat eine Macht, die du dir nicht im Geringsten vorstellen kannst.«

Dieser Typ ist komplett wahnsinnig. Aber offenbar kann er völlig unkontrolliert handeln. Lennart überlegt angestrengt, wie er Hilfe holen kann. Dann hat er eine Idee: »Die Batterie meines Armbands funktioniert nicht mehr. Das Ding ist sowieso kaputt.«

Morell runzelt die Stirn. »Das kann nicht sein. Habt ihr

es die ganze Nacht als Taschenlampe benutzt? Schüttel mal den Arm.«

Lennart schlägt wild mit dem Arm, anschließend kontrolliert Morell das Armband. »Hm, es war völlig leer. Die Aufladefunktion ist okay, da musst du eben weiter schütteln. Wieso soll es kaputt sein?«

»Hat nicht mal Internet.«

Morell sieht ihn prüfend an. »Hab ich ja auch ausgestellt.« Er schüttelt den Kopf. »Bin ja nicht blöd. Du und dein Falke, ihr seid das Analog-Team. Euch kann keiner über Bluetooth oder WLAN deaktivieren. Wenn ich diese Funktionen einschalte, bist du manipulierbar.«

Er kommt gar nicht erst auf die Idee, Lennart könnte sich dann Hilfe holen oder selbst etwas manipulieren.

»Was ist denn jetzt mit Frühstück?«

Morell bringt ihn in eine kleine Küche und zeigt auf den Kühlschrank. »Bedien dich einfach.« Er schaut auf die Uhr. »In einer Stunde fahren wir, solange bleibst du hier. Ich versuch noch ein Headset für dich aufzutreiben.«

Er schließt die Tür hinter sich ab und lässt ihn allein. Lennart schüttelt den Arm, um das Armband aufzuladen, und macht sich gleichzeitig zwei Toasts mit Salami. Man weiß ja nie, wann man das nächste Mal was bekommt.

Der Kühlschrank hat einen Bildschirm, echt verrückt. Die Fernbedienung liegt auf der Arbeitsfläche. Vermutlich können diese PEREGRIN-Leute nicht mal eine Tasse Kaffee trinken, ohne auf einen Monitor zu starren. Oder es ist eins dieser modernen Geräte, die eigenständig Waren nachbestellen. Milch, Butter und Käse werden dann vom Supermarkt geliefert und gleich in den Kühlschrank geräumt. Mia will irgendwann den Späti ihrer Eltern um einen solchen Lieferservice erweitern. Sie hat immer so verrückte Ideen.

Als Lennart den Bildschirm einschaltet, ist er fast ein bisschen enttäuscht. Normales Fernsehprogramm, Nachrichten. Der Bürgermeister von Berlin möchte am Alex eine mobile Überwachungskamera ausprobieren. Schnell umschalten. Auf dem nächsten Sender geht es um Zootiere.

Wie es Cosmo wohl geht? Hoffentlich hat er noch Wasser. Wenn er ihn wenigstens einmal sehen könnte. Er drückt auf der Tastatur ein paar Knöpfe, als könne er damit eine Kamera einschalten, mit der er ihn beobachten kann.

Oh wow, das Ding hat tatsächlich einen Internetzugang! Man kann ins Netz und E-Mails verschicken. Lennart versucht sich zu erinnern, wie die E-Mail-Adresse von Sam war. Oder die von seiner Mutter. Oder die von Lucius. Ihm fällt keine ein, nur seine eigene. Aber was soll das bringen?

Der smarte Kühlschrank ist sogar an das interne Netz von PEREGRIN angeschlossen. Wie gut, dass er sich die Zugangsdaten auf einem Zettel notiert hat.

Lennart tastet seine Hosentaschen ab. Da ist der Zettel. Erst jetzt merkt er, dass es die Kopie einer Visitenkarte ist. Die Infos zum PEREGRIN-System hat er auf der Rückseite notiert.

Martin Sperber, den Namen hat er schon mal gelesen. In der Nachricht seines Vaters: »Sam Weise und Martin Sperber sind auf eigenen Wunsch endgültig aus dem Projekt ausgestiegen.« Und hat Sam den Namen nicht auch neulich erwähnt? Wer immer das ist, er kennt Sam, und er hat eine E-Mail-Adresse. Lennart schreibt ihm eine Nachricht.

```
Dies ist ein Notfall! Bitte leiten Sie diese
Mitteilung an Sam Weise weiter: PEREGRIN plant
einen Anschlag im Sony Center. Sagt die Presse-
vorführung ab! Dringend! Mia und ich sind gefan-
gen. Lennart Wiesner
```

Er schickt sofort ab, löscht die E-Mail im Postausgangsordner und leert den Papierkorb. Ein bisschen hat er doch von Mia gelernt.

Jetzt zum PEREGRIN-System. Er muss nur das Falkenauge anklicken und die Zugangsdaten eingeben, dann ist er drin. Es ist ungewohnt, mit der Fernbedienung zu navigieren. Er sucht nach dem Untermenü, mit dem man Geräte an- und ausstellen kann. Da ist es! Er klickt auf »Smart-Geräte« und sucht nach seinem Armband. Volltreffer, da steht: »Tracking-Armband LW«. »LW« kann ja nur *Lennart Wiesner* heißen. Er schaltet »GPS« auf AUS, »Internet« und »PEREGRIN-System« auf EIN. Ein bisschen kommt er sich vor wie jemand, der richtig Ahnung von Technik hat.

Weiter, er klickt auf die Kameras. Bei Cosmo ist alles okay, die Männer stehen immer noch vor den Volieren. Mias Zelle findet er nicht, aber sie hat schließlich das Kameraauge zugeklebt. Die Hochsicherheitsräume sind genau wie alle anderen Türen mit elektronischen Sicherheitsschlössern ausgestattet. Ob sie sich über das Computersystem öffnen lassen? Es gibt ein Untermenü für die Türschlösser, aber es ist völlig unübersichtlich. Man kann sich das ganze System in 3-D anzeigen lassen. Wow, das ist cool, da geht man virtuell durch die Gänge, wie in einem Computerspiel. Es werden zwei Untergeschosse angezeigt, und er kann sogar die Räume aufschließen. Mia muss sich auf der ersten Ebene befinden. Da ist der Hochsicherheitstrakt, zehn winzig kleine Räume nebeneinander. Der zweite muss es sein.

Draußen auf dem Flur nähern sich Schritte. Lennart drückt wild auf der Fernbedienung herum. Dann fällt ihm ein, dass er in der E-Mail an diesen Martin Sperber nicht mal geschrieben hat, wo sie festgehalten werden. Wie blöd kann man sein!

This email was sent from PRG evaluation program to Kontrollzentrum MGS + Alert generated on Tuesday 23th of July at 11:24:18 AM

+++ Auslesung Überwachungskamera SXX02 erfolgreich + Registrierung 1 Person + Identifizierung erfolgreich + autorisierte Person HM01harrosmolek + Aktivitätsprotokoll: Fütterung WFCm2014 + Fütterung SEBt1998 + Alarmstufe 0 +++

48

Lennart drückt den roten Knopf der Fernbedienung, der Bildschirm wird dunkel. Keine Sekunde zu früh, die Tür geht auf, Morell und Rottweiler stehen vor ihm.

»Na, bereit für den großen Einsatz?«, fragt Morell. »Dein Team muss heute gewinnen.«

Rottweiler sieht sich misstrauisch um. »Hier stimmt was nicht, ich seh das doch. Was hast du angestellt, Junge?«

Lennart bemüht sich um einen harmlosen Gesichtsausdruck und zeigt die Fernbedienung. »Hab ferngesehen.«

Rottweiler nimmt ihm die Fernbedienung weg und schaltet das Gerät ein. Sofort erscheint das PEREGRIN-Intro.

»Ich wusste es«, sagt er wütend zu Morell, »wir können ihm nicht trauen. Er hat schon wieder rumgeschnüffelt. Der ganze Plan ist in Gefahr.«

»Und jetzt?« Morell wirkt ratlos.

»Er wird uns verraten!« Rottweilers Augen funkeln. »Wie sein Vater.«

»Aber ohne den Jungen klappt es nicht.«

»Das sagst du schon die ganze Zeit. Jetzt siehst du, dass wir ihn nicht unter Kontrolle haben.«

Morell stellt sich vor Lennart und sieht ihm ins Gesicht. »Was hast du im PEREGRIN-System gemacht?«

»Ich wollte nur schauen, wie es Mia geht.«

Rottweiler lacht rau. »Die hat Kaugummi vor die Linse geklebt, schon vergessen? Also, was hast du im System gemacht?«

»Nichts. Ich hab nach Cosmo geschaut.«

»Ich glaub dir kein Wort!« Rottweiler stampft mit dem Fuß auf. »Wir können ihm nicht trauen, Abraham! Dann muss eben Smolek ran. Den haben wir wenigstens im Griff. Wenn der hört, dass wir die Kinder haben, macht er alles für uns.« Er packt Lennart am Arm. »Diesmal sperren wir dich in einen richtigen Kerker. Kein Händchenhalten.«

Morell versucht zu widersprechen: »Aber ...«

»Kein aber! Ich bring ihn runter, und du prüfst, was er im System gemacht hat. Dann packst du dir Smolek. Er soll den Vogel fertig machen, wir fahren gleich los. In eineinhalb Stunden ist Showtime.«

Rottweiler schiebt Lennart zur Tür hinaus und durch den Gang zum Aufzug. Er drückt auf den Pfeil nach unten. Was ist da unten in dem zweiten Untergeschoss?

Der Aufzug fährt hinab, es fühlt sich an, als würde die Temperatur schlagartig sinken. Unten im Flur geht automatisch das Licht an. Ein Tier huscht weg, eine Maus oder Ratte. Die Wände sind aus nacktem Beton, der kurze Gang führt auf eine schwere grüne Metalltür zu, die mit zwei Riegeln verschlossen ist. »Hier unten war früher die zentrale Energieversorgung für das Gelände.« Rottweiler schiebt die Riegel zurück. »Darf ich vorstellen: unser Müllkeller.«

Ein süßlich-ekliger Geruch schlägt ihnen entgegen. Im

Schein des Flurlichts kann Lennart mehrere Abfallcontainer erkennen, rechts an der Wand stehen Kisten mit elektronischen Bauteilen. Der Raum wirkt groß, links gibt es eine Anlage, in der Papier geschreddert und zu Ballen verpresst wird. Lennart spürt, wie sein Herz zu hämmern beginnt. Wenn sie ihn hier einsperren, findet ihn niemand. Aber vor allem kann er nicht verhindern, dass sie Cosmo in Gefahr bringen.

Bisher hat er sich nicht gewehrt, Rottweiler wird nicht mit einem Angriff rechnen. Mia hat beim Training mal einen Spruch gebracht, der ihm jetzt in den Sinn kommt: »Mit der Elle gibt's die Kelle.«

Der angebliche Polizist tastet nach dem Lichtschalter, der perfekte Moment. Lennart reißt den Arm hoch und stößt mit dem Ellbogen gegen seinen Hals. Er trifft ihn nur seitlich, trotzdem schnappt sein Gegner nach Luft und lässt ihn los. Lennart springt vor, dreht sich um und geht mit Kettenfaustschlägen auf ihn los. Er brüllt dabei, es fühlt sich großartig an. Endlich kann er sich wehren, kann diesem Fiesling seine Wut entgegenschleudern.

Aber Rottweiler hat die erste Überraschung schnell überwunden. Noch bevor Lennart begreift, dass er zum Gegenangriff übergeht, hat er ihn auch schon auf den Boden gezwungen und hält ihn im Schwitzkasten. »Nicht mit mir, mein Junge. Du weißt wohl nicht, was beim Polizeisport abgeht. Dagegen sind deine Verrenkungen lächerlich.« Er zerrt ihn hoch und schleift ihn in die Mitte des Raums. »Und jetzt ab in den Kerker. Ich hab dir nie vertraut, dein Vater war auch so ein falscher Fünfziger. Hat erst die Truppe aufgebaut und dann einfach aufgelöst.« Er gibt ihm einen Fausthieb in die Magengrube.

Lennart sackt zusammen, der Schmerz raubt ihm jeden Willen. Er hat das Gefühl, sich gleich übergeben zu müssen.

An der Tür dreht Rottweiler sich noch einmal um. »Du solltest hoffen, dass heute im Sony Center alles klappt. Bei so einem Einsatz kann viel schiefgehen. Und wenn uns was passiert, wird niemand erfahren, wo du steckst.«

Dann hört Lennart, wie er die Tür schließt und die Riegel vorschiebt.

This email was sent from PRG evaluation program to Kontrollzentrum MGS + Alert generated on Tuesday 23th of July at 12:54:11 PM

+++ Auslesung Überwachungskamera SXX02 erfolgreich + Registrierung 3 Personen + Identifizierung erfolgreich + autorisierte Person HM01harrosmolek + autorisierte Person SP02lorenzrottweiler + autorisierte Person SP07abrahammorell + Aktivitätsprotokoll: Mitnahme WFCm2014 und HM01harrosmolek + Alarmstufe 0 +++

49

Mia schreckt auf, sie war eingeschlafen und hatte kurz vergessen, dass sie immer noch in dem Hochsicherheitsraum mit den Metallwänden ist. Ihr Magen knurrt, sie hat unerträglichen Durst, und die Verletzung an der Hand klopft. Wie lange wollen diese Typen sie denn noch gefangen halten? Was ist mit ihrer Familie, haben ihre Eltern schon die Polizei eingeschaltet? Und wo ist Lennart?

»Lennart, bist du da?«

In der Wand klafft das Loch, aber von drüben kommt keine Antwort. Sie hat kein Zeitgefühl, es könnte schon Mittag sein. Die Vorführung im Sony Center ist um zwei Uhr, ob Lennart bei dem Vorhaben der falschen Polizisten mitmacht? Erpressen sie ihn?

Sie muss an das Angebot von Rottweiler denken, für PEREGRIN zu arbeiten. Natürlich hat sie erst mal abgelehnt, aber wäre das wirklich so schlecht?

Mia schaut durch das Loch, in seiner Zelle steht noch eine halbe Flasche Wasser, doch sosehr sie sich reckt, sie kommt nicht ran. Es kann doch nicht sein, dass sie hier verdurstet, während diese Flasche in fast erreichbarer Nähe steht. Lennart wüsste jetzt sicher eine Lösung, er würde vermutlich aus dem Papier feine Streifen reißen, daraus ein Lasso flechten und mit einem Wurf die Flasche einfangen. Für ihn ist so was leicht, er kann sicher auch mit einer Lupe Feuer machen oder nur mit seinem Supertool eine Hütte bauen.

Wäre doch gelacht, wenn sie das nicht könnte. Sie sammelt die Papiere ein, setzt sich damit auf den Boden und liest jedes einzelne durch, bevor sie es in Streifen reißt. Wie sie schon befürchtet hat, kann die neue Kamera auf der Außenfläche auch Sprachaufnahmen machen. »Geheimnisverrat«, vermutet das Programm in einer der E-Mails. Gruselig, wenn ein Computerprogramm solche Vermutungen anstellt.

In einer anderen E-Mail wird erklärt, eine Auslesung der Kamera sei nicht möglich, weil eine Sichtbehinderung bestehe. Das Programm geht aufgrund der Audioauswertung von drei Personen aus und identifiziert sie und Lennart über die Stimmen. Ja, stimmt, da war Sticker mit auf der Außenfläche. Hat er die Kamera abgedeckt, damit er nicht erkannt werden kann?

Es ist alles so verworren. Statt dünner Streifen hat sie lauter Papierschnipsel produziert. Sie hat einfach nur Durst und kann nicht mehr denken. Und blöde Papierlassos flechten kann sie schon gar nicht.

Mia springt auf und tritt mal wieder gegen die Wand. Die nächste Beule im Edelstahl. Eigentlich müsste sie ihre Kräfte sparen, aber irgendwo muss ihre Wut ja hin.

Plötzlich bewegt sich die schwere Stahltür. Was ist das, sie ist ja offen. Wie ist das passiert?

Sie zieht vorsichtig an der Tür und horcht in den Flur hinein. Nichts. Was soll sie tun? Auf Lennart warten? Bloß weg hier, sagt ihre innere Stimme.

Mia schleicht durch den Flur, immer darauf gefasst, jeden Moment Rottweiler in die Arme zu laufen. Aber niemand ist da, die Gänge sind nur spärlich beleuchtet. Ob die alle mit zum Sony Center gefahren sind? Wie viele Leute halten sich hier normalerweise auf? Auch als sie mit dem Aufzug hochfährt, ist kein Mensch zu sehen. Es ist fast zu einfach. Der Container lässt sich von innen mit einem Nothebel öffnen, sie rennt über die Außenfläche zu der hinteren Tür.

Während sie versucht, sich Harros Bild mit den Codes ins Gedächtnis zu rufen, sieht sie sich nervös um. Hoffentlich bedeutet »HC« wirklich *Hintertür-Code*. Zum Glück kann sie sich gut Zahlen merken. Sie tippt ein, und ihr Herz macht einen Sprung: Die Tür geht tatsächlich auf.

Dann ist sie draußen, hupende Autos mit Berliner Kennzeichen rasen vorbei. Noch nie war es so schön, am Straßenrand zu stehen. Minutenlang steht sie da und starrt einfach vor sich hin.

Erst als jemand auf der anderen Straßenseite hartnäckig winkt, wird sie schlagartig wach. Sie erkennt Amin, er trägt einen schwarzen Kampfanzug. Seine Freunde spielen vor dem türkischen Laden, sie trainieren Tritte und Stöße. Sie hat ihm neulich den Tipp mit den Internet-Tutorials von Master Wong als Dankeschön für das Video geschickt. Er sieht ihr gelassen entgegen, als sie über die Straße auf ihn zugeht. »Kann ich dir helfen, Mia?«

Natürlich kann er, sie trinkt seine Wasserflasche in einem Zug aus und ruft mit seinem Handy ihren Vater an.

Onkel Phong und er kommen sie abholen. Zu Hause im Späti sitzt die halbe Familie im Hinterzimmer, ihre Mutter sieht übernächtigt und verheult aus. Sie stürzt sofort auf Mia zu und umschlingt sie geradezu.

»Mai, was ist dir zugestoßen? Wir haben uns solche Sorgen gemacht.«

Sie sind zwar davon ausgegangen, dass sie entführt wurde, haben aber nicht die Polizei eingeschaltet, weil Phong befürchtete, es habe mit seinen Geschäften zu tun. Mia versucht ihnen zu erklären, was passiert ist. Sie ist immer noch durcheinander.

»Ich muss ins Sony Center und noch mal zu den Hallen und in die Container und in die Räume darunter. Lennart suchen. Und in den *Storage Room* 007. Da ist auch noch mein Handy.« Sie kann nicht mal entscheiden, was sie zuerst tun soll.

»Auf keinen Fall«, sagt ihre Mutter. »Du bleibst hier!«

Onkel Phong macht eine Geste, sie solle still sein. Er hat die ganze Zeit konzentriert zugehört. »So geht man nicht mit einem Mitglied meiner Familie um! Ich werde das regeln.« Er holt sein Handy raus. »Verlasst euch auf mich.«

50

Lennart hält sich die Nase zu. Lange kann er diesen Gestank nicht aushalten, aber das ist wohl sein geringstes Problem. Mit der anderen Hand macht er ständig Bewegungen, damit sich das Armband auflädt. Auch wenn es mehr als unwahrscheinlich ist, hier Internet-Empfang zu bekommen. Hoffentlich hat Morell die Freischaltung für das Armband nicht entdeckt und rückgängig gemacht.

Je mehr er darüber nachdenkt, desto weniger kann er glauben, dass er von hier aus jemanden erreichen kann. Er muss sich auf sich selbst verlassen und versuchen, möglichst schnell hier rauszukommen.

Auf dem Boden sind Spuren von den Abfallcontainern zu sehen, die offenbar regelmäßig hin- und hergeschoben werden. Oben auf der Außenfläche wird der Müll in einem abgetrennten Bereich gesammelt, vielleicht gibt es da ja einen Lastenaufzug. Lennart folgt den Spuren, am anderen Ende des Raums stößt er auf eine weitere grüne Metalltür, die mit Riegeln verschlossen ist. Sie lässt sich problemlos von innen öffnen. Hat Rottweiler nicht daran gedacht, oder führt sie in eine Sackgasse?

Er nimmt den einzig möglichen Weg, an den Wänden verlaufen rostige Heizungs- und Abflussrohre. Das Licht des

Armbands ist nur schwach, er muss die ganze Zeit den Arm schütteln. Als sich die Gänge verzweigen, folgt Lennart weiter den Spuren der Abfallcontainer. Da vorne ist ein spärlicher Schein, er erkennt einen Behälter, von oben kommt Licht.

Der Container steht offen, darin befindet sich Elektronikschrott. Computertastaturen, defekte Drohnen, Steuerungsgeräte. Es gibt keinen Lastenaufzug, aber einen Müllschacht. Lennart schiebt den Container beiseite und sieht den Schacht hoch. Er ist rechteckig und gerade mal so groß, dass ein Junge darin hochklettern könnte. Aber es gibt keine Tritte oder Bügel, wie soll er da hochkommen?

Er braucht ein Seil und eine Möglichkeit, es oben sicher zu befestigen. Das Seil ist nicht das Problem, es gibt genug Kabel, die er abschneiden und aneinanderknoten kann. Früher in seinen Kinderbüchern benutzten die Piraten Enterhaken, etwas Ähnliches könnte er hier aus den Metallresten basteln. Aber wie soll er den Enterhaken mit dem Seil durch den Schacht hochwerfen? Und dann auch noch sicher verhaken? Unvorstellbar.

Ein Blick auf das Armband, Nolans Presseveranstaltung beginnt in einer Dreiviertelstunde. Die Leute von PEREGRIN werden alle schon da sein, er muss sich beeilen.

Lennart schnappt sich einige der Fernbedienungen und testet sie der Reihe nach durch. Als sich im Container etwas bewegt, zuckt er zusammen. Er hat nicht wirklich erwartet, dass da noch funktionierende Geräte drin sind. Gezielt sucht er mit den Steuerungsgeräten nach funktionierenden

Drohnen und hat nach wenigen Minuten mehrere Fluggeräte nebeneinander auf dem Boden liegen. Zwei sind baugleich, und bei einem ist offenbar nur ein Rotor kaputt. Kann man leicht austauschen. Eine Paketdrohne mit kräftigen Greifarmen, laut ihrem Schild ist sie für Lasten bis fünf Kilo zugelassen. Wie schwer ist ein zusammengeknotetes Kabel von ungefähr zehn Meter Länge? Kann das überhaupt funktionieren?

Die Drohne hebt tatsächlich ab, nachdem er den Rotor ausgetauscht hat. Am liebsten würde Lennart einen Luftsprung machen. Fieberhaft knotet er das Seil zusammen und befestigt den Enterhaken daran, dann schickt er die Drohne mit ihrer Last los. Sie steigt im Schacht hoch, er bedient nur den Hebel für die Höhe. Langsam, vorsichtig, nicht am Rand anstoßen, sonst ist die Mission schnell beendet. Auf dem Monitor der Fernbedienung kann er Bilder von der Kamera sehen. Noch ein kleines Stück, er hält vor Spannung die Luft an.

Endlich, sie ist draußen! Lennart lässt die Drohne um sich selbst drehen, um sich einen Überblick zu verschaffen. Der Müllplatz ist mit einem stabilen Holzzaun umgeben, er schließt mit Metallzacken ab. Eigentlich ideal, die Drohne muss den Enterhaken nur über den Zaun tragen. Die Richtung stimmt. Weiter, weiter, das Ende des Seils hebt schon vom Boden ab. Es gelingt, die Drohne ist über den Zaun hinweg!

Puh, das hat er schon mal geschafft. Jetzt nur noch den Hebel für die Greifarme umlegen und den Haken loslassen. Oh nein! Die Drohne rast mit einem Affenzahn los, er hört von oben einen Crash, der kleine Bildschirm des Steuerungsgerätes zeigt nichts mehr an. Verdammt, er hat den Zug des Seils nicht bedacht! Er hätte die Geschwindigkeit runterfahren müssen.

Plötzlich wird ihm klar: Das hier ist sein einziger Versuch.

Vorsichtig zieht er am Kabelseil. Oben schrappt der Haken am Zaun hoch, es ist nur ganz leise zu hören. Weiter ziehen, vorsichtig, nicht zu hastig. Zack!

Der Haken hat sich verkeilt, yippieyeah! Am liebsten würde er tanzen. Lennart prüft nicht mal, ob das Seil ihn hält, er klettert einfach los. Er schwitzt, und sein Kopf dröhnt vor Anstrengung, aber es fühlt sich an, als wäre er unbesiegbar.

Geschafft! Er ist oben. Erst mal tief durchatmen. Die Sonne scheint, kein Wölkchen am Himmel. Die Tür des Holzzauns ist abgeschlossen. Lennart schnappt sich einen Spaten und zertrümmert das Schloss mit einem Schlag. Wäre doch gelacht, wenn er sich von so einer lächerlichen Bretterbude aufhalten ließe.

Berta sitzt allein in ihrer Voliere, Cosmo ist nicht da. Sie haben ihn also wirklich mitgenommen. Die Transportbox ist auch weg. Lennart läuft zu seiner Garage und packt schnell ein paar Sachen zusammen: Geld, Falknerhandschuh, Futter für Cosmo. Im letzten Moment steckt er noch das Bild ein, das Harro ihm geschenkt hat. Sein Vater als Junge mit einem Greifvogel auf dem Arm. Es soll ihm Glück bringen.

In der Halle sind ungewohnt viele Leute unterwegs, Lennart möchte niemandem begegnen. Er schleicht über das Außengelände zur hinteren Tür, die sogar offen steht, und ruft mithilfe des Tracking-Armbands ein Taxi. Wenigstens etwas, wozu dieses blöde Ding gut ist. Gerade als das Taxi kommt, schneidet er es mit der Schere seines Supertools durch. Sofort blinkt ein rotes Warnsignal auf.

»Können Sie das für mich entsorgen?«, fragt er den Taxifahrer.

Er grinst. »Cooles Spielzeug. Nehm ich meinem Sohn mit.«

»Besser nicht«, sagt Lennart. »Schenken Sie ihm ein Taschenmesser. Da hat er mehr von.«

This email was sent from PRG evaluation program to Kontrollzentrum MGS + Alert generated on Tuesday 23th of July at 13:15:27 PM

+++ Generalalarm + Ausfall aller Überwachungssysteme + Sabotage erwiesen + Eindringen nicht autorisierter Personen + Anzahl nicht feststellbar + Identifizierung nicht möglich + Alarmstufe 5 +++

51

Als Lennart im Sony Center ankommt, sind die ersten Stuhlreihen vor der Bühne bereits von Männern und Frauen mit Notizblöcken besetzt. Fotografen richten ihre Kameras aus, ein Filmteam verlegt letzte Kabel, jemand tüftelt an den riesigen Videowänden, die rechts und links von der Bühne aufgestellt wurden. Vorbeigehende Menschen bleiben stehen, schauen auf das angekündigte Programm und setzen sich spontan hinzu. Vor allem Jugendliche möchten den berühmten Taurus Nolan live erleben. Die Veranstaltung wurde also nicht abgesagt. Hat Sam die Nachricht nicht bekommen, oder wollte Nolan mal wieder mit dem Kopf durch die Wand?

So ganz funktionieren die Videowände noch nicht, es gibt Bild- und Tonausfälle, aber auch kurze Filmsequenzen, die das Publikum zeigen. Der Techniker sieht sich nervös um. Er trägt T-Shirt und Shorts und wirkt damit, als hätte man ihn direkt aus dem Urlaub zur Arbeit gerufen. Eigenartig!

Die Pressevorführung soll in fünf Minuten beginnen, wenig Zeit, um Cosmo und Harro zu finden. An jeder Ecke stehen Sicherheitsleute in blauen Anzügen und starren scheinbar durch die Menschen hindurch. Sie sind alle mit Headsets ausgerüstet. Von Zeit zu Zeit schauen sie nach oben zur Terrasse der *Bel Étage*, als müsse dort jeden Moment ein Ufo erscheinen.

Lennart hat das Gefühl, gegen den Strom zu schwimmen. Die Menschenmassen bewegen sich immer genau in die andere Richtung, egal wohin er geht. Es wird jede Minute voller, dabei ist es ein ganz normaler Dienstag. Aber die Mittagszeit ist gerade vorbei, und die Leute strömen von der Pause wieder zur Arbeit. Jetzt zeigen die Videowände wieder das angekündigte Programm an, der ungewöhnliche Techniker packt seine Sachen in einen Reisekoffer. Ob der Typ immer Werkzeug dabeihat, wenn er verreist?

Lennart konzentriert sich auf den Raum. Wie würde man vorgehen, wenn man einen Anschlag mit einem Greifvogel an einem belebten Ort wie dem Sony Center plant? Wahrscheinlich hat Harro Cosmo in die Transportbox gesetzt, damit er ruhig bleibt und kein Aufsehen erregt. Lennart vermutet, dass sie in der Nähe der Bühne auftauchen werden, wenn Nolan mit der Show beginnt.

Da ist Morell! Fast hätte er ihn nicht erkannt. Lennart duckt sich hinter eine Palme. Morell sitzt in einem Café, hat eine schwarze Mütze aufgesetzt und trägt eine große Sonnenbrille mit Spiegelgläsern. Auf dem kleinen runden Tisch vor sich hat er seinen Tabletcomputer aufgestellt und tippt mit einem Digitalpen darauf herum. Bestimmt hat er da einen Lageplan, auf dem die Position der Sicherheitsleute angezeigt wird. Vielleicht trägt Cosmo mittlerweile auch einen Sender. Lennart versucht sich von hinten zu nähern, um einen Blick auf den Bildschirm zu werfen.

Es wird unruhig, die Sicherheitsleute drängen die Leute nach hinten und versuchen eine Gasse zu bilden. Plötzlich setzt Musik ein, wieder stammt sie aus den *Star Wars*-Filmen. Wie beim Stadioneinzug einer Sportmannschaft kommt Nolan mit seinen Leuten durch die Gasse. Sie tragen leuchtend rote Basecaps und winken nach allen Seiten, marschieren durch die Stuhlreihen zur Bühne. Überall auf den Werbeflächen werden Bilder von Nolan gezeigt, wie er lässig in Jeans, weißen Turnschuhen, hellem Jackett und rotem Cap durch die Mengen geht und sich wie ein Popstar feiern lässt.

Er läuft die Stufen zur Bühne hoch, oben wird ihm ein Mikro gereicht.

»Hey guys, I'm very impressed. Ich dachte, wir würden hier eine kleine intime Pressekonferenz haben.«

Alle lachen, auf den Videowänden rechts und links wird Feuerwerk eingeblendet. Nolan geht vorn an den Bühnenrand, betrachtet einen der Bildschirme und sagt: »Ich wollte echtes Feuerwerk, aber meine Techniker hören nicht auf mich.« Wieder lachen die Journalisten und schreiben fleißig auf. »Manchmal ist es gut, wenn meine Leute sich nicht von mir in die Karten schauen lassen. Really good! Heute werde ich Ihnen ein Projekt vorstellen, bei dem das Team wirklich ungewöhnliche Wege gegangen ist. Darf ich auf die Bühne bitten: Annika Holmgren und ihr Team *Snoopy*!«

Sie gehen die Stufen hinauf, die schwedische Wissenschaftlerin bleibt bei ihrem Chef vorne, ihre Mitarbeiter stellen sich im Hintergrund in einem Halbkreis auf. Die

Bildschirme zeigen das Gesicht von Annika Holmgren, ihre weißblonden Zöpfe, ihre Sommersprossen, ihr fröhliches Lachen. Sie winkt den Leuten zu, in der anderen Hand trägt sie einen Rucksack.

»Annika, erzähl uns doch mal von eurem Projekt«, bittet Nolan und zeigt auf ihren Rucksack. »Aber zuerst erklär uns, was es damit auf sich hat.«

Sie packt einen Laptop aus. »Wir haben das Projekt nicht nur in einem abgeschlossenen Labor entwickelt, wir waren auch digital vollständig von der Außenwelt abgeschlossen«, sagt sie in sein Mikro. »Kein Internet, keine E-Mails, jeder hatte einen Rechner wie diesen, und wir waren direkt über LAN-Kabel miteinander verbunden.« Das Publikum klatscht verhalten, sie packt den Laptop wieder ein.

»Vielleicht sieht so das Arbeiten der Zukunft aus«, sagt Nolan, »keine Ablenkung, aber vor allem keine Chance für Hacker und Spione.« Er gibt ihr das Mikro und geht applaudierend einen Schritt zurück.

Annika wendet sich ans Publikum. »Meine Damen und Herren, die nächsten Bilder sind nichts für empfindliche Menschen. Wir haben extra keine Musik unterlegt, bitte schließen Sie Ihre Augen, wenn Sie es nicht aushalten können, wenn ein Tier stirbt.«

Sie zeigt auf eine der Videowände, dort wird eine Art Wüste gezeigt. Verlassene Gebäude, eine einsame Ziege streift auf der Suche nach ein paar Gräsern durch das trockene Gebiet. Die Kamera zoomt kurz auf eine unscheinbare Stelle, es sieht aus, als wäre da ein Schrottteil vergraben. Wieder zurück auf den gesamten Schauplatz, die Ziege nähert sich nichts ahnend und frisst munter. Im nächsten Moment fliegt die idyllische Szene in die Luft. Ohne Vorwarnung. Staub schießt nach allen Seiten, man kann sich lebhaft vorstellen, wie die Ziege völlig zerfetzt wird.

»Das war eine Landmine«, sagt Annika, »in einem ehemaligen Kriegsgebiet. Wir alle denken das Gleiche, wenn wir solche Bilder sehen: Wenn dies keine Ziege, sondern ein Kind gewesen wäre…« Sie macht eine Pause. »Wenn es mein Kind gewesen wäre, oder das Kind meiner Schwester…« Wieder eine dramatische Pause. »Denn es kann jeden treffen.« Die nächsten Bilder zeigen Szenen nach Anschlägen in Paris und London. Dunkelheit, Menschen in Panik, Krankenwagen, Stofftiere, Kerzen und Briefe. »Auch in unseren Städten gibt es Anschläge mit Sprengstoff, wie Sie alle wissen.«

Sie öffnet ihren Rucksack, diesmal holt sie ein schlichtes, schwarzes Kästchen heraus. Es ist gerade so groß, dass es auf ihrer Handfläche Platz findet. Sie hält es hoch, als wäre das ein Würfel aus Gold. Jemand aus ihrem Team übernimmt das Mikro, während sie das Kästchen öffnet und eine Drohne herausnimmt. Die Kamera fährt darauf zu, auf allen Bildschirmen des Sony Centers ist der kleine Quadrocopter zu sehen. Vier Rotoren, auf den ersten Blick sieht er nicht viel anders aus als die Spielgeräte, mit denen Cosmo geübt hat.

Annika schaut in die Gesichter und lächelt. »Bestimmt denken Sie jetzt: So was haben meine Kinder zu Hause.

Aber ich garantiere Ihnen, dieser kleine Prototyp hier ist einzigartig. Er fliegt allein, ganz ohne Fernbedienung.«

Ein Raunen unter den Journalisten.

»Nur mit seiner eigenen künstlichen Intelligenz. Er hat Kameras und Sensoren, die es ihm ermöglichen, seine Umgebung selbstständig zu erkunden und zu bewerten.«

Lennart sieht zu der Stelle, wo Morell eben noch saß. Er ist weg. Verdammt, er hat nicht aufgepasst. Wo könnte Harro mit Cosmo sein? Hinter der Bühne, daneben oder sogar darüber? Lennart versucht sich vorzustellen, wie er an Harros Stelle denken würde. Wichtig ist, dass der Falke seinen Falkner sicher in der Menge erkennt. In einer unübersichtlichen neuen Umgebung wäre eine erhöhte Position ideal.

Auf der Bühne geht die Show weiter. Die Bildschirme zeigen eine Animation, in der die wichtigsten Funktionen des kleinen Fluggerätes erklärt werden. Nolan ist wieder nach vorne gekommen. »Sein Prozessor reagiert hundertmal schneller als ein Mensch«, sagt er gerade.

»Aber das Besondere ist: Diese Drohne kann riechen!«, ergänzt Annika stolz. »Sie erschnüffelt geringste Mengen an Sprengstoff. Damit können wir jede Sprengfalle aufspüren.«

»Und deshalb haben wir unsere Neuentwicklung *Snoop-Cop* genannt. Ein elektronischer Hilfspolizist, der Sprengstoff besser riechen kann als jeder Polizeihund.« Nolan hält die Hand auf, Annika stellt die Minidrohne auf seine Handinnenfläche und sieht ihm dabei lange in die Augen. Lennart kann sich vorstellen, was dieser Blick sagen soll.

Es erfordert viel Vertrauen, ihm nach dem Vorfall neulich auf dem Testgelände des FUTURE-Instituts überhaupt noch ein Gerät anzuvertrauen. Immerhin fliegt dieses Ding selbstständig, Nolan kann es nicht gegen die nächste Wand brettern.

Lennart guckt sich weiter um. Da ist Harro! Mittendrin in der Zuschauermenge, auf dem Stuhl daneben steht Cosmos Transportbox. Und dann sieht er auch Rottweiler, der sich neben der Bühne herumdrückt. Er starrt Harro an, lässt ihn keine Sekunde aus den Augen.

Nirgendwo Polizei. Seine Nachricht an Sam ist nicht angekommen, das ist mal Fakt. Sie werden Cosmo fliegen lassen, hier in dieser Umgebung, da oben zwischen den Stahlseilen. Und das muss er auf jeden Fall verhindern.

52

Mia sitzt im Auto neben ihrem Vater, er redet schon die ganze Zeit auf sie ein. »Du bist auf dem besten Weg, in illegale Aktivitäten hineingezogen zu werden. Wir als deine Eltern können das nicht zulassen, Mai.« Sie halten an einer Ampel. Da hinten ist das Sony Center, sie kann das Kuppelzelt zwischen den Hochhäusern sehen. »Wir denken darüber nach, dich für ein Jahr nach Vietnam zu deiner Großmutter zu schicken.«

»Sorry, Paps!« Sie drückt ihrem Vater einen Kuss auf die Wange. »Können wir später darüber reden?« Sie reißt die Tür auf, springt aus dem Auto und rennt einfach los, ohne sich noch einmal umzusehen. Sie weiß, dass ihr Vater jetzt sehr enttäuscht sein wird, aber das hier ist schließlich ein Notfall.

Im Sony Center muss sie sich erst mal orientieren. Auf allen Leinwänden ist Taurus Nolan in Großaufnahme zu sehen, sie bleibt vor einem der Bildschirme stehen.

»Sie werden sich fragen, ob dieses Gerät auch funktioniert«, sagt er gerade. »Nun, deshalb haben wir hier im Sony Center eine Sprengladung versteckt.«

Eine Sprengladung? Der ist wohl wahnsinnig. So was kann Panik auslösen. Sie hört Rufe, die aus der Mitte des Centers kommen. Die Leute reden von einer Bombe.

Nolan versucht zu beschwichtigen. »No panic. Bitte bleiben Sie ruhig. Wir haben drei Gramm Sprengstoff in einer Bombenattrappe versteckt, das ist weniger als in vielen Feuerwerkskörpern. Es gibt keinen Zünder, und wir haben dies selbstverständlich mit dem Centerbetreiber abgesprochen.« Er zeigt in die Runde. »Vertrauen Sie mir und den vielen Sicherheitskräften hier. Uns geht es wirklich nur darum, Ihnen zu zeigen, dass unser *Snoop-Cop* diese winzige Menge findet.« Er hält eine kleine Drohne hoch, die Kamera zoomt darauf. Sieht edel aus, ein Hightech-Gerät vom Feinsten.

»Wie Sie eben gehört haben, fliegt er ohne Steuerung von außen, denn Menschen machen Fehler. Sie haben Gefühle, sind parteiisch, entscheiden aus dem Bauch heraus. Aber die menschliche Intuition hat ausgedient. *Snoop-Cop* ist unbestechlich, er entscheidet nach Logik. Wir werden eine Firma gründen, die ihn weiterentwickelt. In spätestens fünf Jahren wird jeder Polizist auf diesem Erdball einen *Snoop-Cop* dabeihaben, und dann wird er nicht nur Sprengstoff und Drogen erschnüffeln können. Unsere Planung geht weiter, wir werden ihn mit einer eigenen Sprengladung versehen, damit er seinen Polizisten vor Angreifern schützen kann.«

Wieder rufen die Leute dazwischen, sie sind skeptisch, und manche lachen sogar.

Mia lässt sich von den Menschen mitziehen, die in die Mitte des Centers strömen. Alle wollen mitbekommen, was passiert, wenn Nolan die Minidrohne auf die Suche nach dem Sprengstoff schickt. Wahnsinn, dass niemand Angst vor einer möglichen Panik hat.

Ein Mann mit Glatze kommt ihr entgegen, er sieht ihr überrascht in die Augen. Sie hat das Gefühl, ihn schon einmal gesehen zu haben. Er trägt typische Touristen-Kleidung: Shorts, T-Shirt mit dem Berliner Bären und eine Kamera um den Hals. Außerdem hat er einen Rollkoffer dabei, ist vielleicht gerade erst angekommen. Unwahrscheinlich, dass sie sich kennen. Schnell läuft Mia weiter.

Drinnen ist die Stimmung aufgeheizt. Einige Leute sind von ihren Sitzen aufgestanden und rufen hoch zu der Bühne, auf der Nolan steht.

»Please, Ladies and Gentlemen! Bitte bewahren Sie Ruhe. Natürlich haben wir uns Gedanken gemacht, wie eine künstliche Intelligenz nicht nur logisch, sondern auch fair und gerecht entscheiden kann. Deshalb haben wir beschlossen, dass jegliche Robotik, die von unseren Instituten und Firmen entwickelt wird, immer mit einem universellen Gewissen verbunden sein soll.« Er zeigt nach oben auf eines der Gebäude, ein Spot leuchtet einen Balkon an. »Meine Damen und Herren, dies ist eine Weltpremiere. Bitte richten Sie Ihre Kameras nach oben, the FUTURE-Institut proudly presents: LUCIUS!«

Langsam kommt Lucius nach vorne ins Licht. Sam ist bei ihm, er bleibt im Hintergrund. Die Profi-Fotografen veranstalten ein wahres Blitzlichtgewitter, auf diese Bilder haben sie gewartet. Auch die ganz normalen Leute holen ihre Handys heraus und filmen. Man sieht es Lucius deutlich an, dass diese Erfahrung neu für ihn ist. Überall auf den Bildschirmen wird sein feines Gesicht gezeigt. Wäre er ein Mensch, würde Mia ihn für schüchtern halten. Er sieht mit großen Augen auf die Menge, die blauen Lichtblitze in den Glasfaserleitungen seines Halses sausen auf und ab, er hebt die Hand und winkt. Die Menschen unten reagieren mit einem weiteren Blitzlichtgewitter.

Nolan will gerade erklären, wie die Idee zu dem universellen Gewissen entstanden ist, aber eine Gruppe von Leuten hat offenbar auf diese Gelegenheit gewartet. Bunt gekleidete Menschen, einige holen Tomaten und Eier aus ihren Taschen und werfen sie in Richtung Balkon. An einem Gebäude wird ein Transparent entrollt, genau gegenüber der Bühne. In großen Lettern steht dort: »WIR SIND DIE MENSCHEN«.

Sofort werden die Ordner aktiv. Sie stürzen sich auf die Aktivisten, werfen sie zu Boden und fesseln sie. Wenige Minuten später werden alle abgeführt. Lucius ist längst verschwunden.

Nolan schickt die Sicherheitsleute von der Bühne, die bei dem Tumult nach oben gestürmt waren. »Bitte entschuldigen Sie die Störung«, sagt er ins Mikro. »Es wird immer Menschen geben, die gegen den Fortschritt sind. Aber der Fortschritt lässt sich nicht aufhalten.« Wieder hält er die Drohne in seiner Hand hoch. »Und deshalb werde ich Ihnen nun zeigen, was dieses kleine Wunderwerk kann.« Er tritt einen Schritt zurück, nimmt Anlauf und schleudert die Drohne über die Menge. »Sie werden lachen, ich weiß selbst nicht, wo der Sprengstoff deponiert ist. Das habe ich meinen Sicherheitsleuten überlassen. Ich bin also genauso gespannt wie Sie. Let's have some fun!«

53

Lennart lässt Harro nicht aus den Augen. Er geht um die Stühle herum, achtet nicht auf das Geschrei und die Sicherheitsleute und auch nicht auf die Minidrohne, die über ihren Köpfen eine Runde dreht. Die Leute schauen nach oben oder auf die Bildschirme, aber er hat den Blick starr auf den alten Falkner und die Transportbox gerichtet. Harro hat ihn noch immer nicht entdeckt, er glaubt vermutlich, er und Mia wären noch in der Gewalt der Entführer. Wie kann er nur seine Aufmerksamkeit erregen, ohne dass sich die Sicherheitsleute gleich auf ihn stürzen?

Plötzlich sieht er auf der Box einen roten Punkt. Oh nein! Das kann nur eins bedeuten: Sie haben ein Gewehr mit Ziellaser auf Cosmo gerichtet und erpressen Harro damit. Ein Blick nach oben bestätigt seine Vermutung, da ragt ein Gewehrlauf aus einem Fenster. Für Sekunden glaubt Lennart das typische Migräne-Gefühl zu spüren, er drängt es einfach weg. Er muss jetzt funktionieren, die Situation ist ohnehin völlig unübersichtlich.

Harro nestelt an der Transportbox, er öffnet sie unauffällig. Er wirkt nervös und blass, seine Hände gleiten durch den roten Lichtpunkt. Cosmo sitzt wie erwartet in der Box auf einer Stange und hat die Haube auf.

Lennart stößt seinen typischen Pfiff aus. Sofort erstarrt Harro. Cosmo dreht den Kopf in seine Richtung, als könne er durch die Haube hindurch sehen. Unauffällig prüft Lennart die Umgebung. Offenbar ist sein Pfiff niemandem sonst aufgefallen.

Doch, da ist noch jemand. Mia! Sie ist frei! Ihre Blicke treffen sich.

Er hat mit vielem gerechnet, aber nicht damit, dass sie auch ins Sony Center kommt. Die ganze Zeit hatte er Zweifel, ob es ihm wirklich gelungen ist, die Zellentür mit dem smarten Kühlschrank zu öffnen.

Harro schaut unauffällig in seine Richtung. Lennart schüttelt den Kopf, um ihm zu sagen, er soll Cosmo auf keinen Fall aus der Box herausnehmen. Er zeigt auf die Box und den Boden. Wenn Harro sie von dem Stuhl hinuntersetzen würde, wäre Cosmo von den Stühlen und Menschen abgeschirmt, dann könnte der Scharfschütze nicht schießen.

Plötzlich reißt Harro die Augen auf, und noch bevor Lennart sich umdrehen kann, wird er von hinten gepackt, und jemand drückt ihm einen spitzen Gegenstand zwischen die Rippen. »Wie kommst du denn hierher? Ich dachte, du sitzt in unserem Müllkeller?«

Morell. Diesmal wieder mit Datenbrille. Er nickt Harro zu und spricht in sein Mikro. »Na los, Smolek. Ich hab den Jungen und kann den Vogel jederzeit abschießen lassen. Die Drohne wird nicht ewig fliegen. Sie wissen, wo wir das Paket deponiert haben, der *Snoop-Cop* wird sie gleich finden. Garantiert.«

Die Drohne fliegt kreuz und quer, hat scheinbar kein Konzept für ihre Suche. Nolan erklärt gerade das Prinzip, das ähnlich funktioniere wie automatische Staubsauger oder Rasenmäher. »Er ist ständig in Bewegung, auch damit er nicht abgeschossen werden kann.« Zwischendurch werden Bilder eingeblendet, die von der Drohnenkamera aufgenommen werden. Sie wirken sehr unruhig.

Harro nimmt Cosmo auf die Hand.

»Und jetzt auf den Stuhl steigen. Aber zackig!«

Harro schüttelt den Kopf. Er kann gar nicht auf den Stuhl klettern, dafür ist er viel zu schwach.

Morell begreift. »Okay, dann lassen Sie ihn von dort unten fliegen. Na, los!«

Das ist gefährlich, Cosmo wird seinen Falkner in der Menge nicht wiederfinden!

Aber Harro nickt und zieht die Haube ab. Sofort dreht der Falke den Kopf und versucht sich zu orientieren. Mit zittriger Hand zeigt der alte Mann ihm die Drohne, die in diesem Moment in der Luft stehen bleibt, einen Alarmton von sich gibt und zu blinken anfängt. Sie hat etwas entdeckt. Weit oben, genau in der Mitte unterhalb der Luftstütze, an der die Seile der Dachkonstruktion befestigt sind. Eine braune Damenhandtasche baumelt von der Stütze herab, ein Fremdkörper mitten im Raum. Die Leute zeigen darauf und weichen gleichzeitig zurück. Lennart wundert sich, weil er sie vorher nicht gesehen hat.

»Haben wir mit einer Drohne angebracht«, sagt Morell hinter ihm stolz.

Nolan hüstelt ins Mikrofon. »Oh, das ist eine Überraschung. Ich habe meinen Leuten gesagt, sie sollen den Sprengstoff möglichst gut verstecken. Sie waren kreativer, als ich erwartet habe.« Er erklärt, die Drohne würde in einem solchen Fall ungefähr fünf Minuten vor dem verdächtigen Objekt ausharren. »Sie sammelt Daten und macht Aufnahmen, schickt alles an die Basisstation. Sie entscheidet selbst, wann sie fertig ist, und kommt dann wieder zurück.«

Fünf Minuten.

»Nun mach schon«, sagt Morell mit drohender Stimme ins Mikrofon. »Vergiss nicht, wir haben die Kinder!«

In diesem Moment schickt Harro den Falken los. Einige Leute stoßen überraschte Laute aus, viele zeigen auf das Tier. Cosmo fliegt auf eines der hohen Gebäude zu, manövriert unter den Stahlseilen hindurch, steigt kurz vor der Fassade hoch und landet auf dem Dach.

Wie klug er ist! Verschafft sich erst mal einen Überblick. Ein Gefühl von Stolz breitet sich in Lennarts Brust aus. Wenn er ihn nur herbeirufen und einfach mit ihm aus dem Center herausspazieren könnte! Aber Morell hat ihn immer noch fest im Griff.

»Na los, ruf ihn!«, fordert er Harro über das Headset auf. »Schick ihn zu der Drohne.«

Doch der alte Falkner kann nicht mehr. Er ist schneeweiß im Gesicht und sinkt auf den Stuhl zurück, zieht den Handschuh runter und wischt sich die Stirn.

Morell plant blitzschnell um, er zieht Lennart noch näher

heran. »Du hast bestimmt deinen Handschuh im Rucksack. Zieh ihn an!«

Lennart denkt gar nicht daran, seinen Befehl zu befolgen. Auf keinen Fall wird er den Falken auf Drohnenjagd schicken.

Morell tippt an sein Headset, er wechselt den Kanal. »Ziel auf den Alten. Na, los!«

Auf einmal hat Harro den roten Punkt auf der Stirn.

»Junge, du ziehst jetzt den Handschuh über und rufst den Falken. Wird's bald!«

Lennart ist starr vor Angst. Diesem Wahnsinnigen ist alles zuzutrauen. Auch, dass er einen Profikiller angeheuert hat, der wirklich auf Menschen schießt.

Wieder rufen die Leute und zeigen nach oben. Cosmo hat sich vom Dach heruntergeschwungen und fliegt ganz nah über die Köpfe hinweg, quer über den ganzen Platz. Wie damals bei der Flugshow. Auf der anderen Seite steigt er wieder und landet auf einem anderen Dach. Einige Leute applaudieren. Auf den Bildschirmen läuft eine Uhr rückwärts, noch drei Minuten. Wenn Cosmo in dieser Zeit einfach oben auf dem Dach ausharrt, fliegt die Drohne von selbst wieder zurück, und die Gefahr ist gebannt.

Auf einmal spürt Lennart den Griff nicht mehr, der spitze Druck in der Seite ist weg. Überrascht dreht er sich um. Morell liegt auf dem Boden, Mia kniet über ihm und fixiert seinen Arm auf dem Rücken. Blitzschnell reißt sie ihm Datenbrille und Headset vom Kopf, zieht sein Smartphone aus der Tasche und wirft alles in den nahe gelegenen künstlichen Teich. Sie hält einen Smartpen hoch und grinst. »Fühlt sich bestimmt an wie die Spitze eines Messers, wenn man den in die Rippen bekommt.« Sie schleudert ihn ebenfalls ins Wasser.

Sofort setzen sich mehrere Sicherheitsleute in Bewegung und kommen auf sie zu.

Mia springt auf. »Komm, Lennart, wir verschwinden!« Sie fasst ihn bei der Hand und zieht ihn mit. »Du kannst Cosmo später …«

Plötzlich gibt es einen Knall. Die Leute halten sich erschrocken die Ohren zu und ziehen die Köpfe ein. Die kleine Hightech-Drohne steht immer noch blinkend in der Luft, aber schlagartig sind alle Bildschirme schwarz. Im nächsten Moment verlöschen die Lichter in der Kuppel. Reihum fallen in den Geschäften die Lampen aus, auf der Bühne wird es dunkel. Die Leuchtreklamen flackern einmal hell auf und schalten sich dann ab.

Durch das Glasdach kann man graue Wolken sehen, die Stimmung im Forum schlägt in Sekundenschnelle um. Auf einmal ist Angst zu spüren. Riesengroße lähmende Angst. Es ist so viel von Anschlägen, Attentätern und Sprengstoff geredet worden, die Leute sind wie versteinert.

54

Lennart und Mia haben sich in die schmale Gasse zwischen der Bühne und der Wasserfläche zurückgezogen. Auf einmal schalten sich die Bildschirme wieder ein, sie zeigen eine Person mit einer weißen Maske. »Meine Damen und Herren«, begrüßt sie eine Männerstimme, »Sie alle haben eben applaudiert, als die neueste Erfindung aus dem Institut von Taurus Nolan eine Sprengladung gefunden hat.«

»Die Stimme kenn ich«, flüstert Mia. »Ich glaub, ich weiß, wer das ist.«

»Was Sie dabei nicht bedacht haben: Dieses kleine nützliche Gerät kann auch als Waffe verwendet werden. Und diejenigen, die immer neue Waffen produzieren und immer neue Kriege damit befeuern, stehen schon in den Startlöchern, um es zu stehlen.«

»Ist das nicht Sticker?«, flüstert Mia. »Ohne Bart und Haare. Das gibt's doch gar nicht! Der ist mir eben entgegengekommen, mit einem Koffer, wie ein Touri.«

Der Techniker, der an der Videowand gearbeitet hat! Er war Lennart gleich so komisch vorgekommen, weil er Shorts trug und sein Werkzeug in einem Reisekoffer verstaute. Ja, das könnte Sticker gewesen sein.

Der Mann mit der Maske fährt fort: »All diese Leute wollen Ihnen nur eines verkaufen: Sicherheit. Aber es gibt keine Sicherheit, das ist nur eine Illusion.«

Lennart sieht zu Harro. Er sitzt wie ein nasser Sack auf seinem Stuhl, hat blaue Lippen und braucht bestimmt wieder einen Krankenwagen. Wie sollen sie nur Cosmo heil hier raus und zurück nach Hause bringen? Von draußen sind Polizeisirenen zu hören. Was für ein Chaos! Aber vielleicht ist das auch eine Chance.

Der Falke sitzt oben auf dem Dach und hält Ausschau. Lennart zieht seinen Handschuh aus dem Rucksack, streift ihn über und nimmt Futter in die andere Hand.

»Ich muss ihn da runterholen«, sagt er zu Mia und klettert auf den Rand des künstlichen Beckens. Sofort haben ihn zwei Sicherheitsleute wieder im Visier und kommen in seine Richtung. Ein Mann und eine Frau. Mia springt auf, hebt die Arme in Kampfposition und geht ihnen entgegen.

Oben an der Brüstung der Terrasse steht Lucius. Er hält die Hand auf, die kleine Hightech-Drohne hört auf zu blinken und bewegt sich auf ihn zu. Die Leute starren abwechselnd darauf und auf die Bildschirme.

Ein guter Moment. Lennart reckt den Handschuh in die Höhe und lockt mit dem Futter. Sofort schwingt sich der Falke herab, landet auf seiner Hand und macht sich über das Futter her. Als Lennart die Lederbändchen sicher in seinen Fingern hält, spürt er eine riesengroße Erleichterung. Puh, jetzt müssen sie nur noch heil hier rauskommen.

Mia kämpft mit der Frau vom Sicherheitsdienst, der Mann klettert gerade auf den Rand des Beckens. Bloß schnell weg hier. Lennart geht ein paar Schritte auf dem Rand des Beckens, aber unten stehen die Menschen dicht gedrängt.

»Was Sie gleich erleben werden, ist eine Demonstration«, sagt der Maskenmann auf dem Bildschirm. »Ich weiß, dass ich den Fortschritt nicht aufhalten kann. Aber ich möchte, dass die Welt begreift, wie gefährlich die Entwicklung einer solchen Technik ist. Ich werde den *Snoop-Cop* vor Ihren Augen einfangen und in der Luft zerstören. Vergessen Sie nicht, es gibt nichts, was dieses Gerät mehr liebt als den Geruch von Sprengstoff.«

Ein neues Geräusch, es hört sich nach Propellern an. Viel lauter als die Minidrohne. Irritiert sehen sich die Leute um, der Mann vom Sicherheitsdienst hält inne. Eine weitere Drohne steigt auf, groß und bedrohlich. Sie hat Kufen wie ein Helikopter, dazwischen trägt sie eine Last, ein mit grauem Paketband umwickeltes Päckchen. Nur wenige Meter über der Wasserfläche bleibt sie einfach in der Luft stehen. Sticker wird doch nicht etwa Sprengstoff damit transportieren! Ist er völlig wahnsinnig geworden?

Sofort dreht der kleine *Snoop-Cop* um, erneut geht bei ihm ein Alarm los. Er fliegt direkt auf die Paketdrohne zu. In dem Paket muss wirklich Sprengstoff sein.

Jemand spricht durch ein Megafon, eine Frauenstimme. »Hier spricht die Polizei. Das Forum wird geräumt, bitte begeben Sie sich ruhig und zügig zum nächsten Ausgang.«

»Aber meine Damen und Herren Journalisten«, sagt der Mann auf dem Bildschirm. »Sie werden doch nicht die Show des Jahres verpassen wollen. Eine klitzekleine Detonation und unser *Snoop-Cop* ist Geschichte. Wer von Ihnen würde das nicht gerne mitbekommen?«

Und wirklich richten einige der Fotografen ihre Kameras in Erwartung eines Luftkampfes nach oben. Sind die jetzt alle irre?

»Achtung, Achtung! Räumen Sie sofort das Forum, es besteht akute Lebensgefahr«, sagt die Polizistin streng durch das Megafon.

Lennart weiß nicht, was er tun soll, er kommt nicht von dem Rand des Beckens runter. Die Leute bleiben einfach stehen und starren nach oben, niemand achtet auf die Durchsage der Polizei. Da ist Mia in der Menge, sie winkt ihm zu.

»Schick ihn los, Lennart«, ruft sie laut. »Mach schon! Er kann das Ding abfangen und die Sprengung verhindern.«

Cosmo hat die Beute gesehen, er schüttelt erwartungsvoll die Flügel. Der kleine *Snoop-Cop* nähert sich langsam der großen Drohne mit dem Paket und bleibt davor in der Luft stehen. Seine roten Lichter blinken aufgeregt.

»Wollen Sie mit mir runterzählen?«, fragt Sticker, »das ist viel spannender. Unsere kleine Schnüffeldrohne hat noch zehn Sekunden bis zur Detonation.« Auf den Bildschirmen wird eine Zehn eingeblendet, dann eine Neun, eine Acht Die Leute sind wie erstarrt, Sticker zählt laut mit. »Sieben, sechs, fünf …«

Lennart hat keine Zeit zu überlegen, der Falke ist die einzige Chance, mit der sie diesen Wahnsinn noch stoppen können. Also schickt er ihn los.

»Drei, zwei …«

Cosmo fliegt in einem Bogen auf die Paketdrohne zu und versetzt ihr einen solchen Stoß, dass sie wie ein Torpedo durch die Luft nach unten schießt und in den künstlichen Teich eintaucht. Eine Wasserfontäne spritzt hoch, die Leute weichen zurück.

Auf einmal ist es still. Alle warten auf die Detonation, aber nichts passiert.

Der Bildschirm wird dunkel, einige Lichter gehen wieder an, die Menschen stolpern durcheinander. Die kleine Hightech-Drohne stellt alle Alarmfunktionen aus und schwebt zurück in Richtung Lucius auf die Terrasse der *Bel Étage*. Das KI-Kind nimmt sie auf die Hand, als wäre sie ein Schmetterling, dreht sich um und geht.

Lennart reckt den Arm hoch und pfeift. Sofort kommt Cosmo angeflogen und lässt sich auf seiner Hand nieder. Eine Polizistin mit kurzen grauen Haaren und einem Megafon in der Hand bahnt sich einen Weg durch die Menge auf die beiden zu.

»Komm da sofort runter! Die Gefahr ist noch nicht vorüber.«

Es ist ihm egal, in diesem Moment zählt nur eins: Cosmo reibt seinen Kopf an seinem Kinn.

55

Lennart steht immer noch auf dem Rand des künstlichen Teichs, von allen Seiten drängen sich die Reporter. Vor allem die Fotografen wittern das Bild des Jahres, sie ignorieren die Polizistin einfach und scheuen sogar vor Fotos mit Blitz nicht zurück. Cosmo ist gereizt. Er schreit sie an und schlägt mit den Flügeln, Lennart hat Mühe, ihn festzuhalten.

»Einen Krankenwagen!«, ruft er der Polizistin zu und zeigt auf Harro. »Ich brauche den Kasten, der da neben ihm steht.«

Sie begreift sofort und spricht in ihr Mikro. Von allen Seiten tauchen Polizisten auf. Sie bilden Ketten und schieben die Leute einfach hinaus. Ein Sanitäter kümmert sich um Harro, ein Polizist bringt die Transportbox.

Lennart ist heilfroh, als Cosmo endlich seine Haube aufhat und sicher in der Box auf der Stange sitzt.

Mia kämpft sich zu ihm durch. »Ich muss da hin«, erklärt sie den Beamten und lässt sich nicht abwimmeln. »Das ist mein Freund.«

»Wir müssen die Gefahrenzone verlassen«, beschließt die Polizistin, »die Situation ist noch nicht unter Kontrolle.« Sie spricht auf dem Weg weiter in ihr Mikro: »Ich habe zwei Kinder und den Vogel bei mir. Wir brauchen einen

Taucher für das Ding, das in den Teich geflogen ist. Und einen Sprengstoffexperten.«

Während sie in einem Café in die hinterste Ecke gehen, redet sie immer noch in ihr Mikro. »Schickt mir Verstärkung, die Kinder müssen verhört werden. Am besten bringen wir sie aufs Revier.« Auf einmal wird sie ganz blass. »Nolan? Aber der wird doch bewacht wie die britischen Kronjuwelen.« Sie schüttelt den Kopf.

Mia flüstert: »Ich wette, sie haben Nolan und Annika Holmgren betäubt gefunden und ihr Laptop ist weg.«

Die Polizistin sieht sie scharf an. »Ihr zwei scheint ja über die Vorgänge hier genau Bescheid zu wissen. Ist da oben wirklich eine Sprengstoffladung angebracht? Wie kriegen wir die wieder runter?«

Sie sehen sich an und sagen wie aus einem Mund: »Mit einer Drohne?« Mia hebt die Hand, und Lennart klatscht ab.

Die Polizistin schaut verwirrt vom einen zum anderen. »Was ist hier eigentlich los?«

»Ich fürchte, es dauert Stunden«, sagt Mia, »bis wir Ihnen alles erklärt haben.«

»Jep!«, stimmt Lennart zu. »Aber es wäre gut, wenn ich erst mal meinen Vogel in seine gewohnte Umgebung bringen könnte.«

»Genau. Ins *My Guard Storage*, das sind bewachte Lagerhallen. Da können Sie auch gleich einen Mannschaftsbus hinschicken. Ich wette, da gibt es eine Menge zu tun.«

Die Beamtin nimmt ihr Headset ab und sieht ihnen einzeln in die Augen. »Ihr meint das ernst, nicht wahr? Ihr könnt mir tatsächlich erklären, was hier passiert ist?« Mia und Lennart nicken.

»Ich habe mich noch nicht vorgestellt. Ich bin Polizeihauptkommissarin Inge Overland.« Sie reicht ihnen die Hand. »Dann bin ich mal gespannt, was wir in diesen Lagerhallen vorfinden werden.«

Es dauert eine Weile, bis sie losfahren können. Erst werden sie noch ordnungsgemäß evakuiert, dann muss Overland ihre Vorgesetzten überzeugen. Zwischendurch kommt die Nachricht rein, Harro Smolek sei im Krankenhaus in einem stabilen Zustand.

Zeitgleich mit einem Mitarbeiter des Immobilienverwaltungsbüros kommen sie am Eingang des *My Guard Storage* an, an der Straße parkt ein Mannschaftsbus der Polizei. Overland hat die Einsatzleitung übernommen, sie hat auch Lennarts Mutter und Mias Eltern zu den Hallen bestellt.

Als der Angestellte der Verwaltung den Generalcode eingibt, kann Lennart die Anspannung förmlich spüren. »Glauben Sie mir, diese Hallen sind bestens überwacht«, sagt der Angestellte spitz, als wäre er in seiner persönlichen Ehre gekränkt, weil die Polizei die Hallen inspizieren will. »Ich hoffe, Sie wissen zu schätzen, wenn ich Sie ohne Durchsuchungsbefehl hineinlasse. Die *Storage Rooms* sind natürlich Tabu.«

Lennart möchte Cosmo so schnell wie möglich in Sicherheit bringen, aber Overland schickt die vermummten Kollegen aus dem Mannschaftsbus vor und erklärt, das fremde

Terrain müsse erst gesichert werden, bevor sie es mit Zeugen betreten dürfe. Lennarts Mutter will dauernd wissen, was hier los ist, aber die Polizistin bittet sie, erst mal abzuwarten, bis man die Lage geklärt habe.

Schließlich kommt die Meldung, es bestehe keine unmittelbare Gefahr. Alle dürfen hinein.

Was ist das? Lennart traut seinen Augen kaum, Mia sagt nur: »Krass!«

Die Kameras wurden abmontiert, die Tarnnetze liegen auf Haufen, einige Garagen stehen offen und sind leer, auch Garage 007. An der Wand lehnt noch eine Leiter, überall liegen Schrauben und Kabelreste herum.

Da hat jemand gründlich aufgeräumt.

»Bitte fassen Sie nichts an«, befiehlt die Einsatzleiterin.

Der Mann von der Immobilienverwaltung telefoniert bereits hektisch mit seinem Büro und will herausfinden, wie die Hallen versichert sind. »Versuchen Sie jemanden von PEREGRIN ans Telefon zu bekommen. Wie, die Leitung ist tot? Das kann nicht sein!«

Lennart würde am liebsten sofort bis zum Außengelände durchgehen und Cosmo in seine Voliere bringen, doch die Polizistin bleibt streng. »Wir gehen hier gemeinsam durch, ihr zeigt mir, was sich verändert hat, und bringt mich zu den unterirdischen Räumen, in denen ihr gefangen gehalten wurdet.«

»Was heißt das?« Lennarts Mutter wird hysterisch. »Wieso wurde mein Sohn gefangen gehalten? Warum weiß ich nichts davon?«

»Hey, Mama. Ich bin hier, und ich bin okay.«

Sie sieht ihn mit großen Augen an und sagt nichts mehr.

In den beiden anderen Hallen sieht es ähnlich aus. Mias Garage ist geschlossen, seine ebenso. Er öffnet sie und holt Futter für die Vögel aus der Truhe, hier ist alles unverändert.

Sogar das Türschloss fürs Außengelände wurde abmontiert, sie können ohne Code-Eingabe hinausgehen.

Irgendwas ist anders. Da sitzt ein Vogel in der rechten Voliere, ein kleiner Steinkauz. Mia stürmt direkt darauf zu. »Sieh doch, Lennart. Wo kommt der her?«

Als wenn er das wüsste.

»Wir können uns hier nicht mit solchen Kleinigkeiten aufhalten«, sagt Overland. »Versorg deinen Falken und dann weiter.«

Cosmo fliegt sofort in den geschlossenen hinteren Teil seiner Voliere und versteckt sich. Er ist froh, wieder in seiner gewohnten Umgebung zu sein. Fressen kann er später.

Während sie über das Außengelände zu den Containern gehen, zeigt Mia ihm unauffällig ihr Smartphone. »Hab ich bei der Voliere gefunden. Ist eine Nachricht drauf.« Die Botschaft ist von ihrem Onkel Phong. »Der Vogel soll die Mandelblüte erfreuen«, steht da.

Heißt das, Mias Onkel hat den Steinkauz in die Voliere gesetzt? Ist er auch für das alles hier verantwortlich? Hat er die gesamte Sicherheitstechnik von PEREGRIN geklaut? Mia macht eine Geste, als sei dies für sie ebenfalls ein Rätsel.

Wieder schickt Overland das Team erst in die Container

und in die Räume darunter, dann dürfen sie hinunter. Auch dort ist alles ausgeräumt, die Computer sind verschwunden, sogar die Akten wurden mitgenommen. Die Edelstahltüren der Hochsicherheitsräume stehen auf, der Mitarbeiter des Immobilienbüros hat einen hochroten Kopf vor Aufregung. »Wir wissen ja gar nicht, was unsere Kunden dort an wertvollen Dingen untergebracht hatten«, stammelt er.

Zwischen den beiden benachbarten Zellen klafft immer noch das Loch, Lennart muss sein Supertool zeigen.

»Hier wurdet ihr gefangen gehalten?«, fragt die Polizistin. »Wie konntest du dich befreien, Mia?«

»Ehrlich gesagt, ich weiß es nicht. Die Tür stand auf einmal offen.«

Gar nicht so leicht zu erklären. »Es gibt da einen smarten Kühlschrank, mit dem man ins PEREGRIN-System kommen kann«, sagt Lennart.

Overland zieht verwirrt die Augenbrauen zusammen, aber Mia begreift sofort. Sie sieht ihn an, als wäre er ein Held. »Krass, das warst du! Wo hast du das gelernt?«

»Ich hatte eine gute Lehrmeisterin.«

EPILOG

Lennart und Mia haben den kleinen Steinkauz in eine Transportbox gesetzt. Sie sitzen draußen und warten auf Harro, der mit ihnen zur Wildvogelstation fahren will.

»Und du bist sicher, dass wir ihn da hinbringen müssen?«

»Du kannst ihn nicht behalten, Mia.«

»Aber er ist doch so süß. Und außerdem hätte ich dann auch einen Vogel, genau wie du und Harro.«

»Eulenvögel brauchen viel Anleitung in der Natur. Wenn dein Onkel nicht so stur wäre und uns erzählen würde, wo er das Tier gefunden hat, könnten wir ihn zurück zu seiner Familie bringen.«

»Dann würde er ja zugeben, dass er hier war. Er würde sich verdächtig machen.«

Logische Schlussfolgerung, wenn man aus einer Mafia-Familie kommt.

»Er ist ohnehin verdächtig. Die Overland hat ihn in den letzten Tagen dreimal abholen lassen.«

»Aber es gibt niemanden, der den Einbruch hier angezeigt hat. Vielleicht haben die PEREGRIN-Leute sich einfach verzogen und die Beweise mitgenommen.«

»Die waren doch alle im Sony Center.«

Mia zuckt die Achseln. »Ist kein Problem, man beauftragt einfach ein Umzugsunternehmen.«

Noch so eine Mafia-Weisheit. »Also was jetzt? Weißt du nun, ob dein Onkel die Hallen ausgeräumt hat oder nicht?«

Sie schüttelt den Kopf. »Nein, nicht mit Sicherheit. Aber ich werd ihn auch nicht fragen. Ich will mit seinen Geschäften nichts zu tun haben, und je weniger ich weiß, desto besser.«

»Und warum hast du der Polizei nicht gesagt, dass du Sticker verdächtigst, der Mann hinter der Maske zu sein?«

»Ich mag ihn, er hat mir neulich geholfen. Außerdem war in dem Paket noch weniger Sprengstoff als in der Damenhandtasche.« Sie lacht leise in sich hinein. »Es gibt Aufnahmen aus dem Sony Center mit seinem Gesicht drauf. Hab ich gecheckt, er war früher bei der Polizei, sein richtiger Name ist Martin Sperber.«

»Sticker ist Martin Sperber? Echt jetzt?« Lennart ist baff. »Ich kannte seinen Namen von den Aufzeichnungen meines Vaters, er war Projektleiter bei der Polizei für die gemeinsamen Projekte mit PEREGRIN. Ich hab ihm sogar eine E-Mail geschickt.«

»Eine Mail? Warum? Woher hattest du seine Adresse?«

Ja, wie war er noch mal an die Visitenkarte gekommen? »O Mann, jetzt fällt es mir ein!« Er schlägt sich gegen die Stirn. »Sticker hat mir den Zettel in die Hand gedrückt, als Harro im Krankenwagen lag. Und ich hab ihm geschrieben, dass PEREGRIN einen Anschlag im Sony Center plant.« Ihm wird auf einmal gleichzeitig heiß und kalt. »Dann wusste er das mit dem Anschlag auf den *Snoop-Cop* von mir!«

»Das ist krass! Ich glaube, er ist gar kein übler Kerl. Er wollte nur erreichen, dass die Leute sich Gedanken machen.«

»Da hatten Rottweiler und Morell deutlich mehr kriminelle Energie. Die beiden sind verschwunden, und der Laptop von Annika Holmgren ist nicht mehr aufgetaucht. Nolan hat verkünden lassen, er werde jeden sofort verklagen, der eine ähnliche Drohne wie den *Snoop-Cop* auf den Markt bringt.« Lennart grinst. »Weiß ich von Sam.«

»Ich hab übrigens den Praktikumsplatz im FUTURE-Institut bekommen. Heute kam die Zusage.«

»Cool! Meine Mutter wollte mich da auch anmelden, aber ich hab ihr gesagt, ich würde lieber in einen *Wing Tsun*-Verein gehen.«

»Wirklich? Du kommst in meinen Verein?«

»Sie überlegt noch. Aber sie war sehr beeindruckt, wie du es mit Morell und der Frau vom Sicherheitsdienst aufgenommen hast.«

Ein Geräusch lässt sie aufhorchen. Das typische Sirren von Rotoren. Über die Dächer der Hallen kommt eine Paketdrohne auf sie zugeflogen, sie trägt ein schwarzes Paket.

»Was soll das schon wieder?« Lennart ist genervt.

Als die Drohne genau über ihnen steht, bewegen sich ihre Greifarme und lassen das Bündel fallen. Sofort öffnet sich ein kleiner Fallschirm, und das Paket segelt vor ihre Füße. Misstrauisch stehen Mia und Lennart davor, während sich die Drohne wieder entfernt. Das schwarze Packpapier hat einen verführerisch edlen Glanz, aber es gibt keinen Adressaufkleber.

»Meinst du, das ist für mich?«, fragt Mia.

»Keine Ahnung. Mach doch einfach auf.«

Das lässt sie sich nicht zweimal sagen. Unter dem Papier kommt ein Karton zum Vorschein. Als sie ihn öffnet, sind darin zwei weiße Schachteln. Auf einer steht *Mia*, auf der anderen *Lennart*.

Mia reißt die Augen auf. »Da stehen unsere Namen drauf!«

»Jep.« Was soll er dazu sagen, mittlerweile wundert ihn gar nichts mehr.

Sie öffnen gleichzeitig ihre Päckchen.

»Intelligente Armbänder! Wow, jetzt hab ich auch so ein Ding.« Mia strahlt über das ganze Gesicht. Dabei war sie es doch, die ihm geraten hat, sein Band durchzuschneiden. Aber so ist sie nun mal, sie kann technischen Geräten einfach nicht widerstehen.

»Bei mir liegt ein Zettel dabei«, erklärt Lennart und liest vor: »Die Neuentwicklung *Bird Observer* ermöglicht eine ständige Verbindung zu Ihrem Tier.« Sein Armband sieht tatsächlich anders aus als ihres. Was soll das sein, ein Werbegeschenk?

Mia nimmt ihr Band aus der Verpackung und streicht über die schwarze Kunststoffoberfläche. Sofort geht ein Licht an, ein heller Strahl wird ausgesendet. Sie schreckt zusammen und sieht ihn Hilfe suchend an.

»Was soll ich tun? Was will das Ding von mir?«

»Du musst es gegen eine Wand halten, das ist eine Filmaufnahme.«

Sie dreht sich zur Halle, in der Projektion ist Morell zu sehen, wie er mit seiner Brille hantiert. Plötzlich hören sie auch Geräusche. Er lächelt in die Kamera.

»Hallo Mia und Lennart, ich grüße euch von irgendwoher auf der Welt. Diesmal hat es nur halb geklappt mit unserer Zusammenarbeit, aber ich finde, wir waren gar kein schlechtes Team. Unser Angebot an euch steht, für clevere Kids haben wir immer Verwendung, und für den Falken sowieso. Behaltet die Armbänder, sie sind ein Geschenk. Wir sehen uns wieder, garantiert.«

DIE ENTSTEHUNG VON *FALCON – GEFAHR AUS DER LUFT*

Meine Liebe zu Greifvögeln begann mit neun Jahren. Bei einem Spaziergang im Wald entdeckten wir einen weißen Mäusebussard, der offenbar krank oder verletzt war. Vorsichtig warf mein Vater seine Jacke über ihn, und wir brachten ihn nach Hause. Am nächsten Tag kam ein Falkner, der ihn ins Wildfreigehege mitnahm und gesund pflegte. Er schenkte uns Freikarten, und so kam ich in den Genuss meiner ersten Greifvogel-Vorführung, eines der eindrucksvollsten Erlebnisse in meiner Kindheit.

Im Jahr 2009 sah ich in Berchtesgaden einen Film über die Nationalparks in Deutschland. Seeadler im Norden, Steinadler in den Alpen – die Bilder waren atemberaubend. Sofort fassten mein Mann und ich einen Entschluss: Wir wollten künftig in jedem Jahr einen Nationalpark bereisen. Damals ahnte ich noch nicht, wohin das führen sollte. Unsere Leidenschaft wuchs, längst beschränken wir uns nicht mehr auf die Nationalparks, und zu unserer Freude breiten sich die großen Greife immer mehr aus. Seit 2017 gibt es sogar ein Seeadlerpaar am Niederrhein.

Im Januar 2018 fragte mich meine Agentin, ob ich mir einen Thriller mit der Themenkombination Technik + Tierfreundschaft vorstellen könne. Ich hatte Videos von Kaiseradlern im Kampf gegen Drohnen gesehen und stellte fest, dass die leichteren und wendigeren Wanderfalken sogar in freier Wildbahn Drohnen angreifen. So entstand die Idee zu *FALCON – Gefahr aus der Luft*.

Die Recherche für dieses Buch hat mir viel Spaß gemacht. Ich besuchte eine Greifvogelauffangstation und machte sogar einen Falknerkurs – eine Sache, mit der ich immer geliebäugelt hatte. Es war mir wichtig im Buch zu betonen, dass ein Falkner eine große Verantwortung trägt und ein Dreizehnjähriger im Normalfall kein solches Tier halten darf. Aber davon zu träumen ist natürlich erlaubt, und vielleicht sucht ihr einfach mal wie Lennart im Buch beim Busfahren den Himmel ab. Ich kann euch versprechen, es ist ein besonderes Gefühl, einen Greifvogel in freier Natur zu entdecken. Im Internet findet ihr Aufnahmen von Falken-Webcams, und wer sich engagieren möchte, kann eine Tierpatenschaft übernehmen. Wer weiß, mit etwas Glück begegnet ihr auch eines Tages beim Waldspaziergang einem ganz besonderen Vogel. Ich jedenfalls denke noch oft an mein Erlebnis mit dem weißen Mäusebussard zurück.

Andrea Rings

NOCH MEHR SPANNENDES LESEFUTTER:

ISBN 978-3-96129-029-1
Hardcover, 288 Seiten,
14,5 x 21 cm
€ 12,99 (D) / € 13,40 (A)

ISBN 978-3-96129-067-3
Hardcover, 304 Seiten,
14,5 x 21 cm
€ 12,99 (D) / € 13,40 (A)